Florina L'Irlandaise

FÉERÉLIA

Moïra

Dépôt légal : Aout 2018

Copyright @ 2018 – Florina L'Irlandaise

Florina L'Irlandaise

50470 TOLLEVAST

Achevé d'imprimer en Aout 2018
Crédit photo : @Photographe: Khusen Rustamov xusenru.com
Design couverture : @ Kellepics

ISBN : 9781718190696

Dépôt légal : septembre 2018

Avertissement : Ce roman comporte des scènes érotiques dépeintes dans un langage adulte. Il vise un public averti et ne convient donc pas aux mineurs. De ce fait, l'auteur décline toute responsabilité dans le cas où cette histoire serait lue par un public trop jeune.

Le Code de la propriété intellectuelle et artistique, aux termes des alinéas 2 et 3 de l'article L.122-5, n'autorise d'une part que les « copies ou reproductions strictement réservées à l'usage privé du copiste et non destinées à une utilisation collective » et, d'autre part, que les analyses et les courtes citations dans un but d'exemple et d'illustration. Aux termes de l'article L. 122-4 du Code de la propriété intellectuelle, « toute représentation ou reproduction intégrale, ou partielle, faite sans le consentement de l'auteur ou de ses ayants droit ou ayants cause, est illicite ». Cette représentation ou reproduction, par quelque procédé que ce soit, constituerait donc une contrefaçon sanctionnée par les articles L335-2 et suivants du Code de la propriété intellectuelle.

Table des matières

PROLOGUE 8
CHAPITRE 1 12
CHAPITRE 2 23
CHAPITRE 3 38
CHAPITRE 4 49
CHAPITRE 5 60
CHAPITRE 6 73
CHAPITRE 7 80
CHAPITRE 8 90
CHAPITRE 9 103
CHAPITRE 10 114
CHAPITRE 11 124
CHAPITRE 12 137
CHAPITRE 13 149
CHAPITRE 14 161
CHAPITRE 15 173
CHAPITRE 17 186
CHAPITRE 18 195
REMERCIEMENT 203

PROLOGUE

Arwen regarde une dernière fois sa mère et sa famille. Il tourne la tête pour voir son père, qui tient la seule personne pour laquelle il donnerait sa vie.
Il entend les rugissements de rage d'Aëllig, que les soldats d'Archibald tiennent fermement.
Le visage de Ludmilla, sa sœur bien aimée, ruissèle de larmes. Il aurait voulu choisir un autre destin pour elle, qui tient son cœur.
Mais aimer sa sœur à ce point été mal. Enfin, c'est ce que disent les humains. Seulement, le peuple de son père est lié avec leurs sœurs. Il suffit de voir comment Alderic regarde Shioban pour le comprendre.
Un amour chaste. Ils sont juste la moitié d'un tout.
Comment expliquer aux gens qu'il ne peut vivre que pour elle, que son cœur ne bat que pour le sien ?
Quand elle s'est substituée à Aëllig, il avait cru mourir. Il était parti parler à ce psychopathe qu'était son père.
Lui qui avait fait tant de mal, tant de morts. Finalement, il avait trouvé cette solution.
Il le faut, il doit s'allier à lui et bannir à jamais l'amour et l'amitié de sa vie. Tout ce qui fait partie de l'héritage de sa mère et cela même si ça doit le tuer.
Devenir un être à son image à lui. Son géniteur, un monstre.
Il franchit le champ de bataille, ne s'attardant pas sur ses proches qu'ils soient debout ou dans une mare de sang.
Ni sur le hurlement de sa mère. Sa tristesse lui crève le cœur aussi sûr que si l'on y avait planté une lame.
La mort elle-même n'ose plus faire de bruit. Seule la voix de Floryanna se fait entendre.
Il sent le pouvoir de sa mère enfler, la terre qui tremble. Il court de peur de manquer de temps. Il doit la sauver coûte que coûte.

Son père a un mouvement de recul, sa tante aussi.
Ils ont tous peur, maintenant. Il entend Archibald lui hurler dessus.
Le visage de Ludmilla change. Que faire, tourner la tête ? Regarder sa mère ou continuer ?
Il prend sa décision en quelques secondes et ainsi signe la fin des mondes.
Floryanna ne peut y croire, il ne va pas lui ravir son fils ? Elle va trouver une solution. Elle y arrive toujours.
Elle lui hurle :
— Nous allons la récupérer, elle ne peut pas disparaître ! Elle se tourne vers son père, paniquée :
— Hé ! Archinul, tu vas peut-être sauver ta petite fille ? Tu ne peux pas rester les regarder sans rien faire ?
Mais il baisse la tête en lui répondant :
— Je suis désolé, mais je ne peux rien faire. Cette décision a été prise il y a longtemps. Afin de garantir notre sécurité pour que personne ne soit lésé. Féerélia a été scindé en plusieurs territoires. Où chaque premier né doit régner. Même toi tu ne peux rien contre ça.
– Non, je refuse ! Tu m'entends. Tant que je vivrai, jamais un de mes enfants ne partira là-bas. Surtout avec elle. Regarde-la jubiler !
Effectivement, Shioban, la Dullahans qui tient sa tête dans sa main, la regarde avec un sourire à vous glacer les sangs.
Floryanna se retourne violemment vers Aëllig :
– Tout cela par ta faute ! Si tu n'avais pas tenu à te venger, elle n'aurait pas essayé de te sauver ! Regarde autour de toi, tu as tout anéanti ! Tu les as tués en les menant à lui !
Pourtant, elle sait au fond d'elle qu'elle n'est pas juste. Car c'est bien ses ex à elle, qui ont juré de l'anéantir en même temps que ceux qu'elle aime.
Et si en plus, ils peuvent rapporter quelques richesses. Ces ordures ne sont pas contre, se dit-elle en serrant les poings de rage et de désespoir.
Au même moment, Aëllig hurle les yeux pleins de larmes et de rage, en se tournant vers Alderic :
– Je te tuerai ! Tu m'entends ? J'en prends les dieux à témoin ! Si tu la touches, je n'aurais de cesse de te traquer ! Tu m'as déjà pris mes parents, ça ne te suffit donc pas ?
Il faut encore trois autres gardes du roi, pour le maintenir.
Pendant que de rage, il hurle de plus en plus. Ses pouvoirs sont devenus

inoffensifs avec la magie d'Archibald.

De son côté, Alderic rigole :

– Eh bien ! Flo, tu ne sais plus dominer les petits matous ? Vois-tu Ludmilla, ce qu'est finalement ton compagnon « un petit minou mal dressé ».

Ludmilla en se débattant donne un coup de pied dans l'entrejambe d'un des gardes qui la lâche. D'un mouvement, elle tourne sa tête et lui crache au visage :

– Je te hais ! Tu m'entends ? Je te hais ! Je ne suis en rien ta chose et mon tigre te réduira en morceaux. Comme l'auraient fait ses parents, si tu ne leur avais pas tendu un piège !

Shioban, sans descendre de son cheval donne un coup de pied à sa nièce.

– Respecte ton père et ton roi !

– Ce n'est qu'un vil tricheur et manipulateur, il n'est en rien mon souverain et vous mourrez tous ! Par Macha et tous les dieux, nous vous traquerons jusqu'au dernier !

S'adressant à son frère :

– Je t'en supplie, Arwen. Tu ne peux pas te livrer à lui ! Pense à nous et à notre enfance, il n'a amené que le malheur là où il passait.

Voyant Arwen se mettre à courir, elle met toutes les forces qui lui restent pour se débattre et essayer de combattre le sort qui l'a privé de ses pouvoirs. Elle l'a vu dans ses visions. Si son frère se livre sur ces terres dévastées, leur mère brisera les barrières des mondes.

Ce faisant, elle dévoilera à tous leurs secrets. Et là, que les dieux nous protègent.

Floryanna regarde Aydan, l'amour de sa vie qui tient leurs enfants.

Malgré leurs jeunes âges, ont voulu se jeter dans la bataille, en voyant leurs frères ainés courir à sa perte.

Anasthasia et Moïra se tiennent par la main gardant avec leurs pouvoirs les portails fermés.

Le but d'Alderic et Dyclan étant de briser les portails et ainsi envahir la terre.

Archibald et Fergus mettent leurs magies au service de l'Atlantide et d'Avalon, qui ont perdu beaucoup de combattants à la suite de cette guerre sans fin.

Par son statut de protecteur des mondes, Archibald ne peut pas intervenir ! Alors que sa famille se décompose devant lui. Il hait ce sentiment d'impuissance.

Fergus perd beaucoup de sang, il ne tiendra pas longtemps même s'il est un dragon, le dernier d'Avalon.
Gwendal le fils de celui-ci et de Moïra est étendu par terre, comme les autres frères et sœurs de Floryanna probablement morts.
Il voit le chaos autour de lui, mais ne peut pas intervenir.
Il sent que la fin est proche. Le pouvoir de sa fille enfle en même temps que la peur du danger pour ses enfants, grandis en elle. Et lui ne peut rien y faire. Pourquoi être un protecteur, si l'on ne peut même pas empêcher son enfant de souffrir ?
Arwen arrive près d'Alderic et lui tend la main, alors les mondes se mettent à trembler de plus en plus. Lui qui arborait un sourire de vainqueur n'est plus si sûr de sa victoire d'un coup.
La Terre, Avalon, Atlantide, les cités perdues, tous ces mondes oubliés ou inconnus se sont mis à trembler.
Quand Floryanna hurle :
– Que les dieux soient témoins ! Vous payerez tous.
De là, le voile qui maintenait la paix se déchira.
Les peuplades de la terre voient d'un œil angoissé, tous ces mondes et leurs habitants surgirent de leurs pires cauchemars.
Les Drullans qui hurlent et jubilent d'avance de la peur qu'elles suscitent avec leurs têtes coupées dans leurs mains !
La prophétie s'était déclarée. Floryanna a déchiré les portails des mondes que protège FÉERÉLIA.
Et ce n'est que le commencement des ennuis.

CHAPITRE 1

    Elle a ouvert les mondes, elle qui avait juré de les protéger.
Par les dieux, comment en sommes-nous arrivés là ?
Pendant que les peuples prennent conscience de ce qui leur a été caché.
Ciara, repense à la rencontre de ses parents adoptifs et la naissance de sa sœur Moïra.

Un autre monde. Un champ de bataille où des créatures fantastiques se livrent à une lutte sans merci, où seule la mort gagnera.

Elle lui est apparue comme un ange guerrier. Elle frappe avec son épée tout en chevauchant sa jument, il n'arrive pas à savoir qui d'elle ou de l'animal l'impressionne le plus :
Cette jument blanche avec sa crinière et sa queue couleur or ou cette femme aux cheveux roux, le front scindé par une tiare fait du même métal ?
Bien qu'il ne la quitte pas des yeux, ça ne l'empêche pas de frapper ses ennemis avec sa massue.
Il jauge cette déesse dont la réputation n'est plus à faire : la Morrigann. Il hait cette chose, qui se dit femme. Elle qui n'avait amené que le mal là où elle passait.
Il se souvient d'une rumeur indiquant qu'elles sont toutes trois enfermées dans le même corps même si peu ont vu les deux autres, mais elle semblait différente de ce qu'il avait entendu dire.
Il pensa qu'il devait avoir à faire à Macha, la guerrière. Peu de témoignages existent sur elle, puisque après être passé sur un champ de bataille. Il n'y avait plus que quelques personnes pour dire à quoi elle ressemblait. La peur, qu'elle provoque chez les guerriers, est tel que même les rescapés emportent son secret dans leurs tombes.

Elle aussi l'a remarqué, ce grand guerrier blond bien qu'elle fonce vers cette enfant là-bas.
Que fait-elle ici, sur ce champ de bataille ? Ses sœurs lui ont maintes fois dit

que les métamorphes étaient des monstres. Mais elle ne pensait pas que c'était à ce point.

Pourtant, elle est impressionnée par son courage. Son épée courte ne rate jamais sa cible, elle se sert de ses mains ou de sa taille fine pour prendre appui sur les démons qui l'encerclent. Toutefois, elle ne résistera pas longtemps, car leur nombre ne cesse de croître. Pourquoi ces assaillants lui en veulent-ils à ce point ?

– Allez, Liath fonce ma belle. Par les dieux, nous sauverons cette enfant !

Autour d'elle, les métamorphes sont inquiets. Sa réputation de guerrière sanguinaire la précède. Et Ciara ne pourra rien faire contre elle. Quelle folie de l'avoir amenée !

Elle est bien trop jeune pour être ici, mais tous les métas s'étaient unis pour bouter ces monstres de leurs terres. Ciara n'a qu'eux, même s'ils n'arrivaient pas à déterminer de quelle espèce elle était. Cependant, ils l'ont tous accepté. Quand Mebahel était apparu avec elle dans les bras, elle devait avoir trois ans. Si un autre que l'ange leur avait demandé un tel service, aucun chef de clan n'aurait accepté.

Seulement, celui-ci semblait prendre plaisir à contrarier les dieux et rien que pour ça les meutes le respectaient.

Le temps passant, son petit minois et son caractère commençaient à les ensorceler. Son tempérament espiègle et joyeux, tout en étant calme et réservé, ne laissait personne indifférent.

Son nez plein de taches de rousseur et ses yeux marron qui devenaient parfois noirs quand elle se concentrait. Elle ne supportait pas l'injustice et se mettait souvent dans des situations impossibles.

Combien de fois, les avait-elle poussées à bout ? Pour des choses dont ils ne pouvaient rien changer.

Mais peu à peu, elle les a tous conquis. Chaque espèce l'ayant adoptée alors qu'elle ne se transformait pas. Une petite fée au milieu d'une meute de sauvages.

Leurs surprises ne furent pas feintes, quand ils virent la déesse donner des coups aux Dullahans. Ces fées démoniaques portant leurs têtes sanglées sur leurs montures ou dans leurs mains, afin d'effrayer encore plus leurs ennemis.

Sa peau est constellée des mêmes taches que celle de leur petite protégée. Ses

cheveux couleur d'automne ont l'air d'être vivants. Aurait-elle changé de camps ? Où est-elle, de la même famille que l'enfant ?
Elle fend l'air de son épée ne ratant jamais sa cible, telle une valkyrie. Quand ses ennemies la voient, c'est la dernière chose que leurs yeux aperçoivent. Debout sur son cheval, elle saute dans les airs, aussi silencieuse que la mort. Et exécute un salto parfait.
De sa main libre, elle lance une dague dans le cœur d'un des démons et se réceptionne sur ses jambes. Son épée file couper la tête d'un autre, qui a réussi à attraper la jeune fille.
Elles se mettent dos à dos pour combattre leurs assaillants toujours plus nombreux :
– Par les dieux ! Madame, qui êtes-vous ? lui crie la jeune fille.
— Leurs pires cauchemars ! répond-elle avec un sourire.
Aussi bien l'une que l'autre se jette dans la bataille avec un cri. Peu importe le sang, les blessures, qu'elles infligent ou parfois qu'elles subissent. Telles des danseuses de la mort virevoltante, s'aidant de leur corps pour prendre appui et portées ainsi plus de coups. Leurs épées ne fléchissent jamais. Les laissant couvertes de sang, mais amenant le regard du dieu sur elles.

Dagda les regarde ainsi depuis un moment.
Aucune fatigue n'émane d'elles, il irait même jusqu'à dire qu'elles s'amusent s'il ne voyait pas la sueur perler à leurs fronts.
Par les dieux, ce vêtement était trop ajusté ou alors la déesse l'excite plus qu'il ne veut se l'avouer.
Elle mesure environ un mètre soixante-cinq. Pas vraiment menu, mais plutôt musclée et féminine. De longs cheveux roux. Il faut dire que ses vêtements ne laissent pas de place pour l'imagination.
Un haut en métal doré, moulé sur sa poitrine plutôt généreuse avec un pagne en cuir autour des cuisses. Portant plusieurs fourreaux sur ses bras et un autre pour son épée dans le dos.
C'est la couleur de sa peau qui l'intrigue le plus. Tantôt, elle a l'air blanche comme le lait tantôt doré par le soleil, mais constellé de petites traces marron.
De loin, elle semble belle, de près elle est ensorcelante.
D'un mouvement d'humeur, il se secoue. Il n'est plus un jouvenceau pour rêver d'une femme ainsi !

Quand il voit un des démons les contourner pour essayer de les prendre en traîtres, il fonce les aider. Ces choses n'ont aucun honneur et ça le met en colère.

– Attention ! Crie Ciara en poussant Macha pour empêcher un des monstres de lui planter ses griffes dans le dos.
Ce voyant encerclé par leurs ennemies, mesurant plus deux mètres avec des griffes acérées.
Certains montés sur des créatures noires, un mélange de cheval et de panthère énorme et d'autres à pied, on aurait dit qu'ils étaient toujours plus nombreux.
– Ils en arrivent de tous les côtés. Je ne peux pas mourir. Toi tu le peux. Monte sur ma jument, Liath te mettra en sécurité ! Lui dit Macha.
– Par les dieux, jamais je ne fuis, dit Ciara en plantant son épée dans le ventre d'un des démons avec un sourire insolent
– Tu me plais ! Pe...
– Si jamais, je vous entends prononcer le mot petit. Je jure sur les dieux que cela sera vos derniers mots ! dit-elle en décapitant un autre d'un seul geste.
– D'accord ! D'accord ! Alors comment t'appelles-tu ?
– Ciara !
Macha eut un sursaut, en comprenant pourquoi cette jeune enfant l'attire autant.
Chacune des déesses a un animal qui la personnifie. Et lui permet d'avoir une descendance, sans cela leur lignée meurt.
Morrigann savait tout ça et lui avait dit qu'elle était morte avec tout le convoi lors d'une embuscade.
C'est pour ça qu'elle était restée si longtemps sans se manifester, laissant Morrigann aux commandes.
Sa peine était immense, elle connaissait ses parents. Sans toutefois être des amis proches, ils étaient honnêtes. Leur amour lui avait toujours paru irréel, lorsqu'ils se regardaient on aurait pu croire qu'ils étaient seuls au monde.
À la minute où ils avaient découvert la naissance proche de leur enfant. Ils avaient demandé une audience à Morrigann. Afin de demander à Macha de bien vouloir protéger leur enfant.
C'est ainsi qu'elle avait senti pour la première fois, les pouvoirs de la petite. Ses parents étaient latents et orphelins, ils furent donc émerveillés de la

nature de leur enfant. De la même façon, ils avaient compris pourquoi ils avaient été aussi attirés l'un par l'autre : ils étaient des âmes sœurs.
La petite avait trois ans à peu près, quand ils furent attaqués par des hyènes lors d'une embuscade, de retour du marché.
Il est certain que cette garce l'avait envoyé ici pour qu'elle assiste à l'exécution de cette enfant, scellant ainsi la fin de sa lignée.
De plus, cela la rendrait folle de douleur. Elle s'était attachée à cette fillette.
Ce qui mettait Morrigann en rage. Elle sentait que l'emprise qu'elle avait sur Macha diminuait en même temps que son amour pour l'enfant grandissait.

Quand les démons se mirent à reculer, elles cherchèrent ce qui avait pu leur faire si peur. Devant elles, une foule arrive en courant dans leur direction.
Elle est composée : de métamorphes, d'anges, de fées et du géant blond, à leur tête.
Il doit mesurer pas loin de deux mètres. Sa peau est dorée comme le miel et tout en muscle. À la main, il a une massue qui tient plus de l'arbre que de l'arme tellement elle était gigantesque.
Les panthères, les tigres, les loups et les autres espèces autour de lui sont aussi meurtriers que lui.
Laissant dans leur sillage, la mort et le sang de leurs ennemis.
Pourtant, Macha doit bien se l'avouer malgré l'effort que doit demander une telle arme, il ne semble avoir aucune difficulté à la manier.
    Sans savoir comment, elle est sûre qu'au contraire ça l'amuse beaucoup.
Elle se secoue, en se demandant pourquoi elle sent des vagues dans son ventre et une drôle de sensation dans sa poitrine.
S'énervant contre elle-même, elle devient plus bestiale et se lance à corps perdu dans la bataille.
Que ce soit, les anges avec leurs ailes immaculées, les fées rapides ou les métamorphes gigantesques partout où elle regarde, les uns aident les autres.
Mais pourquoi ? On lui a appris que les anges sont solitaires et ne se mêlent jamais aux autres. Idem pour les fées qui ne pensent qu'à s'amuser, quant aux autres ce ne sont que des bêtes ?
Alors pourquoi cette union ? Est-ce cet homme qui les réunifie ?

La bataille qui a duré des heures cessa quand les démons de tous poils battirent en retraites devant cette unité incroyable. Une alliance improbable

leur a donné l'avantage.
Il ne restait de la plaine si verdoyante qu'un amas de corps.
L'herbe est devenue rouge du sang des deux côtés. Les corps sont partout, la bataille avait été sanglante. Sans l'arrivée de Dagda et le revirement de Macha ainsi que le ralliement de toutes les espèces, la défaite aurait été assurée.
Quand une plainte horrible s'élève dans les airs.
– NON ! Je vous en prie. Non ! pas elle. Pas alors, que je viens de la retrouver ! Par les dieux, vous ne pouvez pas être si cruel !
Le temps se trouve figé. Tout le monde se retourne sur Macha qui tient dans ses bras le corps de la jeune Ciara, une épée plantée dans le cœur.
– Tu es une combattante, tu ne peux pas mourir, tu es si jeune !
L'enfant lève la main vers la jeune déesse, mais son bras retombe mollement. Ce qui fait hurler Macha qui tomba à genoux en pleurant.
Dagda est saisi comme tous. Pourquoi une déesse s'inquiéterait-elle du sort d'une métamorphe, si jeune soit-elle ?
Un homme s'avance vers elles, posant la main sur son épaule :
– Macha, je suis désolé. Je voulais la protéger, la mettre à l'abri pour que Morrigann ne la tue pas. J'ai échoué. Comment pourrais-tu me pardonner, alors que je ne le ferais jamais ? dit-il en baissant la tête.
Le visage marqué par la rage, elle lui répond :
– Je refuse ! Tu m'entends, Mebahel, jamais ! Je le jure sur les dieux ! Si je dois commencer à désobéir, alors que ma destinée débute aujourd'hui !
Personne ne comprend de quoi il retourne. Comment se connaissent-ils ? Et surtout, pourquoi la mort de cet enfant la met-elle dans une telle rage ? Et pourquoi Mebahel a-t-il l'air si affecté par cet acte ?
La brume se lève d'un coup les faisant tous reculer. Des croassements funestes se font entendre. Alors de longues ailes noires apparaissent dans le dos de Macha.
Baissant son visage sur le corps sans vie dans ses bras. Faisant fi des larmes qui coulent sur ses joues, elle referme ses ailes sur elles deux.

Mebahel se passe la main sur le visage, il a cru qu'il aurait le droit d'être aimé. Savoir ce qu'il en est de donner de l'amour et de le recevoir.
Il est le messager, celui qui porte le soleil et le changement. Il ne veut pas voir le destin cruel qu'on leur réserve.

En relevant la tête, il sait que sa décision est prise. Quitte à changer et à tout perdre, alors il le fera.
Il envoie à Macha une dose du pouvoir de Dagda, lui qui peut ressusciter les gens. Et tant pis si là-haut, ils y trouvent quelque chose à redire. Ils ont fait de lui ce qu'il est, une putain d'épine dans leurs pieds.
Oui, c'est la bonne décision. Après tout, à quoi bon être un ange si l'on nous condamne à être malheureux ?

Dans un flash lumineux, Macha ouvre d'un coup ses ailes. Révélant dans la stupeur générale la jeune fille debout vivante, avec les mêmes ailes que la déesse.
Un silence oppressant fait suite à cette apparition, nul n'ose bouger ou même parler.
Macha marche droit devant elle, le visage toujours baigné de larmes, Ciara à sa suite.
Partout où ses ailes frôlent un ange, une fée ou un métamorphe. Celui-ci ressuscite dans un halo de lumière, à la fois différent et semblable.

Il est sceptique. Comment sa magie, peut-elle se retrouver dans Macha ? Chaque fois, il sent un tiraillement comme si l'on puisait dans ses pouvoirs.
– Arrête, je t'en prie. Tu changes le cours de la vie, dit-il voulant la stopper.
Mais la jeune femme ne l'entend plus, il comprend avec effroi que la douleur a pris l'ascendant sur sa raison.
Où est-ce que Morrigann a repris le contrôle ?
S'il ne l'empêche pas, elle les changera tous. Attirant sur elle le regard de ses pairs et de la mort elle-même et pour une raison qu'il ignore ça le met en colère.
L'attrapant par les bras en la secouant, il a un mouvement de recul. C'est toujours elle, mais la vie semble avoir déserté ses beaux yeux verts. Il la secoue encore pour qu'elle se reprenne, en lui disant :
– Tu ne peux pas les changer ainsi ! Nous n'avons aucun droit sur eux, tu sais ce qui va t'arriver. Au même titre, que nous n'avons pas le droit d'avoir des enfants. Nous ne devons pas changer leur forme ou leurs âmes. Tu veux que les dieux te punissent ?
– Ah ! en réagissant à ses paroles. Car, ils se soucient de nous, tes dieux ? Ou même d'eux ? Montrant d'un geste les gens qu'elle venait de sauver.

– Non ! Nous ne sommes que des jouets pour eux. De petites choses sur lesquelles ils peuvent s'amuser, blesser, même tuer si le cœur leur en dit. Et nous avons le droit de ne rien dire ? Hé ! bien, je refuse. Tu m'entends, je le refuse ! Qu'il aille tous se faire pendre. Je m'appelle MACHA et je suis une guerrière, pas un agneau. Je protégerais les espèces même si je dois y laisser la vie, tu comprends !
Il baisse la tête vers elle. Plus troublé qu'il ne veut se l'avouer puisqu'elle n'a pas tort, il l'a souvent pensé.
Seulement, ce petit bout de femme contre son torse lui donne des sensations inédites et pas désagréables.
Tout en la regardant, il se demande quel goût peuvent avoir ses lèvres.
Il pose sa bouche sur la sienne au début pour l'apaiser, mais bien vite il comprend qu'il s'est leurré. Il est perdu !

Lorsqu'elle voit Ciara, l'épée dans les chairs. Elle a la certitude que c'est bien l'enfant tant recherché. Elle est son emblème, un corbeau.
Morrigann se met à rire dans sa tête et Macha comprend pourquoi « sa sœur » a tellement voulu qu'elle prenne possession de leur corps, pour voir disparaître son espèce.
La folie, la rage fuse dans son corps ainsi que dans sa tête.
Dans un hurlement, elle tombe à genoux tenant ce petit corps où la vie fuit inexorablement. Elle regarde attentivement son visage.
Sans être son enfant, elle porte sa vie. Ses longs cheveux noirs que la jeune fille avait tressés, sa peau blanche qui comme elle a de petites taches sur son visage et son nez. Les yeux noirs qui ne contiennent plus la moindre étincelle de vie.
Elle sent la présence de l'ange avant même qu'il ne pose la main sur son épaule, lui envoyant un pouvoir qu'elle utilise immédiatement.

Tout cessa, les bruits dans sa tête furent remplacés par des milliers de croassements. Elle sentit son pouvoir ainsi qu'autre chose de différent.
   Une force et une détermination sans pareil. En même temps que de longues ailes noires aux reflets bleus et violets poussent dans son dos.
Elle referma ses ailes sur la jeune fille et lui fit don d'une partie d'elle, de ce pouvoir qu'on lui avait envoyé.
Cependant, comme tout chose, il y a un prix à payer. À chaque créature

qu'elle touche, elle perd un peu plus d'humanité remplacée juste par le néant qui laisse la place à l'autre déesse.

Morrigann comprenant ce qu'il se passe, pousse sur son esprit en essayant de reprendre le contrôle.

Macha ferme son cœur et son esprit aux dieux. Elle ne leur doit plus rien, signant ainsi la destinée des premières O'Malley.

Rien ni personne ne pourra plus l'arrêter. Quand le géant blond la prend par les bras, en la secouant.

Elle lève ses yeux sur lui, les siens sont d'un bleu clair presque blanc. Un léger duvet blond recouvre ses joues.

Il a des lèvres fines dont le bas légèrement ourlé lui donne un air boudeur, le front haut et large avec un nez droit et fin qui donne à son visage une douceur inattendue.

Elle lui jeta toute la haine qu'elle avait dans le cœur.

Tout ce que les dieux avaient essayé de lui prendre puisqu'il faisait partie de ceux-là. Elle avait senti son pouvoir sur sa peau comme des milliers d'insectes rampant vers elle. Lorsqu'il s'était approché d'elle.

Elle allait le frapper quand il posa sa bouche sur la sienne. Comment un simple baiser peut-il tout changer ?

Transformer une attirance en quelque chose de si pur, si doux ? pensèrent-ils tous les deux.

Ils se retrouvaient enfin, comme s'ils n'avaient été que la moitié de quelque chose perdue depuis tant de siècles.

Ils ne faisaient plus qu'un. Quoi que les dieux eussent imaginé ou prévu, ils avaient définitivement perdu le contrôle.

Alors une petite brise se leva dans un souffle parsemé d'étoiles. Comme si elles avaient décidé de toutes se concentrer en un seul lieu, les mondes se détachèrent raccrochés en leur milieu à une terre nouvelle.

Un monde de paix qu'ils devraient construire, mais où toutes les espèces pourraient vivre et s'unir. Certes, les débuts seront chaotiques, mais avec de l'amour rien n'est impossible.

Elle pensait que c'était lui qui avait créé ce monde. Et lui imaginait le contraire.

Toute fois, c'était un mélange de tout ceci. Le respect qu'ils portaient aux autres ainsi que leur amour mutuel qui leur avait permis de créer ce monde.

La magie des lieux les envoya tous là-bas sauf les deux guerriers, qui se retrouvèrent dans une petite clairière à l'abri des regards.
Comme si leur création savait qu'ils avaient besoin d'intimité. Ils se retrouvèrent tous les deux enlacés.
– Que faisons-nous ici ? Dit-il en se retournant sur lui-même un peu décontenancé.
– Je ne sais pas, je pensais que cela venait de toi ?
– Non. Mais par quelle magie ? dit-il en penchant la tête. Tu les sens ?
– Qui ?
– Les dieux ? Je ne sens pas leurs pouvoirs. C'est comme si pour la première fois de ma vie, j'avais enfin le choix.
– Le choix, railla-t-elle, pour un peu, tu me ferais pleurer. Et pourquoi m'as-tu embrassé ? Penses-tu que comme tu es un homme, doubler d'un dieu ça te donne des droits sur moi ?
Il accueillit son ton hargneux avec un grand éclat de rire
– Bientôt, tu diras que tu n'as pas aimé et tu n'as pas senti le lien si fort entre nous ?
– Bon sang, tu crois que l'on a le temps de batifoler et de jouer les amoureux transis ? On ne sait pas où sont les autres, s'ils sont en vie. Et encore moins, où nous sommes ?
Il la détaille abasourdi, car il vient de comprendre que c'est eux qui ont créé ce lieu. Elle semble ne pas comprendre ou alors la peur qu'il ressent en elle obscurcit ses pensées.
– De quoi as-tu peur ?
– Moi ? De rien ni de personne !
Il a un sourire qui la désarçonne, car cela a révélé deux fossettes. Une à l'œil et une sur la joue gauche qui lui donne un air de canaille.
Se giflant mentalement, car cet homme lui tourne vraiment les sens. Elle lui répond :
– Tu ne comprends pas ! Elle l'a fait enlever alors qu'elle n'était qu'une enfant, me disant qu'elle et ses parents avaient été tués. Sans elle, il n'y aura plus d'oiseaux, plus de corbeaux et pour moi plus de lignée ni de vie. Que la réclusion dans le corps de cette femme que je hais !
Ses yeux étaient remplis de larmes. Il la fixe pendant quelques minutes, elle est si énervante, si forte et pourtant tellement fragile.
Il voudrait chasser ses larmes ainsi que la peine dans son cœur, mais il sait

qu'il lui faudra du temps pour apprendre à lui faire confiance.
Et il va devoir trouver vite des sources froides pour pouvoir rester de marbre.
Lui tendant la main, il lui dit :
– Viens, allons retrouver nos compagnons.
Elle la regarda quelques secondes et lui donna la sienne.

CHAPITRE 2

Ils avaient retrouvé leurs compagnons dans une clairière un peu plus loin, tout le monde était indemne. Différent, c'est certain, mais sain et sauf.

Il y avait tant à faire, chaque espèce voulait son territoire ce qui était normal.
Il fallait aussi appréhender leurs nouvelles formes. Les métamorphes qui ne se changeaient en homme qu'à la pleine lune, pouvaient passer de l'un à l'autre rien qu'en y pensant.
Le souci était qu'il fallait refréner certains instincts, certaines habitudes.
Les prédateurs ayant l'habitude de marquer leurs territoires ont dû apprendre à se contrôler. Les fées qui avaient été toujours de petites tailles pouvaient à présent grandir ou rapetisser rien qu'en l'imaginant, les anges pouvaient prendre n'importe quelle forme comme leurs ailes disparaissaient et ils pouvaient aussi changer d'apparence. Ce qui amena certaines situations cocasses,
À ça, des dons s'éveillèrent. Celui de parler aux animaux, aux fleurs, etc.
Toutefois, aucun conflit n'avait eu lieu. Toutes les espèces que Macha avait changées étaient on ne peut plus pacifiques.
Est-ce le fait d'avoir vu tant de morts ? Où avaient-ils pris un peu de la douceur de la déesse ?
Nul ne le savait, mais il faisait bon vivre dans ce Nouveau Monde qu'ils baptisèrent FÉERÉLIA.

D'un commun accord, ils décidèrent de créer des portails. De façon que toutes les espèces puissent circuler dans leurs mondes respectifs.
Avec les pouvoirs de tous, ce monde était magnifique :
Des forêts à perte de vue, ils avaient même réussi à faire des océans.
Les anges avaient créé de grandes habitations semblables à de petits manoirs, sur de gros rochers suspendus.

Chaque portail ouvrait sur un monde. Notamment sur la Terre, où vivaient des êtres qui leur ressemblaient. Mais sans pouvoir, pourtant avec une imagination débordante qui les faisait sourire. Qu'ils continuent de croire qu'ils ne sont que des inventions de contes et de fables.
Ils prirent la décision de ne pas leur révéler leurs existences. Si certains d'entre eux semblaient être paisibles, tous n'étaient pas ainsi.
Les guerres étaient légion là-bas, ce qui faisait remonter les souvenirs des conflits avec les démons.
Tout cela ne se fit pas en un jour, bien entendu.

Dagda regarde Macha, qui tresse les cheveux de sa protégée. Elle est si détendue quand elle est avec la jeune fille, cela lui donne un air presque enfantin.
Comme à chaque fois qu'il la regarde, son désir pour elle se réveille.
D'accord pour être honnête, il n'a même plus besoin de la regarder pour la désirer. Il suffit de sentir une rose pour qu'il l'imagine contre lui.
Quand il regarde les feuilles des arbres, il s'imagine voir ses yeux si verts, c'est sûrement une sorcière pour m'avoir ensorcelé de cette façon, pensa-t-il.
Comment ne pas la brusquer ? Il rêve d'elle dès que le sommeil le gagne.
Il doit chaque soir se jeter dans l'océan pour se calmer et ne pas passer pour une bête en rut. Tous leurs compagnons ont remarqué son manège, il n'y a qu'elle qui ne se rend compte de rien.
Par moment, il se demande si elle a déjà connu des hommes tant elle ne comprend pas ses allusions ou même sa façon de la regarder.
Les fées se moquaient de lui. Car sa réputation envers les plaisirs charnels n'est plus à faire. Pourtant il a refusé toutes les demandes, il ne peut plus avoir qu'elle maintenant.

Macha

Je sais qu'il me regarde, j'ai senti son aura m'approcher. Mais comme d'habitude, je fais semblant qu'il n'existe pas.
J'ai bien vu, les fées qui se frottent à lui l'aguichant ce qui m'irrite sans

que je comprenne pourquoi. Sans compter tous les rires que je surprends.

Pourquoi les autres hommes ne sont-ils pas comme lui ?

Ils ne me prennent pas la main ou autre. J'ai vu les hommes réagir avec les autres femmes, les effleurer, parfois même leur voler des baisers. Mais pas à moi. Pas que cela m'intéresse, mais je n'ai jamais eu le temps ou l'envie d'être avec l'un d'entre eux.

Où est-ce parce que je me suis toujours plus ou moins cachée ?

Préférant laisser Morrigann prendre le dessus sur moi ?

Je n'ai jamais su faire autre chose que me battre et puis il faut dire qu'elle n'était pas regardante sur ses prétendants.

En y repensant, ses contacts étaient bien différents. Pas d'émois ni de tendresse, comme lorsqu'il m'a embrassé.

J'y repense souvent. Et comme à chaque fois un soupir m'échappe, ce qui amuse beaucoup Ciara.

– Il te regarde encore ?

– Ça te fait rire toi, bien sûr ! lui dis-je, en lui tirant les cheveux. Elle adore m'énerver.

– Aie, mais heu, je n'y suis pour rien moi. Va le voir et dis-lui que tu rêves de lui, que tu voudrais. Comment, dis-tu déjà ? Ah oui qu'il pose encore ses lèvres sur les tiennes.

Elle part en courant tout en riant. Elle mime des bisous, car elle sait que Macha va râler et lui donner un coup de brosse si elle reste près d'elle.

Elle adore l'entendre parler de Dagda, son visage se transfigure. Elles ont beaucoup parlé toutes les deux.

Un peu de tout, de ses parents, de son rôle dans sa vie. Et des pouvoirs qu'elle lui a insufflés et qui l'ont sauvé de la mort ainsi que de Morrigann.

Aussi proches que des sœurs, elles n'ont aucun secret l'une pour l'autre. En dépit de son jeune âge, la jeune fille est heureuse d'être traitée en égal.

Macha lui avait dit un jour :

– Je ne sais trop bien ce que l'on ressent quand on nous ment ou l'on nous néglige. Après toutes les épreuves que tu as vécues, tu mérites

d'être traitée en femme. Petite, mais en femme !
Ce que bien sûr Ciara avait salué en lui tirant la langue.

Puis comme d'habitude, elles avaient fini par se chamailler. Se courant après pour se chatouiller, se faire rire mutuellement. Naturellement, elles avaient fini par parler du guerrier et des sentiments que celui-ci inspirait à la jeune femme.

Même si Ciara avait déjà compris qu'elle n'était pas indifférente à ses charmes.
Il suffisait qu'il soit à côté d'elle pour qu'elle devienne gauche et rougissante, ce qui d'ailleurs la mettait souvent en colère. Mais qui la faisait rire, elle.
Elles jouaient ensemble comme d'habitude, quand Ciara décida d'aider un peu les deux amoureux, se dirigeant vers le jeune homme. Et au dernier moment se transformant en corbeau, pour se glisser dans un arbre.
Ce qui déstabilisa Macha. Son pied buta sur la liane que Ciara avait fait ressortir du sol, elle tomba droit dans les bras du jeune homme :
– Hé bien ! En voilà une façon de se comporter pour une jeune femme ?

Je vais pour le repousser vertement quand je vois sur son visage, un grand sourire.
– À croire que cela t'amuse de m'énerver, ma parole !
– Oui, je l'avoue, j'adore voir tes yeux lancer des éclairs. Ta bouche boudeuse et ton petit air buté qui me donne envie de dévorer ta bouche.
Je me sens rougir d'un coup, cherchant mes mots pour la première fois
– Aurais-je réussi à te faire taire ? Où toi aussi en as-tu envie ?
Je pose mes mains sur son torse pour l'écarter. Alors, je sens battre son cœur.

Je n'arrive plus à penser à autre chose que ce corps chaud sous mes mains qui remontent sur ses épaules.
Il ne bouge et ne parle pas comme s'il avait compris que même si je suis tentée de continuer la peur de l'inconnu me submerge.

Ciara a repris forme humaine et s'assoit sur une branche en se disant qu'elle devait les laisser tranquilles et veiller à ce que personne ne brise le charme.

Lorsqu'un mouvement scintillant au bout de ses doigts attire son attention. D'un geste de la main, elle étire comme une toile d'araignée et elle l'envoie vers les deux jeunes gens qui se retrouvent ainsi dans un espace rien qu'à eux.
– Bien ! J'espère que cela ira, je ne peux pas faire mieux. Allons voir si ce nouveau don peut m'aider à chiper quelques gâteaux.
D'un bond, elle saute de l'arbre et va chaparder dans les cuisines.

Le temps est comme suspendu. J'ai à peine senti la protection de Ciara, tant je suis tendu.
Que faire ? Je ne peux pas laisser mes mains comme ça ? Pourquoi mon cœur s'emballe-t-il ainsi ?
Sa peau est si chaude, si dure. Je sens son cœur qui bat sous mes mains, je m'approche doucement. Il sent si bon, un mélange de forêt et d'océan.
Je ferme les yeux, mes mains montent doucement. Il se racle la gorge comme s'il allait s'étouffer.
J'ouvre les yeux et scrute son visage, il a l'air aussi nerveux que moi.
Il ne cesse de se passer la langue sur les lèvres, quelque chose se serre dans mon ventre. Je me perds dans le bleu de ses yeux où je suis en train de me noyer, il se rapproche.
Pourquoi est-ce que je tremble ? J'ai tellement hâte et si peur en même temps.
Il se baisse sans me lâcher du regard et pose ses lèvres sur les miennes. C'est magique. Sa langue passe sur mes lèvres, j'ouvre la bouche et elle vient caresser la mienne. Je vais m'évanouir. Je me raccroche à lui, ses mains caressent mes cheveux ainsi que mon cou et mon dos.
Je frissonne, je me consume de l'intérieur. Il a allumé un feu en moi dont j'ignorais l'existence.
Ses mains passent sur mes seins, je gémis. Comment fait-il, est-ce un don ?
Mes mains lui rendent l'appareil, je le caresse timidement d'abord puis je passe mes mains dans ses cheveux. Ils sont aussi doux que de la soie.
Je sens la chaleur monter dans mon corps comme une lave qui brûle tout sur son passage.
Nous glissons à terre, sa bouche trace un sillage de feu sur ma peau. Si

je n'avais qu'un souhait, ce serait que cela ne s'arrête jamais.
Mon esprit est en déroute, je ne comprends pas. Cela n'était pas ainsi avec Morrigann, il n'y avait que combat et domination.
Par quel miracle, me suis-je retrouvée nue sous ses yeux ? Je ne sais pas.

 Mais peu m'importe, il me regarde comme s'il avait découvert un trésor et j'ai de plus en plus de mal à réfléchir.
Je tends mes bras vers lui, j'ai tellement envie de le sentir contre moi. Il ne se fait pas prier.

 Il prend le bout de mes seins dans sa bouche pour mordre et les lécher, je me tortille en gémissant.
Quelle douce torture, il embrasse mon ventre et continue à descendre.

 Que fait-il ? Je retiens ses mains, j'ai peur.
– Ne bouge pas ma guerrière, mon amour. Jamais je ne te ferais de mal, j'en mourrai. Mais laisse-moi te goûter, j'en rêve au point de devenir fou !
J'hésite, ce n'est pas normal de vouloir de cela.
Je le fixe, mais il n'esquisse aucun mouvement. Il attend ma décision, mes mains caressent doucement son visage.
Sa peau est douce, pourquoi avait-il taillé sa barbe ? Je n'en ai pas la moindre idée, mais ce contact m'électrifie.
Ses yeux sont magnifiques, leur couleur si claire semble être deux lagunes. Par les dieux, peut-on mourir par amour ?
Car si c'est le cas, mon trépas ne tardera pas. Je laisse mes bras retomber. Sans un mot, je m'offre totalement à lui.
Quand sa bouche se pose au cœur de ma féminité, je me tends et un gémissement sort du fond de mes entrailles. Je prends feu, la lave me consume.
J'ai l'impression que ma peau se désagrège et que mon âme s'envole alors que sa langue caresse, suçote et tire sur ma peau si sensible. Mes mains griffent la terre.
Puis, je me tends contre sa bouche dans un cri. Je suis au paradis, je ne veux plus jamais redescendre.
Il se relève en se léchant les lèvres. Si un jour on m'avait dit que ce simple geste me consumerait de l'intérieur, jamais je ne l'aurais cru.
Il est tellement beau, je crois que mon cœur s'est attaché à lui plus que

je ne le pensais.
Tout en me regardant, il se déshabille doucement. Il passe sa longue tunique par-dessus ses épaules, je n'arrive plus à avaler ma salive tant j'ai la gorge sèche.
Sa peau ressemble à du granit si dur et pourtant si souple, mes yeux ne peuvent s'empêcher de descendre vers ses jambes.
  Je me sens nerveuse et pourtant féline, joueuse même ? En souriant, il prend ma main pour le caresser.
  Je ne savais pas qu'un homme pouvait être aussi imposant, mes yeux s'agrandissent de peur ou d'anticipation ?
Je m'assois sur mes genoux, curieuse.
Un peu perdu, je le regarde dans les yeux et ce que j'y lis me rend audacieuse.
Mes mains l'agrippent plus fort, je monte de haut en bas sans lâcher des yeux mon geste comme si j'étais hypnotisée.
  Je relève la tête et le vois fermer les yeux, il a du mal à respirer :
– OH ! Macha, tu vas me tuer !
Croyant m'être aventurée trop loin, je cesse mes caresses et il se reprend
– Non, par les dieux. Je t'en supplie, ne t'arrête pas ou je vais mourir sur place.
Je sens un sourire se former sur mon visage, je suis comme grisée par le pouvoir que je semble avoir sur lui.
Je me rapproche et souffle sur son membre qui a encore grossi, il tressaute alors que l'entend gémir.
Il serre les poings si fort que je vois les veines de ses mains et de ses bras ressortis.
Aventureuse, je passe la langue sur cet organe qui me fascine et il gémit plus fort. Contente de mon effet sur lui, je le prends en entier dans ma bouche.
  Il m'emplit complètement. Il gémit plus fort en attrapant mes cheveux.
– Oh, bordel ! Si j'avais su que ta bouche était aussi douce et aussi profonde. Je pourrais y passer ma vie entière.
À ces mots, le volcan qui s'est réveillé dans mon ventre se tord et lâche une légère humidité qui s'épand entre mes jambes.

Ses yeux s'ouvrent d'un coup. Peut-il le sentir ?
– Je vais essayer d'être doux, mais je ne te promets rien. Tu sapes tout mon contrôle, ma sorcière.
Dans un sourire, il nous rallonge sur l'herbe. La mousse me chatouille, mais me procure une fraîcheur bienvenue à moi qui ai l'impression d'être incandescente.
Je me tends quand il pousse son membre en moi, une petite douleur me fait fermer les yeux. Il s'arrête le temps que je m'habitue à sa taille puis reprends ses va-et-vient.
Il s'enfonce en moi, je ne souffre pas au contraire. J'ai l'impression que chaque fois le volcan que je viens de découvrir est sur le point d'imploser.
Quand il se retire, je le bloque avec mes jambes. Inquiète, je ne veux pas qu'il parte et je scrute son visage souriant.
– Ne t'inquiète pas ma douce, je n'en ai pas fini avec toi.
D'un coup, il s'enfonce encore plus en moi et recommence sa danse érotique qui me rend folle.
Je l'entends gémir, mais d'autres bruits me troublent. Je comprends que cela vient de moi qui pousse des gémissements tel un animal.
Je ronronne, roucoule. Mon âme se fragmente.
J'entre en éruption, la lave jaillit de moi dans un cri pendant que des larmes coulent sur mes yeux.
    Mon corps s'agrippe à lui comme s'il était mon univers.
Je l'aime. J'étais incomplète avant lui.
Je sens une douce chaleur dans ma tête et dans mon cœur comme si j'avais enfin ma place, je suis entière enfin !
Nos mains se cherchent et se trouvent, je l'embrasse à perdre haleine comme si mon âme voulait le remercier d'exister.
D'un geste, il me repousse pour mieux me regarder alors qu'il continue de bouger en moi.
Si je dois mourir que ce soit maintenant, enfin comblée.
– oh ! mon amour jouit pour moi. Ma déesse, ma sorcière ne te retient pas.
Au moment où les mots atteignent mon cerveau, mon corps s'arc-boute.
J'explose, le volcan dans mon ventre s'est transformé en un tsunami et à tout emporté.

Dans un cri, il me rejoint. Je sens des jets exploser en moi, m'emportant une nouvelle fois dans une explosion de pur plaisir.

Il m'embrasse en s'allongeant à mes côtés, un sourire béat sur nos visages. Épuisés, nos yeux se ferment.

Je suis SA femme et c'est MON homme.

Dagda

Je la regarde encore tant j'étais sceptique. Je pensais qu'elle jouait la comédie pour m'attirer dans ses filets.

Je comprends que Morrigann l'a isolée de tout, ne la laissant émerger que quand cela servait ses desseins.

Elle avait appris au fur et à mesure à interagir avec les autres, mais pas sans mal.

Ni sans mon aide, combien de fois avais-je dû aller calmer les fées.

Ou empêcher certains métamorphes de s'approcher d'elle, ils n'en auraient fait qu'une bouchée.

C'est étonnant que les anges n'aient rien tenté comme s'ils savaient quelque chose que j'ignorais.

J'ai de plus en plus envie d'elle. Surtout le jour où je l'ai vu sous la cascade proche de notre campement, complètement nue.

Heureusement que vu la chaleur, je ne portais qu'une longue tunique.

Sinon, nul doute que j'en aurai encore entendu parler sur la partie de mon anatomie se dressant fière comme un coq.

Tout le campement se serait moqué de moi.

Comme d'habitude, certaines femmes auraient essayé d'en tirer avantage. Mais je ne veux qu'elle.

Mes yeux se reportent sur les deux jeunes filles, leur amitié me rassure.

La jeune femme est souvent seule et froide sauf quand elle était avec Ciara comme à cet instant.

Elles jouent comme des enfants en se tirant les cheveux et se poussant tout en riant aux éclats.

Elle était si belle ainsi avec ses petites fossettes aux coins des lèvres qui éclairaient son visage.

Je vois Ciara foncer sur moi. Rien d'inhabituel puisqu'elle passe son temps à me sauter dans les bras.

Je suis donc surpris quand elle se transforme pour s'envoler droit au-dessus de moi.

Il ne me faut que quelques instants pour comprendre son stratagème.

Un lierre se soulève du sol pour faire chuter Macha droit dans mes bras.
Quelle chipie ! Je jette un œil vers le ciel sûr qu'elle n'est pas loin.
– Hé bien ! En voilà une façon de se comporter pour une jeune femme.
Je souris en sachant que comme à son habitude je vais en prendre pour mon grade, ce qui ne manque pas.
– À croire que cela t'amuse de m'énerver, ma parole !
– Oui, je l'avoue, j'adore voir tes yeux lancer des éclairs. Ta bouche boudeuse et ton petit air buté qui me donne envie de dévorer ta bouche.
Son joli visage rougit. Bon sang, je vais finir par me comporter comme une bête si elle continue à me fixer avec ses lèvres si serrées.

Je ne résiste pas à la faire enrager :
– Aurais-je réussi à te faire taire ? Où toi aussi, en as-tu envie ?
Elle pose ses mains sur ma poitrine pour me repousser comme elle le fait souvent quand je l'énerve.
Mais elle reste fixée sur mon torse sans bouger, ses mains se mettent à remonter doucement sur mes épaules.
Ne pas bouger et se taire. C'est à peine si j'ose respirer.
Je ne veux surtout pas qu'elle s'arrête. Ses yeux verts sont si brillants que je peux presque voir ce qu'elle ressent et ce qu'elle pense.
J'en veux tellement plus et pourtant mon cœur bat si vite comme pour dire qu'il lui appartient.
Je sens le pouvoir de la petite Ciara se manifester, je ne bouge pas de peur d'effrayer Macha.
J'envoie mon esprit étudier cette bulle qu'elle a formée autour de nous, nous sommes à l'abri des regards et des oreilles indiscrètes.
Cette enfant est vraiment étonnante, il faudra que je la remercie si toutefois il se passe quelque chose.
Macha s'approche de moi. Son corps est si près que je peux sentir la pointe de ses seins sur moi.

Elle ferme les yeux, je l'entends inspirer.
Je l'imagine nue offerte sous moi ce qui ne manque pas de tendre encore plus mon sexe.

Ma bouche est tellement sèche que j'essaie de me racler la gorge et manque de m'étouffer.

Elle ouvre les yeux d'un seul coup et me fixe. J'ai l'impression de voir une forêt tellement leur couleur est éclatante.

Je passe ma langue sur mes lèvres desséchées, elle tremble ?

Je me baisse légèrement sans la lâcher des yeux de peur de me réveiller, car je rêve c'est certain.

Je pose mes lèvres sur les siennes. Je passe ma langue sur les siennes en espérant qu'elle ouvre sa jolie petite bouche pour moi ce qu'elle fait. Ma langue la caresse, elle se colle contre moi comme si elle voulait faire partie de moi.

Mes mains s'enfoncent dans la masse soyeuse de ses cheveux. Je nous imagine dans plusieurs positions mes poings serrant cette masse de soie.

Si je continue ainsi je vais me répandre comme un jeunot.

Je descends mes mains le long de son cou. Sa peau est si douce, elle frissonne quand mes mains passent sur son dos. Malgré moi, je souris. Je glisse vers ses seins, je sens pointer ses mamelons. Je me sens fiévreux et à l'étroit.

Jamais je n'avais autant bandé pour une femme, j'en ai presque mal.

Je ne vais pas réussir à me contrôler maintenant qu'elle me caresse les cheveux et que son corps est de plus en plus collé au mien.

Je glisse avec elle sur le sol, la mousse sous elle se confond avec la couleur de sa robe. Je ne peux pas m'empêcher d'embrasser tout son corps.

De son cou en passant par ses oreilles, je descends fiévreusement vers sa poitrine.

Je réussis à en extraire un de ses jolis seins. Si blanc, avec ce mamelon qui semble me narguer.

Pourvu que je ne rêve pas. Je vous en prie mes frères, ne me faites pas cela.

Sa robe me gêne, je défais la ceinture et la lui ôte. À quoi pense-t-elle ? Elle fronce les sourcils alors qu'elle est nue devant moi.

Est-ce moi qui ai grogné ainsi ?

Je ne peux pas détacher mes yeux de son corps parfait, ses cheveux autour de son visage ressemblent à des feuilles d'automne.

Elle est toute en courbe, une peau tendre et musclée en même temps.

Cette odeur de rose m'entête.

Je ne pourrais plus jamais sentir une de ces fleurs sans avoir cette image s'imprimer dans mes souvenirs.
Son corps offert et ses seins dressés, mes yeux se posent sur le cœur de son intimité.

J'ai découvert le sens de ma vie, vénéré ce corps pour l'éternité.
Elle me tend les bras, je ne me fais pas prier. Je prends chacun de ses seins dans ma bouche en les titillant.

J'adore l'entendre gémir et se tortiller sous mes caresses.
Sa peau a le goût du miel. Bon sang, je ne peux plus attendre.

Je dois la goûter et voir si elle a le même goût. D'un mouvement, elle saisit mes mains.

Je sens sa peur, mais mon désir d'elle va me consumer. D'une voix que je ne reconnais pas, je m'entends lui dire :
– Ne bouge pas ma guerrière, mon amour. Jamais je ne te ferais de mal, j'en mourrai. Mais laisse-moi te goûter, j'en rêve au point de devenir fou !
Elle hésite, mais je ne bouge pas.
Ses mains caressent mon visage. Je suis heureux de m'être débarrassé de ma barbe, sa peau si douce aurait été irritée par son passage.
De plus, je voulais paraître plus jeune. Je ne sais pas pourquoi, mais je pense que pour lui plaire je serais capable de n'importe quoi.
Si elle savait que je pourrais faire mille folies pour elle. Son contact m'électrise et fait dresser le duvet sur mes bras.
Son regard se baisse doucement, je frémis d'anticipation et me répète sans arrêt.
« Calme-toi, respire, calme-toi »
Mais quand ma bouche touche sa peau si tendre, je perds pied.
Ma langue la caresse. Suce sa peau si tendre, j'aspire et lèche ce nectar au goût de miel de rose.
Elle va me faire perdre la tête. Je sens ses mains griffer la terre à ses côtés.

Je ne sais pas si elle se rend compte que ses mains caressent mes cheveux ainsi que mon dos et ses ongles me griffent.
Elle me met au supplice, chacun de ses gémissements tend mon sexe.

Je ne tiendrai pas longtemps, quand dans un cri elle se cambre sur ma bouche.

Je me relève en léchant son nectar sur mes lèvres ne la lâchant pas des yeux. Je crois toujours à un tour de mes frères.

Elle ne peut pas être là nue et offerte devant moi.
D'un geste, je retire ma tunique.

Heureux finalement d'avoir suivi la « mode » des métamorphes qui ne portait qu'un seul vêtement.

Ses yeux ne me quittent pas. Alors après tout si c'est un rêve, je prends ses mains et les poses sur mon sexe.

Ses yeux s'agrandissent comme si elle appréhendait. Mais elle n'a peur de rien et se met à genou devant moi.

Si elle continue à me regarder avec cet air innocent qui met le feu à mon corps, je crois que je vais la prendre là sur place.

Sa main me serre un peu plus fort. Merde ! Elle monte et descend sa petite main la regardant comme si elle était hypnotisée.

Elle va me tuer, je suis sûr qu'elle va me tuer. J'essaie de me calmer, de penser à autre chose.

J'ai de plus en plus de mal à avaler ma salive. Je ferme les yeux :
– OH ! Macha, tu vas me tuer !

Elle ne bouge plus, malgré moi mon corps se tend. Je ne sais pas comment j'ai la force de lui dire :
– Non, par les dieux. Je t'en supplie, ne t'arrête pas ou je vais mourir sur place.

Je serre les poings si fort que j'entends mes os craquer, j'ouvre les yeux pour voir ma petite sorcière sourire visiblement fiers d'elle

Je la vois se baisser pour souffler sur mon gland presque au bord de la rupture. Puis elle passe sa langue dessus,

C'est certain, je suis mort. Je crois qu'elle ne peut plus rien faire de pire quand elle me prend en entier dans sa bouche.

Je ne peux m'en empêcher, j'attrape ses cheveux et bouge malgré moi dans sa bouche tout en gémissant, je lui dis :
– Oh bordel ! Si j'avais su que ta bouche était aussi douce et aussi profonde. Je pourrais y passer ma vie entière.

J'ouvre les yeux d'un coup, je l'ai senti. Elle est tellement excitée que je suis sûr qu'elle est trempée.

Je ne peux plus me retenir si je ne m'enfouis pas en elle, je vais devenir

fou. Doucement, je lâche :
– Je vais essayer d'être doux, mais je ne te promets rien. Tu sapes tout mon contrôle, ma sorcière.
Je m'allonge sur elle et nos corps s'emboîtent à la perfection, je frémis d'anticipation.
J'ai compris qu'elle était vierge alors doucement centimètre par centimètre, je m'insinue en elle.
J'en regrette presque d'être si imposant, je m'arrête le temps qu'elle s'habitue à cet étirement.
    Je vais pour me retirer quand elle enfonce ses pieds dans mon dos, je saisis son message et regarde son visage avec adoration.
– Ne t'inquiète pas ma douce, je n'en ai pas fini avec toi.
Je m'enfonce en elle de plus en plus vite, de plus en plus loin.
    Ses gémissements me rendent fou, elle roucoule et ronronne comme un chat griffant mon dos et balançant sa jolie tête de droite à gauche.
    Je sens un tiraillement sous mon crâne, mon âme s'ouvre à elle.
    Nos mains se croisent. Nos bouches se trouvent comme nos cœurs, nous ne formons plus qu'un.
Je me décale de façon à mieux la regarder, je veux encore la voir jouir. Cette image me réchauffe le sang et les sens. Ses yeux me fixent, elle est si belle et si désirable.
– oh ! mon amour jouit pour moi. Ma déesse, ma sorcière ne te retient pas.
Au moment où ces mots quittent ma bouche, je la sens m'encercler un peu plus. Dans un cri, je la rejoins en me déversant en elle.
Je m'allonge à ses côtés après un dernier baiser, un sourire sur nos visages.
Mon cœur a enfin trouvé son port d'attache, je n'aurais de cesse de l'aimer. Elle est mon univers, ma FEMME.
Nos corps et nos âmes se sont aimés à plusieurs reprises cette nuit et beaucoup d'autres après.

Finalement, personne ne fut surprise de notre rapprochement. La petite Ciara chante partout que c'était grâce à elle.

Nous allions avoir du mal avec elle. Ses pouvoirs étaient plus

impressionnants que je le pensais au début.
　Nous avons la vie devant nous pour lui apprendre à se contrôler. Enfin à ce moment-là je le pensais ou plutôt je l'espérais.

CHAPITRE 3

Dagda

Je la retrouve assise sur une pierre, elle a l'air si triste
– Hé, bien mon cœur. Que se passe-t-il ? Aurais-tu perdu encore une fois la trace de Ciara ?
Celle-ci joue des tours à tout le monde, s'étant mise dans la tête une mission de former des couples avec ses pouvoirs.
Combien de métamorphes, fées ou anges en avaient déjà fait les frais ?
La coquine ne s'encombrait pas d'espèces ou même de genres, nul n'est à l'abri de ses manigances et ses coups pendables.
Comme les cuisines qui se vidaient d'un coup de tous leurs trésors sucrés.
Les habitants de Féerélia ont appris à déjouer ses stratagèmes alors qu'on la réprimande souvent, mais rien n'y fait.
Toute fois, personne ne reste longtemps fâché contre elle. Ils savent tous qu'elle veut juste voir tout le monde heureux.
Ses beaux yeux verts me fixent un instant :
– Je pense que nous nous séparerons bientôt.
Je la regarde inquiet. Je la trouve souvent triste et tourmentée ces derniers temps.
En me rapprochant d'elle pour la rassurer. Je saisis une fragrance qui m'a déjà interpellé à plusieurs reprises.
Un mélange de fleurs prononcées avec un soupçon de forêt.
Je la dévisage lorsqu'une idée germe dans mon esprit la voyant la main posée sur son ventre.
Qu'est-ce que je peux être lent par fois !
Instantanément, je saisis la teneur de cette simple phrase et pose ma main sur la sienne.
Je sens cette petite lumière au fond d'elle. Notre lumière, mais aussi le début des ennuis.
– Nous veillerons sur elle, mon amour. Personne ne pourra nous chasser de sa vie, nous sommes des dieux !
– Tu sais aussi bien que moi que Morrigann ne nous laissera pas

faire, je la sens reprendre des forces. Ni tes frères qui plus est. Ne le nie pas, toi aussi tu les sens nous appeler.
Je baisse les yeux. Oui, je sais tout ça et ça me met dans une rage folle. J'y ai cru moi à ce bonheur.
Je serre les poings, je refuse de perdre tout mon univers. Ils ne sont plus rien pour moi, elles et mes compagnons sont mon tout. Quand un petit coup se fait sentir dans le ventre de Macha, nous nous regardons tous deux :
– Mais ce n'est pas possible ?
Nous avons parlé d'une même voix
– Est-ce que ta grossesse est plus avancée que je ne croyais ? Ton ventre ne s'est même pas encore arrondi ?
– Je ne sais pas, c'est impossible. Pourtant, je sens sa force. Et toi ?
Effectivement, une énergie pure traverse le tissu et le ventre maternel. Elle est tellement forte que je retire ma main vivement tellement celle-ci chauffe.
– Bon sang. S'ils la trouvent, ils la tueront !
– Jamais ! tu m'entends même si je dois mourir pour ça. Je la protégerai quoiqu'il m'en coûte.
– Nous la protégerons tous ensemble. Nous sommes une famille maintenant.
Elle serre les mains sur son ventre, elle n'est pas si sûre qu'ils auront le droit à une fin heureuse.

Macha

    Les jours passent si vite alors que je te sens grandir en moi, ma fille. Morrigann gagne de la force. Je la sens cogner dans mon esprit voulant à tout prix sortir de la prison imaginaire dans laquelle mon corps l'a enfermée.
D'ici peu, je n'aurais plus la force de la contenir.
Les dieux sont contre nous, nous avons désobéi prenant notre vie en main et ne suivant pas leurs désirs.

Petite chose, tu grandis en moi. J'entends parfois ta voix et ton esprit lorsque tu comprends que ton père et moi pleurons. Comme une petite

mélodie, un bonheur pour nos âmes brisées.
Ciara aussi m'inquiète, elle se renferme sur elle-même. J'ai parlé avec les fées et les anges, tout le monde sera là pour vous.
Je sais déjà que je resterais peu de temps à tes côtés. Je ne l'ai pas dit à ton père, il ne comprendrait pas.
J'ai peur pour toi, mon ange. Chaque jour est plus terrible que l'autre. Chacun de tes coups devrait être un bonheur et pourtant c'est autant de déchirement dans mon cœur.
J'aime ton père et Ciara plus que tout. Mais toi tu es ma vie l'essence même de mon âme.
    Les fées, les anges et les sorcières ont eu des visions de l'avenir comme moi.
    Et dans aucune d'elle, je ne te vois grandir.
Je leur ai demandé de garder le secret, Dagda et Ciara deviendraient fous s'ils connaissaient la vérité.
Alors, je colle un masque sur mon visage. Celui d'un bonheur sans faille.
Les métas sentent quelque chose, mais ils pensent certainement que la délivrance me fait peur.
OH ! comme je hais ce mot qui sonne pour moi d'une façon funeste à mes oreilles.
Ma fille, ma petite princesse j'ai bien peur que ta vie ne soit pas celle que je voudrais.
Je les vois venir vers moi alors mon masque de femme heureuse se remet en place, un visage familier les accompagne.

Mebahel. Il fait souvent des « excursions » sur le monde appelé terre ainsi qu'en Avalon, comme un genre de porte-parole ou de gardien si l'on peut dire.
Suis-je la seule à remarquer sa façon de me regarder ? Il sait !
– Alors, dit-il, ils sont aux petits soins pour toi ? Mais tu es énorme !
Malgré moi, un sourire, un vrai effleure mes lèvres
– Tu as l'art de flatter les femmes, dis-moi ?
– Une femme, où se trouve-t-elle ?
– Goujat ! Tu vas voir si je t'attrape.
Je me lève difficilement. Il a raison, mon ventre va probablement

exploser. Je me dirige vers lui pour lui donner une tape derrière la tête malgré sa haute taille.

– Hé, Dagda ! Aide-moi, ce n'est pas juste. Je ne frappe pas une femme, si imposante soit-elle, dit-il en esquivant une autre de mes gifles.

Quand subitement, je l'attrape et le serre de toutes mes forces. Il a senti ma peine et il m'a offert une échappatoire. Je sais qu'il sera là pour eux et ça me rassure.

Il me fait tourner dans ses bras. Sa main caressant discrètement ma tête. Empêchant ainsi l'homme de ma vie et ma fille adoptive de voir la détresse qui me submerge.

– Je n'y arriverai pas. Dis-je dans un souffle les larmes aux yeux.

– Oh, que si ! a-t-il répondu, sur le même ton.

Dagda se mit à toussoter :

– Pour un peu l'ange, je serais jaloux. Tu n'as pas l'air de la trouver si grosse que ça finalement, MA femme.

Mebahel lâche un éclat de rire, il a l'air si jeune quand il sourit ainsi. Dommage que ces moments soient rares, car ça lui va bien.

– Allons, mon ami toujours aussi jaloux à ce que je vois. Ne t'inquiète pas, son cœur ne bat que pour toi et pour vos filles. Lâche-t-il avec un clin d'œil à mon intention.

D'un pas rageur, je lui écrase le pied. Personne n'était au courant, j'étais la seule à savoir que j'attendais une fille. Enfin, jusqu'à présent.

Dagda me soulève du sol pour m'embrasser passionnément.

– Une princesse ? Pour de vrai ?

– Oui, réellement. Tu sais que normalement les hommes aiment avoir un garçon en premier-né, dis-je en riant tant il a l'air émerveillé.

– Moi, non. Je veux la même merveille que sa mère, je veux des yeux verts comme ceux qui me fixent le matin. Je veux une fée aux cheveux couleur d'automne.

Il me regarde avec adoration et j'entends rire cette garce dans mon crâne :

« Mais oui, petit homme. Tu veux surtout une servante, attends que je m'occupe de vous. Pourquoi ne lui dis-tu pas que cela me fera une parfaite esclave ? »

Je sens la magie de l'ange souffler en moi, sans avoir esquissé le

moindre geste et repousser cette sorcière au loin. Au moins pour un temps.
Dagda indifférent à ce qui se joue dans mon corps me repose doucement
– Bon sang ! Je ne t'ai pas fait mal ?
Il me surprend en se baissant et embrassant mon ventre par-dessus mes jupes.
– Désolé, princesse. Papa oublie sa force parfois.
Ciara lève les yeux au ciel
– Hé ! bien, ça promet. Elle n'est pas encore née et il est déjà gaga !
S'approchant de moi elle chuchote près de mon ventre :
– Je t'apprendrai tous mes meilleurs tours et à nous deux on videra les cuisines. Tu verras, petite sœur.
En riant, nous partons tous les quatre retrouver nos compagnons.
Il sera bien temps de s'inquiéter plus tard, Mebahel a raison.

Qui sait, même les déesses se trompent.

Nous avons décidé de l'appeler Moïra.
Pourquoi ? À vrai dire, nous ne savons pas.
   Nous avons tous entendu ce nom dans nos rêves et du coup il est venu naturellement.
Pour la protéger, nous avons décidé de nous séparer.
   Car entre les dieux, Morrigann et une nouvelle guerre qui se profile dans certains mondes. Nous pensons cela plus sage.
Elle partira avec Dagda dans le monde connu sous le nom de TERRE.
   Tout était prêt, les fées ont trouvé des sortilèges pour museler les pouvoirs grandissants de la petite.
Mebahel et Ciara passeront par Avalon. Quant à moi, je les rejoindrais plus tard.
Je les regarde tour à tour, j'ai tant appris avec eux.
L'amour, les plaisirs charnels et la confiance avec celui qui partage mon cœur.
L'amitié, le rire et les pitreries avec Ciara.
L'unité et la joie d'être ensemble ainsi que les repas partagés, le soutien et l'espoir avec nos compagnons et Mebahel.
En mot, ils m'ont tous donné la vie. Et moi je vais le faire à mon

tour.
Ma princesse, elle m'a changée à jamais. Moi la guerrière, je comprends mon destin et je l'accepte juste pour elle, pour eux.

Moïra vue le jour sans douleur entourée de ses parents et de leurs amis.
Ses yeux sont de la même couleur que ceux de ses parents, un mélange de bleu et de vert. Elle a la peau dorée de son père avec les taches de rousseur de sa mère et de Ciara, sa tête couverte de petites boucles rousses.

Dagda

Je la regarde émerveiller tout en caressant les cheveux de celle, qui en prenant mon cœur l'a transformée en cette petite chose délicieuse.
La petite attrape mon doigt et me sourit. À cet instant, je sais que je pourrais tout détruire si on lui fait du mal.

Macha

Je sens dans l'esprit de notre fille qu'elle est heureuse de nous voir, mais aussi inquiète de nous perdre si vite.
Par quel mystère l'a-t-elle su ?
Les larmes se mettent à couler sur mon visage, elle pose son autre petite main sur ma joue avec un sourire triste.
Lorsqu'elle se volatilise de nos bras, nous avons compris que les dieux nous avaient retrouvés. Plutôt qu'ils n'ont jamais cessé de nous surveiller.
Comme un signal pour le chaos, je sens une douleur infernale s'abattre sur mon cœur.
– Dagda, c'est la fin. Je suis désolée, je ne pourrais pas lutter bien longtemps. Retrouve-la et veille sur elle, mon amour.
Il me serre dans ses bras m'embrassant comme un fou. Comme si son cœur et son âme avaient compris que bientôt je ne serais plus.
Le temps m'est compté, les larmes ruissèlent sur mon visage.

Je prends dans mes bras ma Ciara.
Déjà quinze ans, comme le temps est passé vite. Elle pleure aussi tout en restant droite.
– Ma Ciara, mon cœur s'est attaché à toi avant même ta naissance. Je te confie mon bien le plus précieux après toi et l'amour de ma vie. Prends soin d'elle, ta sœur aura besoin de toi. Je sais que tu en es capable, tu es tellement courageuse. Tu es et seras une merveilleuse jeune femme, mais je ne peux pas te laisser sans protection.
Elle ne dit rien, en me regardant pendant que des larmes silencieuses se déversent sur son petit visage.
– Les fées, les anges et moi-même, nous avons modifié ton don avec nos magies combinées. Maintenant, tu peux prendre la forme que tu souhaites que cela soit humain ou animal. J'espère juste que tu trouveras une personne qui fera battre ton cœur comme le mien.
Dagda me tient contre son torse, je sens ses larmes couler le long de mon dos.
Je regarde tous ces gens qui sont devenus des amis, des compagnons.
MON PEUPLE.
Unis autour de moi pleurant notre petite princesse disparue, ils donneraient leurs vies pour nous.
Nous qui avons tout sacrifié, même notre enfant. Pour qu'ils soient en sécurité loin des dieux.
Mebahel s'approche de nous :
– Je peux t'envoyer dans un autre monde et cacher ceux-ci, en désignant notre peuple de la main. Pour que les dieux ne les trouvent pas. Mais tu es si faible qu'elle en profitera pour sortir de là où nous la retenons.
– Je sais. Merci, mon ami. Aide Dagda à la retrouver et veille sur elle, sur eux s'il te plaît.
Me tournant vers le seul homme que j'aimerai jusqu'à mon dernier souffle :
– Nous savions tous les deux que cela se finirait ainsi.
– Macha, je t'aime. Tu es l'amour de ma vie. Un jour, peut-être serons-nous réunis ? Mais à jamais, tu resteras dans mon cœur. Tu habites mon âme et celle de notre fille. Je la retrouverai même si je dois anéantir tous mes frères du Tuatha Dé Danann, je te le jure mon amour !
Une dernière fois, je le serre dans mes bras. J'imprime son visage et son

odeur dans mon cœur, dans mon âme. Je sais qu'il fait pareil de son côté.
Pourquoi ? Quels crimes avons-nous commis pour nous faire autant de mal ? J'espère qu'aucune de mes descendances ne vivra tel déchirement.
   Sinon, les dieux peuvent déjà se faire du souci.

Même, Mebahel a les yeux embués de larmes. Lui qui avait commencé, il y a des années de ça à ne plus leur obéir. À tous ces dieux imbus d'eux même.
D'une façon naturelle, il s'était tourné sur le dieu appelé :
« le seigneur des cieux ou le dieu bon » qui n'est autre que DAGDA
Lui qui fait don de l'amour de sa vie et de son enfant pour sauver les mondes.
Mais ce fut le cœur lourd que d'un geste de la main, son pouvoir envoie Macha, son amie dans un autre monde. À une fin certaine.

Au moment où je reprends forme sur ce monde désertique, Morrigann surgit devant moi :
– Tu croyais me faire disparaître ? Être assez forte pour que je n'existe plus ? Me jeta-t-elle avec morgue,
Elle n'a pas changé, ses longs cheveux presque blancs cachant sa nudité et ses yeux gris sans âme.
Je la dévisage cette femme, cette sorcière du mal que j'ai tant crainte à l'époque.
Elle n'a aucune saveur, aucune consistance. Je ris en lui disant :
– Je l'espère oui. J'ai même envisagé de te tuer de mes mains !
Mon épée se matérialise à point nommé et je me jette sur elle, résolue à lui ôter la vie. Ou au minimum à lui infliger quelques cicatrices.
– Je les retrouverai tous, elles deviendront mes esclaves et lui aussi. Je me délecte d'avance des tortures que je vais leur faire subir.
– Paroles, paroles. Morrigann. Il ne te laissera pas les approcher. Il préféra fermer les mondes plutôt que de te laisser une chance de leur faire du mal.
Nous nous tournons autour en cherchant le point faible de l'autre.
– Tu m'appartiens, tu fais partie de moi. Elles portent ton sang donc le

mien partout où elles iront je les retrouverais.

De rage, je balance mon bras armé vers son visage en espérant ainsi lui enlever ce sourire hypocrite.

Elle pare mon coup avec son épée, mais la puissance que j'ai mise dans mon élan l'a fait reculer.

Nos épées claquent avec force, j'ai perdu beaucoup de sang lors de mon accouchement et je m'affaiblis.

Ce qui n'est pas son cas, elle a attendu patiemment en conservant ses forces.

Je sais que je ne gagnerais pas. Mais il est hors de question que je ne lui laisse pas quelques blessures.

Nous nous défions du regard tout en cherchant la faille.

Je pense à ma fille et à lui. À tout ce qu'elle veut me prendre, à tout ce que les dieux m'ont volé.

La rage fait écho dans mon cœur avec la tristesse de savoir que je ne les verrai plus.

Jamais je ne l'embrasserai, je ne sentirais plus les lèvres de mon amour sur les miennes.

À aucun moment, je n'entendrais le rire de ma douce Ciara ou de mon bébé.

Je hurle en me jetant sur elle pour la frapper sans m'arrêter. Des coups d'épées et de pieds, je sens mes forces me quitter peu à peu.

Elle a raison, elle va les trouver dès que je serais en elle.

– Je sens le désespoir dans ton cœur, tu sais que je vais gagner. Raille-t-elle

– Tu ne peux pas comprendre ! Une larme roule sur ma joue. Tu n'as ni cœur ni âme, tu n'es qu'une coquille vide !

Dans ma réflexion, j'ai saisi une chose que Mebahel m'avait souvent répétée,

– Macha, si tu n'es plus, elle ne pourra pas les atteindre.

Je n'avais jamais saisi la portée de ces paroles jusqu'à aujourd'hui.

– Je te plains en fin de compte. Car, si Dagda ou mes compagnons ne te retrouvent pas pour te tuer. Mes filles, elles le feront !

– Tsss. Regarde-toi, tu es pathétique. Lance-t-elle, avec une grimace de dégoût.

Elle me regarde sans comprendre que je leur fais don du plus beau

cadeau, le dernier.
D'un mouvement du bras, je me tranche la tête. Le seul moyen pour ne pas réintégrer le corps de Morrigann est la mort par décapitation.
Avant même que la lame tranche mon cou, je pense à eux. Je comprends que j'ai pris cette décision il y a bien longtemps.
Morrigann se met à hurler de rage, ma tête roulant à ses pieds.

Dagda

Pour la première fois, je l'entends dans ma tête :
« Merci, tu m'as tellement donné, je vous aime. Mais c'est le seul moyen. Pardonne-moi, dis-leur combien leur mère était fière d'elles. Adieu mon amour. »
Au moment où je sens son âme quitter la mienne, mes genoux flanchent et je chute dans un cri mêlé de rage et désespoir.
Elle a donné sa vie pour nous et je prendrai la leur pour CA.
Combien de temps suis-je resté prostré à pleurer, mon seul amour ?
Je ne sais pas.
Mebahel et nos compagnons ont compris ce qui venait de se passer, lorsque Ciara s'est mise à hurler aussi.
Afin de nous protéger, elle a donné sa vie pour nous et pour eux.
Malgré ma peine, je me reprends. Je dois retrouver et sauver ma fille même si pour ça je dois tuer mes frères un par un.

Plus de filiations en me prenant ma fille et mon cœur, ils savaient que je ne resterais pas sans rien faire.
Je regarde mes compagnons autour de moi, leurs visages reflètent la même tristesse et colère que celle de mon âme.
J'avise un de nos amis : Kiel. À lui aussi, ils lui ont tout pris. Sa femme et sa fille ainsi que son meilleur ami.
Qui en voulant sauver leurs épouses et leurs enfants à eux deux, avait péri dans le combat. Ne lui restait plus que son fils Archibald, ainsi que l'enfant de son ami.
Il sait que seuls les dieux sont responsables, seul un des leurs aurait pu tuer un dragon.
– Je te confie, Féerélia et les portes des mondes. Je veillerai sur vous, mais je me dois de retrouver mon enfant. Je ne vous oublie pas, vous

serez à jamais dans mon cœur, lui dis-je en le serrant dans mes bras alors qu'il tient par la main les deux jeunes garçons.
– Oui, mon ami. Je prendrai ce devoir comme il se doit et plus tard Archibald fera de même, désignant l'enfant à ses côtés. J'espère que Fergus le secondera dans cette tâche. Un jour, nous nous reverrons mon roi. Nous garderons les royaumes jusqu'à votre retour et celui de la princesse Moïra.
Il s'agenouille devant moi, suivi par tout le monde.
– Relevez-vous, je ne suis pas votre roi ! J'ai autant souffert que vous.
D'une même voix, ils disent
– Pour celui qui a donné son âme, son cœur et son enfant. Nous donnerons le nôtre, vive le roi !
– Merci. Je le répète, je ne suis pas votre roi ! Je laisse ce pouvoir à Kiel, je ne suis que l'homme qui fera chuter les dieux et tuera cette garce de Morrigann.
Ils se relèvent tous en approuvant du regard
Je me tourne vers Mebahel :
– Tu es prêt ? J'ai des dieux à déchoir et une enfant à retrouver !
Quand je sens une petite main dans la mienne :
– Nous avons Dagda, nous avons. Dis Ciara.

L'ancien Dieu, l'ange et la métamorphe disparurent ensemble pour chercher l'enfant.
Laissant à jamais l'empreinte d'un couple dont même les dieux n'avaient pas pu séparer. Et dont l'amour avait enfanté la lignée des O'Malley, nom qu'avait pris Dagda pour rejoindre les hommes.

CHAPITRE 4

Elle leur était apparue sous un chêne dans la forêt de Brocéliande. Eux qui avaient perdu l'espoir d'avoir un enfant un jour.
La dernière fausse couche de Maëlig avait bien failli lui coûter la vie, Ulf avait refusé de retenter l'expérience.
Malgré l'inquiétude que lui donnait cette forêt. Ce bébé était seul, ils ne pouvaient pas abandonner un petit être à une mort certaine.
Ils décidèrent de camper sur place. Afin de savoir, si quelqu'un allait réclamer l'enfant.
Il regarde sa Maëlig, elle est si heureuse à cet instant. La petite dans les bras, qu'il espère que personne ne vienne !
Les heures passant, il regarde attentivement cette petite chose qui ne fait pas de bruit.
Elle a des cheveux bouclés aussi roux que les feuilles d'automne et ses yeux semblent bleu et vert.
Sa peau dorée comme les blés avec quelques paillettes marron sur son nez qui lui donnent un air de fée.
Elle a l'air si sereine, c'est ce qui le perturbe le plus. Comme si elle savait qu'on ne lui ferait pas de mal, que quelqu'un veillerait sur elle.
À ce moment, Maëlig lui dit :
– Elle s'appelle Moïra.
– Comment en es-tu si sûr ? dis-je en riant, la lune te la dit ?
– Gros bêta, non ! Son prénom est brodé sur son lange.
Effectivement, une belle broderie est sur celui-ci.
Je m'interroge sur ce que peut faire une enfant seule dans une forêt si les parents sont assez riches pour avoir de telle parure ?
Il doit y avoir un problème, peut-être ont-ils été attaqués ? On a dû la laisser ici pour qu'elle meure.
Ça me met en colère, pauvre enfant. Ma décision est prise :
– Nous la ramenons à la maison !
– Mais les gens vont jaser. Tout le monde sait dans le village que je ne peux pas avoir d'enfant. Et si l'on sait que nous l'avons trouvée ici à Brocéliande, on la prendra pour une sorcière.

Elle est inquiète, mais je la laisse finir son explication :
– Es-tu fou ? Tu les connais. Déjà, qu'ils nous regardent mauvais, car je suis bretonne. Alors la pauvre est perdue !
– Écoute, j'y ai bien réfléchi. Nous dirons que c'est la fille de ma cousine morte en couche. Personne ne sait ou n'ira chercher, nous nous sommes bien établis et puis les Normands ne sont pas si terribles que ça ? Tu en as bien épousé un ? lui dis-je, avec un sourire. Et puis, si nous la laissons ici elle est perdue au moins avec nous elle à une chance.
En souriant, elle regarde son Viking à elle.
Aussi grand qu'elle est petite avec des cheveux aussi blonds que les siens sont noirs.
Quinze ans, qu'ils sont mariés ! Pas une seule fois, il ne lui a reproché la perte de leurs enfants.
Pourtant, elle se sent tellement fautive de ne pouvoir lui donner un héritier. La vie ne semble pas vouloir s'accrocher en elle.
Ils étaient devenus marchands de tissus. Lui, le grand guerrier avait décidé de rester auprès d'elle, sa petite Bretonne d'un village perdu près de Brocéliande.
Son père avait pourtant râlé quand son Ulf était venu lui demander sa main :
– Tu ne vas pas épouser ça ? [1]*Ma doué* !
Elle avait souri, en entendant sa mère arriver avec son éternel balai à la main.
– [2]*Peoc'h* va ! Tu vas finir par le faire fuir. [3]*Degermer mat*, mon p'tiot, bien entendu qu'on te la donne sa main à la petiote. Mais c'est quoi ce nom Ulf ? Ça veut dire quoi ?
En riant, il lui répondit :
– Loup ! Madame, ça veut dire Lou. Mes parents, qu'Odin les garde, avaient un sens de l'humour particulier.
– Bah ! Ça te va bien ! Quoi ? C'est vrai qu'il a l'air d'un loup avec son air de sauvage, dit le père de la jeune femme. Mais bon, elle a l'air attachée à toi. Et si [4]*Mamm* est d'accord alors, va pour le mariage.

---

[1] Ma doué : mon Dieu !
[2] Peoc'h : méchant, en langue bretonne.
[3] Degermer mat : bienvenu, en langue bretonne.

En assenant une claque magistrale sur le dos du jeune viking.
Ils ont souffert à chaque fois que les sangs leur enlevaient les petites vies.
Un jour, son grand Viking lui dit :
– Ça suffit ! Je ne veux pas avoir peur de te perdre dès que tu portes notre enfant. Nous finirons nos jours seuls et tant pis pour les héritiers.
Il est bien temps que les loups s'endorment, lui dit-il avec un clin d'œil.
Oh ! par les dieux, qu'elle l'aime son homme !

Lui se rappelle le jour où il avait vu sa petite valkyrie comme il l'aime à l'appeler.
Des garçons de son village essayaient de l'embrasser de force.
Il venait d'accoster sur une plage plus loin. Il en avait assez des guerres et de ses compagnons qui ne pensaient qu'à tout détruire.
Par Odin, après on s'étonne que nous ayons une réputation de bêtes féroces. Se disait-il.
Le bruit de jeunes gens ricanant l'avait énervé, sans en comprendre la raison.
Ses parents avaient été de riches commerçants, ils lui avaient donné une certaine éducation. Notamment, l'étude des dialectes dont le franc faisait partie.
Toutefois, il avait du mal à saisir ce que ces garçons disaient. Mais il comprenait ce qu'ils voulaient d'elle.
Bien que de dos, la jeune fille avait des formes féminines parfaites auxquelles il n'était pas insensible lui aussi.
Elle n'était pas très grande. Ses cheveux qui avaient dû être tenus en chignon s'échappaient dans son dos, sa drôle de petite coiffe pendait tristement.
Elle se battait, donnant coup de pied et gifles. Quand elle réussit à prendre un bâton pour faire semblant de les frapper, il la trouva charmante.
Les garçons ayant vu l'homme prirent peur et ils fuirent comme des lâches. Elle se mit à rire en leur disant des mots qu'il ne comprenait pas, toutefois il devinait que ce n'était pas un langage souvent employé par

---

[4] Mamm, Mamig : maman, en langue bretonne.

les dames.

Quand elle comprit que quelqu'un était dans son dos, elle se retourna lentement.

Par Odin et Loki réunis, le ciel lui tomba sur la tête. Son cœur s'accrocha à deux perles bleues, semblables au lapis-lazuli dont ses parents faisaient souvent commerce.

Instantanément, il tomba sous le charme de sa petite valkyrie.

C'est ainsi qu'ils se retrouvent dans cette forêt à regarder une petite fée abandonnée.

Les questions ne manquèrent pas. Pourtant Ulf était assez effrayant pour que les gens ne parlent pas, enfin pas devant eux.

En grandissant, Moïra devenait de plus en plus belle.

Les gens les regardaient avec envie malgré leurs âges. Ils étaient restés tous les deux aussi beaux que dans leur jeunesse et dans une forme éblouissante.

Les femmes jalousaient la petite Bretonne qui avait réussi à attraper ce bel homme et qui ne regardait qu'elle.

Les hommes, quant à eux enviez leurs fortunes. Sans compter que la jeune femme était fidèle et ne voyait que par son mari.

Ils étaient inquiets, bien que la jeune fille ne leur disait rien. Ils savaient que souvent on l'injuriait ou lui cherchait querelle.

Le couple prit sa décision, un jour en revenant d'un marché.

Ils allaient déménager. Certes c'était risqué à leurs âges, mais ils avaient peur pour celle qu'ils considéraient à présent pour leur enfant.

Maëlig avait reçu en héritage la terre de ses parents, près de Brocéliande. Il était donc logique de retrouver ce lieu puisque Moïra avait des dons.

Elle pouvait redonner vie à une plante juste en la touchant entre autres. Bébé, les animaux venaient dormir près de son berceau et plus tard au pied de son lit.

Ils la trouvaient souvent en train de parler aux arbres ou même aux animaux comme si elle comprenait ceux-ci.

À cause de tout cela, ils avaient pris comme prétexte leur fortune pour lui donner un professeur privé.

Empêchant ainsi que les gens ne se posent plus de questions qu'ils ne s'en posaient déjà.

Ulf repensa à la fois où ils eurent la confirmation qu'elle était spéciale :
Un jour, en revenant d'une foire. La roue du chariot cassa et en voulant la réparer celle-ci tomba sur moi.
Moïra n'avait pas eu peur alors que Maëlig essayait de me décoincer. L'enfant avait soulevé la charrette d'un geste de la main, elle m'aidait souvent de cette manière quand je bricolais.

Nous n'avons donc pas été surpris outre mesure. Maëlig en profita pour me dégager, mais j'étais gravement blessé.
Une grande plaie sur ma cuisse laissait ressortir un morceau de l'os cassé et du sang coulait de mon nez.
J'estimais mes chances de survie infimes. Nos bourses pleines d'argent n'allaient pas manquer d'attirer les brigands nombreux sur ces routes.
D'une voix décidée, je leur dis en souriant :
– Vous allez rentrer avec le cheval. Ne vous arrêtez pas, car ces routes ne sont pas sûres. Au village, vous trouverez quelqu'un pour m'aider.
Je savais qu'il serait trop tard, mais je ne voulais pas faire peur à la petite qui n'était âgée que de six ans.
Je sentis une drôle de chaleur dans ma jambe et dans mon dos, la petite main de Moïra était sur moi et elle brillait d'une lumière intense.
– Par Odin ! Ma fille, qu'as-tu fait ?
– Je te soigne. Je le fais souvent avec les animaux, répondit-elle en haussant les épaules. C'est pour ça qu'ils viennent à la maison.
Je lui pris les mains en lui disant :
– Jamais tu ne dois le faire devant quelqu'un, m'entends-tu ? Jamais ! Les hommes auraient peur de toi et ils te feraient du mal. Même après mon trépas, tu devras garder le secret !
Maëlig prit la petite dans ses bras en me regardant, ils devaient la protéger. Ce n'était pas sans raison que la forêt leur avait confié ce bébé.
Ce jour-là nous prime la décision de la protéger quitte à y perdre la vie. Elle était notre enfant, notre petite fée de la nature.

Ils n'avaient pas conscience d'avoir recueilli ni plus ni moins que la fille d'un dieu et d'une déesse. Leurs pairs jaloux de leur amour leur avaient leur trésor.
Ils partirent sur les terres de Maëlig, renforçant la sécurité de Moïra

prenant des régisseurs pour s'occuper de leurs terres et de leurs affaires. Ils aidèrent de leur mieux l'enfant à dominer ses dons, tout en s'entourant de personnes de confiance.

Ce qui n'était pas très dur, car souvent ceux-ci étaient attirés par l'enfant. Personne ne restait insensible à son caractère et à son joli visage.

Peu à peu, il se murmura légendes et drôles d'histoires sur cet enfant qui avait l'art de se faire aimer et qui était entouré d'animaux.

Au même moment, son père retournait les mondes avec ses deux comparses. Désormais, ils étaient connus pour être à la recherche d'une enfant et faire trembler chaque dieu qu'ils croisaient.

Ciara

Six ans déjà. Je pense souvent à ma petite sœur de cœur ainsi qu'à Macha. Et à chaque fois, je suis toujours aussi triste.

Je leur en veux tellement, à eux. Ces jaloux qui ne méritent pas le nom de dieu et à cette garce de Morrigann.

Comment peut-elle faire pour qu'à chaque fois nous la manquions de peu ?

Je le regarde, il a laissé pousser sa barbe. Il a un air perpétuellement malheureux et bien des femmes ont essayé de le mettre dans leur lit. Les folles !

Certaines frustrées ont lancé une rumeur comme quoi Mebahel et lui étaient amants, je ne peux m'empêcher de rire en y pensant.

Pourquoi les gens ne veulent-ils pas comprendre qu'il souffre et qu'il cherche sa fille à s'en rendre fou ?

Il ne pense qu'à elle. Souvent avec l'ange, nous devons le rassurer quand les cauchemars le font hurler.

J'ai tellement mal, quand je pense à tout ce temps perdu juste par envie. Comment retrouver une enfant que les dieux ont cachée ?

Nous avons suivi un temps la trace de cette furie de Morrigann à croire que les dieux la protègent.

Un jour, je la retrouverai et je lui ferais payer.

J'étais heureuse à Féerélia, j'y avais des amis. Ma vie n'était que joie alors que j'avais dû déménager tellement souvent avec les métamorphes.

J'avais enfin une maison, des parents, une sœur...
Maintenant, la mort me tient souvent compagnie. Je sens bien que Mebahel s'inquiète pour moi et pourtant j'aime cette rage qui m'habite, elle est rassurante et m'évite de penser.
Moi aussi, je fais des cauchemars. Mais je ne dis rien, je ferme les poings jusqu'à ce que mes ongles percent ma peau.

Voir le sang s'échapper de mes plaies me rappelle qu'un jour, ils payeront et je n'aurais aucune pitié.
Quelquefois, je m'imagine les torturant. Arrachant organe par organe, plantant des pieux dans leurs membres.
Lors de ces moments, je sais que la folie n'est pas très loin de moi.
Mais j'ai si mal, il n'y aurait qu'une seule issue et je m'y refuse.
Je sens le pouvoir que m'a donné Macha tourner en moi. Il veut sortir, il a besoin d'action et de sang !
Il faut que je bouge sinon ils verront que je ne suis pas aussi stable qu'ils le pensent tous les deux.
Je décide de partir chasser, il faut bien que l'on mange. Et si j'arrache quelques membres au passage, ils n'en sauront rien.

Mebahel

Que de malheur autour de moi, je m'aperçois que les mondes sont perdus sans « leurs dieux »
Chaque monde dans lequel nous cherchons l'une ou l'autre, à l'air plus dévasté que celui que nous venons de quitter.
Est-ce que Kiel arrivera à mettre de l'ordre ? Et à quel prix ?
Mes yeux se posent sur celui qui est devenu mon ami, comment un ange peut-il se lier d'amitié avec un dieu ?
Avec stupeur, je dois me rendre à l'évidence que s'il était toujours immortel. Les actes qu'il avait commis à commencer par son amour pour Macha et leur fille.

Et tous ceux qu'il avait occis depuis pour retrouver cette dernière.
Avait eu pour conséquence que ce n'était plus une divinité.
Et moi ? Suis-je toujours un ange ? Est-ce que seulement j'en ai encore

envie ?

Je l'ai vu de mes yeux ou dans mes visions, les horreurs perpétrées par ces dieux. Combien de mort et de folie sont commises ou le seront en leurs noms ?

Aucun être ne vaut d'être adoré, s'il n'est pas capable d'amour et de pardon.

Il ne me regarde pas toujours perdu dans ses pensées. Il est vrai que l'on ne parle pas plus beaucoup tous les trois, nous avons fini par ne même plus nous dire bonjour.

De toute façon, il n'est jamais bon ce jour. Alors, pourquoi sauver les apparences ? Et puis nous avons appris à nous comprendre sans parler chacun enfermé avec sa douleur.

Ciara a perdu sa mère adoptive ainsi que sa sœur. Et en partant à la recherche de celle-ci, elle a coupé le lien qui l'unit avec les meutes auprès desquelles elle a grandi.

Je sais que souvent elle se coupe, je l'ai déjà vu faire. Nul doute que Dagda la sentit lui aussi. Mais que lui dire ?

Que la folie va cesser ? Qu'elle va les retrouver ? Et que comme dans les contes des terriens, ils finiront heureux avec beaucoup d'enfants.

Je suis perdu, moi aussi. Je ne vois plus Moïra. Pire, je ne la sens presque plus. Est-ce que nous ferions peur aux dieux pour qu'ils la cachent ainsi ?

Je scrute Ciara alors que le sang s'écoule de sa main. Comme d'habitude, elle fixe chaque goutte qui ne tardera pas à former une flaque autour d'elle.

J'enrage. J'ai envie de la secouer et de lui dire que ça n'arrangera rien, qu'elle se fait du mal et qu'elle me tue à chaque coupure.

Je la connais depuis qu'elle est née. Elle m'a comme ainsi dire appelé. Je n'ai pas pu faire autrement que de me rendre vers le lieu où sa mère lui donnait la vie.

Ses parents l'adoraient. Alors pourquoi ne me sentais-je pas tranquille ?

J'étais là quand Morrigann a regardé ses parents tomber dans le guet-apens qu'elle leur avait tendu, un vol qui aurait mal tourné.

Elle avait engagé ou ensorcelé des hyènes pour leur tendre un piège.

Malgré tout leur effort, tout le convoi avait péri.

Morrigann avait hurlé sa rage quand elle chercha sans la trouver celle

pour qui elle avait mis en place cette mise en scène.
Ce fut mon premier acte de rébellion.
« À moi » avait hurlé mon âme alors sans me poser de questions, je m'étais matérialisé devant l'enfant et sa mère.
Quel courage avait celle-ci ! Elle s'était mise devant elle pour la protéger, sans savoir qui j'étais ou ce que j'étais.
– Arrière ! Tu m'entends. Tu ne la toucheras pas, je préfère la tuer de mes mains plutôt que de la lui laisser !
– N'ai aucune crainte, femme ! Je suis là pour la sauver. Ne me demande pas pourquoi, car je ne le sais pas moi-même pourtant je dois la sauver !
Je me dégoûtais, ce n'était qu'une enfant, un bébé. Alors pourquoi avais-je l'impression que je serais perdu si je ne restais pas à ses côtés ?
Elle ne m'a regardé qu'une seconde, puis c'est tourné vers l'enfant. Elles pleuraient toutes les deux, ce n'était pas un fait inhabituel.

    Alors, pourquoi voir ces petites gouttes d'eau dans ses yeux me dévaster à ce point ?
Je pourrais mettre les mondes à feu et à sang, si tel était son désir !
Cette certitude me glaçait le cœur, mais je ne pouvais plus rien y faire.
Sa mère lui dit alors :
– Mon cœur, fais-moi confiance. Je ne sais pas pourquoi, mais je sais qu'il sera toujours là pour toi. Ne t'en fais pas, moi et ton père nous vivrons toujours là ! dit-elle posant la main sur son cœur.
Me regardant de nouveau :
– Je vais pousser le chariot de façon à ce qu'ils pensent qu'elle se trouve à l'intérieur. Trouve Macha, elle l'aidera. Elles ont besoin l'une de l'autre.
Avec un dernier regard pour son enfant, elle poussa à la force de ses bras le chariot. Puis pris la lame de son mari et fonça en hurlant droit dans les hyènes qui déchiquetaient les corps de leurs amis.
La petite dans mes bras pleurait en silence comme si elle savait qu'elle ne devait pas trahir notre présence. Je m'étais réfugié avec mon précieux fardeau dans les hautes branches, nous entourant d'un charme de façon à être indétectable.
Que faire de l'enfant ? À qui la confier ?
Je connaissais Macha de nom. Toutefois, sa mère ne devait pas se

rendre compte qu'elle me demande simplement de la remettre à une entité qui vit à l'intérieur même de leur assassin.
J'étais là avec mes questions quand une petite main se posa sur ma joue. Je plongeai dans ses yeux pour me perdre à jamais.

Je sais que plus tard quand elle sera devenue femme j'aurais des problèmes pour lui résister.

J'avais fini par la confier à un groupement de plusieurs meutes que j'avais souvent aidées.
Leurs terres étaient souvent attaquées et comme de bien entendu les dieux restaient sourds à leurs appels.
À chaque fois que je les aidais. Je signais ma mise en quarantaine par mes supérieurs. Les anges sont soumis à hiérarchie stricte et nul ne devait défaire ce que les dieux avaient souhaité, enfin jusqu'à moi.
Raziel qui était mon ami et aussi mon supérieur essayait de me couvrir, maintes fois il m'a répété :
– Si tu continues, tu finiras sur terre ou pire déchu.
– Et alors ? Toi tu trouves normal qu'ils laissent souffrir ceux qu'ils sont censés protéger ? Quand ce n'est pas eux directement qu'ils les torturent. Je suis un messager du soleil et de la justice ! Comment peut-on croire que je vais laisser faire ? Ils n'ont que moi !
– Fais attention, mon ami. À moi non plus, ça ne me plaît pas. Mais que veux-tu, nous ne sommes que des anges et c'est eux qui nous ont créés.
– Donc ça leur donne le droit de vie ou de mort ? Ça justifie toutes leurs exactions qu'elles soient volontaires ou non ?
Raziel baissa les yeux, il savait que j'avais raison et lui aussi de temps à autre il faisait un accroc au contrat. Ce que je faisais quasiment tout le temps pour ma part.
J'étais donc souvent envoyé en stase, enfermé dans mon propre corps. Avec pour seule compagnie la détresse des peuples.
Évidemment, les dieux sont des experts en matière de torture. Rien de pire pour ma part que de ne pas pouvoir répondre à leurs plaintes.
Par le fait, la meute avait accepté l'enfant plus facilement que je ne l'avais pensé. Celtore le dragon rouge s'approcha de moi :
– Alors l'angelot ! Tu te transformes en cigogne ?
– Crétin ! Qu'aurais-tu voulu que je fasse ? Que je l'abandonne ?
– Tu sais que j'ai mangé des tiens pour moins que ça, jeunot !

D'habitude, nous nous saluons par une grande claque dans le dos, mais vu mon doux fardeau nous nous contenterons d'une poignée de main.

Je dévisage mon ami. Le temps n'avait aucune prise sur lui. Il se transformait en homme depuis la bataille où Macha avait donné tant de pouvoirs.

Ses cheveux rouges comme le sang et sa peau foncée ainsi que des yeux jaunes effrayaient bien souvent les gens. Surtout qu'il ne devait pas faire loin de deux mètres taillés comme un roc, je l'avais vu en dragon une fois et je fus saisi par sa prestance et son envergure.

Lui aussi, avec sa compagne Isil et leur fils Fergus venaient souvent en aide aux peuples. Ils étaient les derniers dragons d'Avalon.

Je n'avais jamais osé demander comment un dragon de feu tel que lui avait pu séduire un dragon de glace comme elle.

Je lui avais demandé de jeter un œil sur ma protégée, il avait bien saisi que cette fois ma punition serait plus longue.

Après tout, Morrigann était une déesse avant d'être une garce sans cœur.

Je suis perdue dans mon passé depuis un moment et l'objet de mon inquiétude en a profité pour filer.

Peut-être que je devrais parler à Dagda, lui dire que d'une certaine manière Ciara est aussi sa fille.

Je lui jette un œil et je renonce, il me croit sûrement en transe ou endormi.

Il est vrai que je n'ai pas bougé depuis un moment et comme souvent il en a profité pour pleurer.

Je connais son caractère, il s'en voudra de m'avoir montré ses larmes.

Je soupire en envoyant un peu de mon pouvoir pour l'endormir.

Bientôt, sa respiration sera stable et il ne restera plus qu'à faire pareil avec la jeune fille.

Ils recommenceront le même rituel chaque jour. Ils se réveilleront, mangeront.

Et pendant qu'ils s'occuperont du camp. Je me téléporterai sur un monde de glace pour calmer mon corps qui conformément à mes craintes, apprécie grandement celui tout en courbes de Ciara.

CHAPITRE 5

Dix ans plus tard, en forêt de Brocéliande

Moïra

J'étais partie me promener dans la forêt. Enfin, j'avais plutôt fui mon précepteur. J'avais de plus en plus besoin de me retrouver parmi les arbres.
Je suivais les conseils de mes parents à la lettre en essayant de ne pas trop faire parler de moi. Cependant, je me sentais étouffée dans cette grande maison.
Les gens me fuient, car je n'ai pas peur d'être dans cette forêt qu'ils disent maudite. Moi, elle me ressource comme si les arbres qui m'entourent étaient mes gardiens.
Souvent, je me promène et je me repose sur le rocher que les villageois ont surnommé le dragon.
Tous les rêves que je fais lorsque je suis ici parlent d'un dragon rouge et de sa compagne bleue.
L'union parfaite du feu et de la glace. Elle se nommait Isil et lui Celtore. Même mes songes présentent mon grain de folie.
Un sourire triste sur mon visage, je ne peux pas m'empêcher de caresser sa crête.
Les larmes envahissent mes yeux comme d'habitude, je m'imagine son incommensurable douleur quand sa femme fut tuée par les dieux eux-mêmes.

Qui l'avait emprisonné, elle ainsi que leur amie et leur fille dans leur maison en flammes.
Dans mon rêve, ce vaillant dragon avait réussi au péril de sa vie à sauver deux garçonnets.

Je vois leurs visages comme s'ils étaient devant moi :
Il y a un brun à l'air moqueur, des yeux bleu-saphir et l'autre des cheveux très longs, gris presque blanc.

Avec des iris fendus comme les serpents, mais d'un bleu turquoise.

Le petit garçon aux cheveux blancs pleure sur le corps de l'énorme dragon rouge. Il va mourir, je ne sais pas comment je suis sûr de cela. J'aimerais tellement ne pas être dans un rêve pour pouvoir le guérir comme j'ai appris à le faire avec mon don. Comme d'habitude, un grand homme marche vers eux.

Il a les yeux pleins de larmes. Il s'agenouille avec respect devant l'imposant reptile.
En posant sa main sur sa joue, une paire d'ailes immenses surgissent dans son dos. Je suis toujours intriguée par leur couleur d'un blanc pur sauf le haut légèrement marron on dirait presque qu'elles brillent.
Le dragon pousse un dernier soupir en se transformant en pierre, celle sur laquelle je repose.
Un murmure vient de l'homme que je soupçonne être un ange. Mam me raconte souvent des histoires sur eux :
– Adieu mon ami. Je vous vengerais ! Même si je dois y perdre mes ailes.
Puis d'un geste, lui et un autre homme disparaissent avec les deux garçons.
« [5]*Tad* n'a pas tort, j'ai trop d'imagination »
« Moïra ! Moïra ! J'ai besoin de toi, viens vite ! »
Les branches des arbres renvoient l'appel de mon ami, le grand chêne. Si mes parents savaient que je parle avec un arbre dans cette forêt, je suis sûr que je n'aurais plus jamais le droit de sortir.
En souriant, je cours voir mon ami à vrai dire le seul si l'on écarte les animaux, bien sûrs.
Je vais bientôt fêter mes seize ans. Du moins le jour où Ulf et Maëlig m'ont trouvé. Ils ne m'ont jamais rien caché.
Il y a trois ans, je faisais des rêves étranges. Trois personnes m'appelaient.
Un grand homme blond, une jeune femme brune et l'ange de mon rêve. Par les dieux, les gens ont raison. Je dois vraiment être folle.
Ils ont cessé aussi soudainement qu'ils étaient apparus. J'en ai conclu que mes délires nocturnes avaient pour origine ma nouvelle condition de femme.

---

[5] Taddig, tad : Papa, en langue bretonne.

[6]*Mammig* m'ayant tout bien expliqué, je n'avais pas eu peur quand les premiers sangs sont survenus.
– Allez, cesse donc de rêvasser. Il m'a dit qu'il avait besoin de moi. Je me demande bien pourquoi.
Mais quelle manie de parler tout haut ! J'arrive devant cet arbre imposant. Quel âge a-t-il ? Pourrait-il être plus vieux que les dieux ?
– Bonjour ! mon ami, tu as besoin de moi ? Est-ce que des chenapans ont encore mis des saletés dans tes branches ?
– Moïra ! Aide-le, je t'en prie. Je n'arrive pas à arrêter le sang !
En déployant ses branches, mon ami me montre un jeune homme étendu sur ses racines.
   Effectivement, il perd beaucoup de sang et il est inconscient.
Je le dévisage en détaillant son corps pour l'examiner, des flèches sont figées dans ses chairs.
[7]*Tadig* était pourtant bien bâti, mais ce jeune homme est plus impressionnant qu'il peut l'être.
Il a les cheveux bruns, des boucles courtes encadrent son visage. Par les dieux ! Qu'il est beau avec son front large et son nez fin, légèrement tordu comme s'il avait été cassé plusieurs fois.
Sa peau est pâle, probablement à cause de ses blessures.
Pourquoi est-ce que je ne cesse pas de regarder sa bouche ? Ses lèvres ont la couleur des cerises. En ont-elles le goût ?
– J'espère que tu aimes ce que tu vois ? Ma foi, je te trouverais bien à mon goût si je n'étais pas mal en point.
Railla le jeune homme qui avait repris connaissance sans que je m'en aperçoive trop occupée que je sois à le dévorer du regard.
Je sens le rouge me monter aux joues, qu'est ce qui m'arrive ?
Je ne suis pas une de ces péronnelles qui se pâme pour un homme, si beau soit-il !
Plus sèchement que j'en avais l'intention, je lui réponds :
– Ne vous pensez pas irrésistible, monsieur ! Si mon ami ne m'avait pas appelé, je ne vous aurais même pas remarqué. Si vous souhaitez, que je vous soigne cessait de bouger !

---

[6] Mamm, Mamig : maman, en langue bretonne.
[7] Taddig, tad : Papa, en langue bretonne.

Avec un sourire révélant une petite fossette au coin de l'œil lui donnant un air canaille il me répond :
– Bien-chef ! Oui chef ! À vos ordres, chef !
Malgré moi, je me prends à rire à ses pitreries
– Vous devriez rire plus souvent. Vous êtes déjà belle, mais quand votre sourire atteint vos yeux on croirait un ange.
Bon sang, mais pourquoi je rougis à chacun de ses compliments ? Je ne vais quand même pas me mettre à glousser en plus ?
Mortifié, un bruit qui ressemble à celui d'une pintade sort de ma gorge. Je me racle la gorge en l'approchant et m'applique à lui retirer les flèches. Sans toucher sa peau, je sens son regard sur moi.
Déjà, que sa voix me donne l'impression de me noyer dans du miel chaud. Je vais éviter d'en rajouter en le regardant de près.
– Voilà, c'était la dernière, dis-je en la posant à ses côtés sept flèches.
Il m'impressionne, il n'a pas bronché une seule fois.
Embarrassée, je réalise que pour le guérir je vais devoir poser mes mains sur lui.
Je me sens bizarre à l'idée de toucher son corps. Ma gorge est sèche et mon cœur fait des bonds. Aurais-je attrapé un mal inconnu ?
Du bout des lèvres, je l'entends me dire :
– Merci petite fée, puis-je pousser le vice jusqu'à te demander de mettre des linges sur mes blessures, pour que je puisse repartir s'il te plaît ?
– Je... Heu...
Les mots semblent rester coincés dans ma gorge. Moi que l'on considère comme une pie, je reste sans voix.
Allez ma grande, jette-toi à l'eau. « C'est comme les premiers bains l'hiver. Le plus dur, c'est d'y rentrer » dit souvent *Tad*.
Nerveusement, je pose mes mains sur son torse. Il ouvre les yeux d'un coup en sentant mon pouvoir s'immiscer en lui.
– Mais qui es-tu ?
Je suis bien obligée de lever les yeux vers son visage, je sais d'office que je n'aurais pas dû le regarder. Deux billes bleues me fixent, je connais ce regard sans me rappeler où .

    Je baisse les yeux rapidement en lui disant :
– heu, hum, une fée ? Oui, c'est ça une fée ! Vous l'avez dit vous-même. Restez tranquille afin que je vous soigne. Mais après il faudra

vous reposer !

Ignorer les sensations que sa chaleur corporelle me procure est bien plus dur que je ne le pensais.

Je n'aspire qu'à me coller à lui pour respirer son parfum et le sentir contre moi. À me perdre dans le bleu intense de ses yeux.

Bon sang, je vois à son air fanfaron qu'il a compris l'effet qu'il me fait. Je place vite mes mains sur chacune des plaies. Quand vient la dernière, je réalise que celle-ci est placée sur l'aine à quelques centimètres de son entrejambe.

Il sourit conscient de mon dilemme. Si je suis une fée, je n'ai aucun souci avec les hommes et le sexe en règle générale. Il est de notoriété qu'elles sont très libérées.

Je ne suis pas prude, j'ai souvent surpris de jeunes hommes qui se baignaient nus dans le lac près de la forêt.

Alors l'anatomie de l'homme n'est pas un mystère. Subitement, une question incongrue m'effleure. Est-il aussi imposant de partout ?

Mon visage a décidé de trahir mes pensées en rougissant d'un coup.

Allez, tant pis ! Je ne peux pas rester ainsi à le regarder sans bouger. Je veux faire vite et ce faisant, je glisse. Je me retrouve le nez sur son entrejambe.

Ce qui déclenche un grand éclat de rire chez lui. Quant à moi, il n'y aurait pas un trou de souris pour que je m'y glisse ? Jamais je n'ai été aussi gênée.

– Hé bien ! En voilà des manières, je sais que les fées vont vite en besogne, mais personnellement j'aime les préliminaires. Dit-il, en me relevant.

Sa main reste sur ma joue, une envie de me frotter contre elle en ronronnant me prend. Je deviens folle, ma parole.

Il se rapproche de moi en passant sa langue sur ses lèvres, ce qui m'hypnotise. Je n'arrive plus à les quitter des yeux, ont-elles le goût des cerises ? Sont-elles douces ?

Oh ! Comme je me sens fiévreuse !

Je n'ose pas lever les yeux vers lui, j'ai tellement envie qu'il m'embrasse que je ne pense qu'à ça.

Doucement, sa bouche se pose sur la mienne.

– hum

Hé ! Mais c'est moi qui gémis là ?
Il rapproche de moi, je sens sa langue tenter de s'immiscer dans ma bouche. Je vais pour lui dire d'arrêter cela tout de suite quand il en profite.
Comment peut-il faire ça avec sa langue ? Je fonds, ses grandes mains pressent mes bras.
J'en veux plus mon ventre se contracte. Je me sens toutes choses dans ses bras.
Est-ce que je lui plais ? Et si ses mains se posent sur ma poitrine, que vais-je ressentir ?
D'un coup, ma conscience reprend le contrôle et je le repousse. Ma volonté est fragile, près de lui.
Mais je tremble ? De mieux en mieux.
Pour un peu, il m'aurait prise là à même la terre et je suis sûre que j'aurais adoré.
Me mettant une claque imaginaire, je m'écarte de lui en disant :
– Je dois rentrer. Pardon, excusez-moi. Heu, reposez-vous ! Si vous êtes toujours là demain, je regarderai vos blessures.
Mais tais-toi Moïra. Tu t'enfonces, tu veux qu'il aille où blesser comme il est ? Je me mettrais bien des claques tant il me fait perdre la raison.
Je m'enfuis en courant comme si j'avais une horde de gobelins aux trousses.
Malgré tout, je ne peux pas m'empêcher de penser à lui. Ma main effleure mes lèvres qui sont enflées.
Oh bon sang, Moïra ! Tu ne vas pas fondre pour le premier garçon que tu croises ?
Un sourire s'esquisse sur mon visage, non pas un garçon ! Un homme. Et quel homme !
Un soupir m'échappe, je crois que j'ai eu le coup de foudre comme *Tad* et *Mam*.

Archibald

Nous sommes épuisés. Notre troupe composée de Fergus, moi et nos compagnons chevauchions sans relâche depuis trois jours.
À la recherche de nos trois amis et protecteurs : Dagda, Ciara et

Mebahel. Des renseignements disant qu'ils se trouvaient en Avalon nous étaient parvenus.

Nous avions besoin d'eux. Les portails nous permettaient de passer d'un monde à un autre.

Cependant, nous n'avions jamais imaginé que l'on en profiterait pour nous attaquer et envahir nos terres.

Des créatures dignes des pires cauchemars : Des Dullahans, des mages noirs, des métamorphes pris de frénésie. Même l'Atlantide n'était pas épargnée.

Chaque monde était assailli, les morts et les blessés ne se comptaient plus. Plus que jamais, nous avions besoin de leurs aides.

Même si ceux que Macha avait changés profitaient de pouvoirs conséquents, ils ne pouvaient pas rivaliser avec Morrigann. Sans compter la peur qui s'instillait dans la population.

Alors têtes baissées, nous sommes plongés dans ce qui s'avérait être un piège. Alors que Kiel nous avait prévenus.

Mais nous croyant invincibles nous nous sommes précipités sur nos montures et nous avions filé comme le vent.

Et nous voilà coincés, dans cette vallée. Je regarde mes compagnons, on ne tiendra pas longtemps, j'en ai peur.

Bon sang, je les ai menés à une mort certaine. Quel piètre roi ferais-je !

Dans les airs, la bataille fait rage aussi. Fergus est acharné des coups de griffes et des coups d'aile s'enchaînent.

Quand il ne les brûle pas, il les déchiquette sans jamais s'arrêter. Il est aussi fatigué que nous. Bientôt, il n'aura plus de force.

– Repli ! Tout le monde aux portails. Prenez vos blessés et vos morts, sans quoi cette traînée les transformera en zombies et je n'ai pas envie d'expliquer ça à leurs familles.

D'un bond, tout le monde s'entraide en portant une ou deux personnes sur son dos ou dans leurs bras. Puis, ils partent en courant vers les deux portails que nous venons d'ouvrir.

Après que le dernier de mes compagnons soit passé, je fais signe à Fergus d'y aller et j'allais le suivre quand elles m'ont attaqué.

Les garces ! Elles ont attendu que je sois seul, pour m'encercler.

Je les dévisage. Merde ! Elles me filent les jetons, nous les surnommons les catins rouges.

C'était une des nombreuses créations maléfiques de l'autre folle de Morrigann. De grandes femmes brunes avec leurs yeux tellement bleus qu'on pouvait les croire blancs et des cornes noires sur leur tête.
Moulée dans une robe en cuir rouge qui ne laisse aucune place à l'imagination. Les âmes de ceux qu'elles ont tués leur tournent autour, enchaînées à jamais à leurs bourreaux. C'est terrifiant.
Je me surprends à trembler en les regardant. Elles embrassent sur ce qui doit être leurs bouches, ces pauvres hères qui même eux ont un mouvement de recul.
Une de ces choses essaie de m'approcher par-derrière. Mais je suis plus rapide et je bondis derrière elle en lui tranche la gorge.
Cela les met dans une fureur sans pareil, certaines m'attaquent avec des flèches alors que mon épée les transperce. Je leur coupe tout ce qui me passe sous la main.
Je suis couvert de sang, du mien comme du leur.
Elles sont toujours plus nombreuses, je me déplace de façon qu'elles ne m'encerclent plus.
Ma lame fait un bruit de succion quand elle sort de leurs chairs. Je suis ivre de rage pour tous ceux qu'elles ont tués et asservis. Pour leur mémoire, je ne céderais pas.
Si je dois mourir alors j'en amènerais un maximum avec moi. Une flèche se fige à côté de mon entrejambe et j'entends cette sorcière de Morrigann hurler :
– Mes enfants ne l'abîmaient pas. Je le veux enchaîner à mon lit, je vais lui faire comprendre qui est la maîtresse ! Et obliger son père à me donner ceux que je veux !
– Jamais ! Le cri a fusé de mes lèvres sans que je réalise que c'était moi qui venais de parler. Nous trouverons où tu te caches comme la lâche que tu es.
Macha, c'est donnée la mort pour la sauver et si je dois le faire à mon tour, qu'il en soit ainsi !
Je cours vers celle qui lui avait prêté sa voix. Mon épée se fige dans sa poitrine et d'un mouvement je la coupe en deux d'un seul coup.
Je perds trop de sang, mais continue à me battre avec mes dernières forces. Je donne des coups de pieds ainsi qu'avec la garde de mon arme. Je pense à mon père, je ne lui ai même pas dit que je l'aime à Fergus

non plus d'ailleurs.
Il y a tellement de choses que je n'ai pas eu le temps de faire. Je me suis cru au-dessus de la mort et maintenant qu'elle se présente à moi, je me dis que j'aurais dû être plus humble.
Ce que l'on peut être pressé lorsque l'on est jeune, on se croit imbattable !
    Mon père m'a souvent répété d'être moins frondeur, j'y repense à présent si je pouvais revenir en arrière. Mais c'est trop tard !
« Crois-tu ? »
Je sursaute, c'est dans ma tête que j'entends cette voix ?
    Je deviens fou ? Elles pratiquent déjà leurs magies sur moi, je suis sûr que c'est cela !
« Non, tu n'es pas fou Archibald, fils de Kiel. Tu as été choisi, viens si tu veux vivre ! »
Au moment où j'entends cette dernière phrase se révèle un portail.
À la différence des nôtres qui sont d'un blanc scintillant, celui-ci est verdoyant. Mes ennemis ont compris que quelque chose clochait et me crible de flèches.
Je fonce sans réfléchir, décidément je n'apprendrai jamais. Je passe le portail, ça ne peut pas être pire que ces furies.
Quand j'atterris sur les branches d'un arbre. Pourquoi ai-je l'impression que le chêne devant moi ne fait qu'un avec la voix dans ma tête ?
– Tu n'es pas si bête que tu en as l'air ! Humain.
– Et merde ! Où suis-je ?
C'est bien ma veine. Comment peut-il me soigner ?
En demandant aux flèches d'être sympa et de sortir de mon corps, je ne peux m'empêcher de sourire avant de perdre connaissance.

    Une douce mélopée me réveille. En faites non ! C'est quelqu'un qui parle, mais sa voix est si mélodieuse.
Je surprends une conversation qui n'a aucun sens. J'écoute discrètement, peut-être vais-je savoir où je me trouve ?
La voix qui m'a amené ici demande de l'aide à la jeune fille ? Elle parle de sève ?
Moïra. Cela me rappelle le nom de l'enfant perdu de Macha et Dagda. Quelle coïncidence que celle-ci ? Peut-être un piège ?

Je continue d'écouter sans bouger afin d'en savoir plus. Quand je sens un courant d'air frais sur moi réalisant que l'arbre m'avait protégé avec ses branches.
Parfait de cette façon, je peux la voir. Pourquoi est-ce que je ne lui dis pas que je suis conscient ?
Elle est magnifique avec ses boucles rousses descendantes librement jusqu'à sa taille, un corps mince avec une poitrine qui semble ronde et ferme.

    Une petite bouche qu'elle ne cesse de mordre. Pourquoi ce petit tic m'enflamme-t-il à ce point ?
Elle me regarde de haut en bas, je dois faire appel à toute ma volonté pour ne pas bouger tant son regard me trouble.
Je me suis toujours vanté de mes exploits auprès de la gent féminine. Mais celle-ci a quelque chose de fascinant, je me surprends à lui dire :
– J'espère que tu aimes ce que tu vois ? Ma foi, je te trouverais bien à mon goût si je n'étais pas mal en point.
Elle est charmante, son visage devient cramoisi et d'une voix sèche elle m'envoie sur les roses tout en me proposant de me soigner.
Sa voix qu'elle veut autoritaire fait frémir une partie de mon anatomie que j'avais crue touchée pendant la bataille.
Ouf ! Je lâche un soupir discret et ne peux m'empêcher de sourire à son ton tranchant.
– Bien-chef ! Oui chef ! À vos ordres, chef !
Elle rit et devient sublime.
– Vous devriez rire plus souvent. Vous êtes déjà belle, mais quand votre sourire atteint vos yeux on croirait un ange.
Je n'ai pas pu retenir ma phrase. Et je constate que cela la gêne à la couleur rose qu'a prise son teint.
Un son ensorcelant sort de sa bouche sans qu'elle s'en aperçoive.
Vaillamment, elle s'approche de moi et retire une à une les flèches qui parsèment mon corps. Malgré la douleur, je n'ai pas voulu fermer les yeux.

    Son visage est si près de moi que je peux presque la toucher, je vois qu'elle lutte pour ne pas frôler ma peau.
Ses yeux m'hypnotisent un mélange de bleu et de vert, c'est sûrement une fée pour être aussi belle.

Bien que je ne me sois jamais approché de cette espèce. Et pour être honnête, je ferais bien une exception pour elle.
– Voilà, c'était la dernière.
Me dit-elle fière d'elle ou de moi ? Je suis perplexe. Je la dégoûte ou elle est gênée d'être près de moi ?
Une question me taraude, est-ce qu'elle est unie ?
À cette pensée, mon cœur manque un battement. Pour la première fois, je me surprends à prier pour que cela ne soit pas le cas.
    Je m'en voudrais d'occire le malheureux ou pas.
Quand je lui demande un linge pour mettre sur mes plaies, je l'entends balbutier :
– Je... heu...
Comme elle est mignonne à chercher ses mots, elle appose ses mains sur ma peau nue.
Une chaleur se diffuse sur mes blessures. Ainsi que dans une autre partie de mon anatomie, je sens mon pantalon se tendre.
Pourvu qu'elle ne le remarque pas ! J'essaie de changer de position pour cacher mon érection en lui disant :
– Mais qui es-tu ?
– heu, hum, une fée ? Oui, c'est ça une fée ! Vous l'avez dit vous-même. Restez tranquille afin que je vous soigne. Mais après il faudra vous reposer !
À chaque fois qu'elle pose ses mains sur moi, elle s'attarde et son souffle s'accélère. Je pourrais me méprendre si son visage ne devenait pas cramoisi.
J'aime l'effet que je lui fais, je ne lui suis donc pas indifférent ?
Elle a presque fini. Il ne reste que la plaie à côté de mon sexe.
Je souris en la voyant se mordre les lèvres, elle hésite. Une fée n'aurait pas eu ce problème donc ce n'en est pas une !
Je vois, ses yeux s'agrandirent.
Quand elle se met à rougir de plus belle, je devine sans mal ce qui lui trotte dans la tête.
« Oh ! oui, ma belle, je suis très bien proportionné ! »
Je vais pour me moquer d'elle. Quand elle chute le nez directement entre mes jambes, je ne peux retenir un grand éclat de rire.
– heu, hum, une fée ? Oui, c'est ça une fée ! Vous l'avez dit vous-

même. Restez tranquille afin que je vous soigne. Mais après il faudra vous reposer !

– Hé bien ! En voilà des manières, je sais que les fées vont vite en besogne, mais personnellement j'aime les préliminaires. Lui dis-je en la relevant.

Je suis sûr qu'elle ne fait pas partie de cette espèce, mais je ne résiste pas à l'envie de l'embêter.

Son air embarrassé et ce petit tic avec sa bouche m'assèchent la gorge.
Je surprends son regard quand ma langue passe sur mes lèvres sèches.
Serait-il possible qu'elle ressente la même attraction ?
Je suis tellement dur que j'en ai mal, je pose ma main sur son visage.
Je la fixe guettant un hypothétique refus, je baisse la tête doucement de peur qu'elle m'échappe et je l'embrasse.
Bon sang, son gémissement va me faire perdre tout contrôle.
Ses lèvres sont aussi douces qu'une caresse et ont un goût d'interdit.
Je sais qui elle est ! Mais je veux la garder que pour moi.
Ma langue cherche à entrer alors qu'elle entrouvre ses lèvres. Aussitôt, je m'y glisse avec avidité et délice !
Timide au départ, sa langue s'enroule sur la mienne. Je pense qu'elle n'en a pas conscience, mais elle se presse contre moi.
Je réussis à garder mes mains sur ses bras, mais pour combien de temps ?
J'ai envie d'elle à en devenir fou, je pourrais la prendre là à même le sol !
Seulement, je veux plus. Je veux son corps et son âme.
Par les dieux, elle m'a ensorcelée ?
Elle me repousse brusquement en disant
– Je dois rentrer. Pardon, excusez-moi. Heu, reposez-vous ! Si vous êtes toujours là demain, je regarderai vos blessures.
Elle se sauve en courant en me laissant là, interdit. Où part-elle ?
Elle m'a dit à demain, c'est donc qu'elle va revenir ?
Je suis aussi fébrile qu'un enfant qui sait qu'il va avoir la pâtisserie tant demandée.
Je m'allonge sur la mousse où je m'endors en pensant à ma petite déesse.
Est-ce que j'aurais le courage de la ramener ?

Moi, qui dois m'unir à une autre. Alors que je viens juste de trouver celle pour qui mon corps et mon cœur se sont enfin mis d'accord.

CHAPITRE 6

Moïra

Je viens depuis trois jours, il va mieux. Il ne va pas tarder à repartir chez lui.
J'ai caché sa présence à mes parents. Pourquoi ? Je ne sais pas.
Jusqu'à présent, j'ai toujours été une enfant modèle. Mais je sens que je ne dois pas les informer de sa présence.
Comme à chaque fois que je le vois mon cœur fait un bond dans ma poitrine. Il n'a pas réessayé de m'embrasser à mon grand regret d'ailleurs.
Si je dois être honnête, j'en rêve.
Il se dit probablement que je suis trop jeune ou alors je ne l'intéresse pas tout simplement.
Il est tellement beau. Son visage semble dur quand il réfléchit et serre les mâchoires. Mais quand il sourit, cela fait ressortir ses yeux bleus.
À nouveau, je ne peux pas empêcher mon cerveau et mon cœur de se disputer.
L'un se pâme devant sa beauté et sa gentillesse et l'autre me dit de me méfier, car je ne sais pas d'où il vient. Il m'a dit lui-même ne pas habiter ce monde.
Il doit avoir des tas de femmes bien plus passionnantes que la petite villageoise que je suis et cela malgré mes pouvoirs.
Un soupir à fendre l'âme m'échappe. Il se retourne en me souriant.
Il semble communiquer avec l'arbre ? Je pensais être la seule à pouvoir le faire.
Sait-il d'où je viens et qui je suis ?
Tad et mam m'ont expliqué, il y a quelques années comment et où ils m'ont trouvé. Depuis toutes sortes de questions me traversent l'esprit.
Pourquoi m'ont-ils abandonnée ? Est-ce que j'étais aimée désirée ? Sont-ils toujours en vie ? Me cherchent-ils ?
Je me secoue, si je continue ainsi je vais gâcher nos derniers instants. Je

lui souris.

En trois jours, j'ai réussi à tomber amoureuse de cet homme énigmatique sans en prendre conscience.

Quand je suis loin, mon esprit divague vers lui et je me demande ce qu'il fait à quoi pense-t-il ?

À l'inverse quand je suis près de lui, je soupire en attendant chaque frôlement comme un chien espère les caresses de son maître.

Je suis pathétique !

Nous avons beaucoup parlé ces derniers jours. Sa culture est impressionnante et j'aimerais croire que l'a mienne la surprise.

On peut être de la campagne sans être ignare du monde ou dans mon cas des mondes qui nous entourent.

Tad qui vient des pays nordiques est convaincu que nous sommes entourés de plusieurs mondes.

    Ainsi le VALHALLA serait plus qu'un paradis, mais plus un monde pour abriter les guerriers les plus valeureux.

Dans sa culture, il n'est pas rare de voir des prophétesses ou d'étranges créatures.

    Je pense que c'est pour ça qu'il n'a pas été surpris de me trouver là-bas, seule dans cette forêt dite magique.

Archibald m'a confié avoir beaucoup voyagé et il m'a décrit tous ses paysages magnifiques.

Est-ce qu'il m'amènera un jour les voir avec lui ? C'est définitif : je suis sotte !

    – Bonjour !

Zut ! je l'ai dit plus sèchement que je le souhaitais, mais je suis tellement en colère après moi que c'est lui qui prend.

– Bonjour ? Aurais-je fait quelque chose qui t'a blessée ? Si c'est le cas, je te présente toutes mes excuses. Je parle peu avec les jeunes femmes de ton âge.

On dirait qu'il parle à une enfant capricieuse.

    Ce qui me rend encore plus amère et d'une façon brusque qui ne me ressemble pas je lui lance :

– Je ne suis pas une enfant !

Une petite voix me murmure dans ma tête :

« oh pour sûr, tu vas le convaincre en tapant du pied ainsi. Tant que tu y

es, tire-lui la langue aussi ! »
– Heu ! Je ne pense pas avoir dit cela ? Crois-moi quand je te regarde, c'est une femme que je contemple. N'en doute pas un seul instant.

    Il fronce les sourcils, comme s'il cherchait ce qui a pu m'exaspérer ainsi.
Quelle mouche me pique ? Je ne suis pas si insupportable en temps normal.
S'il est vrai que je ne me laisse pas intimider facilement, je ne cherche jamais le conflit.
Alors pourquoi ce sentiment de rage en moi ? J'ai envie de le battre pour lui faire comprendre que j'existe.
Que je ne suis pas une petite chose fragile et qu'il ne peut pas partir comme ça !
Faire comme si nos discussions et le temps passé ensemble n'avaient pas eu lieu.
Il ne peut pas se sauver et m'abandonner là, pour retrouver toutes celles qui lui tournent autour. Alors qu'il m'a montré un monde que je ne soupçonnais pas.
Je veux qu'il m'embrasse, qu'il me caresse et qu'il m'aime.
À l'instant où cette pensée surgit dans mon esprit, je comprends tout. Je suis mortifiée.
Je suis jalouse et déçue, car il n'a rien retenté. Voilà ce que j'ai !
Je baisse la tête honteuse. Je le sens s'approcher de moi.
La terre tremble sans que je comprenne la raison. L'orage que j'entends est en parfaite adéquation avec mon humeur.
Tout à l'heure, il faisait beau. De plus, je n'ai pas souvenir d'avoir senti d'autres tremblements de terre avant ceux-ci. Que se passe-t-il ?

Archibald

    – Mais non ! Tu te trompes. Je suis sûr qu'elle n'a aucun sentiment pour moi. Au mieux, elle me prend pour un ami !
Bon là, il va vraiment falloir que je rentre chez moi. Je parle à un arbre. À un ARBRE !
Ma parole. J'ai vraiment perdu l'esprit si tant est que je l'aie eu un jour. Trois jours, que je partage mes journées entre elle et le vieil arbre !

Si l'on m'avait dit que je parlerais un jour avec un feuillu, je ne l'aurai probablement jamais cru.
Pourtant je viens de FÉERÉLIA, un monde où rien n'est impossible. Nous parlons de tout et de rien. Je pense qu'il était déçu que même si nous respections la nature, celle-ci ne se soit jamais ouverte à nous.
   Il me pose souvent les mêmes questions
– Pourquoi ne vous parle-t-elle pas ? Si tu dis que vous la respectez alors elle devrait s'éveiller à vous. Nous avons tous et toutes une conscience, je suis sûr que quelque chose cloche chez vous !
– Mais non à la fin ! Nous avons bien des animaux qui se transforment en homme ou l'inverse. Alors pourquoi voudrais-tu que l'on soit surpris qu'une fleur nous adresse la parole ?
– Hum, je suis sceptique. Peut-être est-ce que tu me mens ? Qui sait si vous ne détruisez pas ou n'empêchez pas la nature de s'exprimer ou alors elle a peur de vous ?
– Non, mais sérieusement. Tu es un arbre si tu ne l'avais pas remarqué et pourtant ça ne m'empêche pas de nous disputer !
– Oui, car tu n'as pas le choix ! C'est moi qui t'ai fait venir, je savais que tu plairais à Moïra. Elle est si seule, les gens d'ici se moquent d'elle même si elle ne me l'a jamais dit. Seulement, c'est mon devoir de veiller sur elle. Je savais déjà à qui j'allais la confier, car je ne pouvais pas la garder sans la voir s'en aller.
Sa voix était si triste en repensant à ce moment que je me suis demandé pourquoi .
Souvent, quand nous discutions je sentais que le vieil arbre n'était pas vraiment un élément de la nature. Mais quelque chose d'autre.
Il avait fini par m'avouer que cette forêt était réputée pour accueillir des formes ou des créatures magiques, rien n'est impossible ici pour peu que l'on y croie.
J'avais le sentiment étrange qu'il ne m'était pas inconnu. Parfois, j'aurais même juré qu'il lisait carrément dans mon âme.
Et pourquoi tenait-il absolument à ce que j'amène Moïra avec moi sur mon monde ?
– La voilà. Me dit-il.
Effectivement, j'entends comme un soupir
– Bonjour !

Elle la dit d'un ton si sec presque cassant
– Bonjour ? Aurais-je fait quelque chose qui t'a blessée ? Si c'est le cas, je te présente toutes mes excuses. Je parle peu avec les jeunes femmes de ton âge.
Elle a l'air plus irritée encore. Je suis perdu, je ne vois pas ce que j'ai pu dire ou faire de mal.
Dès le lendemain, je me suis conduit en homme de mon rang et l'ai traité comme une princesse.
Je meurs d'envie de l'embrasser dès que je la vois, de la serrer contre mon corps et de la garder que pour moi.
Mais je sais que je n'ai pas le droit, ce n'est autre que la fille des dieux. Je me contente de rêver chaque nuit à des étreintes torrides.
Oh non ma jolie ! Je ne pense pas à toi comme à une enfant loin de là !
Je me suis surpris à attendre son arrivée ainsi que nos discussions. Elle est pleine de repartie et nous ne voyons jamais le temps passer.
Nous parlons de tout et de rien, ses parents adoptifs ont fait du bon travail. Elle n'est pas que belle, mais aussi très intelligente.
Perdu dans mes pensées, je ne saisis pas pourquoi elle tape du pied en me disant qu'elle n'est pas une enfant
– Heu ! Je ne pense pas avoir dit cela ? Crois-moi quand je te regarde, c'est une femme que je contemple. N'en doute pas un seul instant.
En fronçant les sourcils, j'essaie de comprendre ce qui lui arrive.
Je vois toutes sortes d'émotions défiler sur son visage : colère et tristesse. Des sentiments que je ne soupçonne même pas assaillent son cœur.
Seulement la nature est réceptive à ses dons. Je sens la terre trembler légèrement, le ciel se noircit et l'orage gronde au loin.
Je suis là debout à la regarder souffrir en se tordant les mains, elle devient de plus en plus agitée et la nature aussi.
J'entends la voix de l'arbre me dire :
« Je t'en supplie. Tu ne sens pas sa douleur et les doutes qui l'habitent ? Tu nies ton amour, mais nous le savons tous les deux par pitié. AIDE-LA ! »
Je me retourne vers l'arbre, je jurais qu'il pleure ! Pourquoi son bonheur et sa souffrance lui importent-ils à ce point ?
Un autre éclair, plus fort que le précédent me fait réagir. Je la prends

dans mes bras, elle lève son doux visage vers moi.
Si je baisse ma garde et que je l'embrasse ? Aurais-je assez de volonté pour me contenter que de ça et dans le cas contraire alors que ferons-nous ?
Nos yeux se scrutent, elle se met sur la pointe des pieds et pose ses lèvres sur les miennes.
Par les dieux, quelles épreuves m'avez-vous envoyées ?
Je ne suis pas sûr que l'on devrait me confier les mondes alors que je ne peux résister à cette enchanteresse.
Qui a commencé à caresser l'autre ? Nous nous en souvenons plus.

Nous nous sommes retrouvés nus à explorer, que dis-je à aimer le corps de l'autre. Sans pouvoir nous arrêter, nous nous aimons avec désespoir.
Dans un monde qui n'était pas fait pour nous, nos corps ont pris l'ascendant sur nos raisons. Quoique si je dois l'avouer, je ne regrette absolument rien.
Je l'aime tellement, mais je devrais la quitter et briser ses rêves.

Je reviendrai la chercher, sa place est aux côtés de son peuple et de sa famille.
Quant à moi, je me contenterai de l'aimer en secret.
Mais avant tout pour qu'elle puisse se consacrer toute entière à son destin. Je devrais lui mentir et trahir notre idylle.
Moi, qui n'ai que des mots d'amour dans la bouche. Celle-ci déversera bientôt tant de haine dans son cœur et je me maudis par avance.
L'arbre a abrité notre amour comme seule une mère peut protéger son enfant.
Car je viens de comprendre qu'une déesse ne peut pas mourir puisqu'elle est l'essence même de la terre. Savait-elle ce qui allez arriver ?
Que je vais détruire sa fille ! Et même si c'est pour sauver à la fois son peuple et le seul amour de sa vie !
« Je l'ai toujours su. Comment crois-tu que tu sois arrivé ici ? Je sais ce que tu es obligé de le faire ! Crois-moi, mon cœur saigne comme si l'on me l'arrachait encore une fois. Les dieux n'en ont pas fini de me faire payer ma traîtrise. Ne t'inquiète pas, elle est forte plus qu'elle n'y paraît. Vous devez vous habiller, quelqu'un vient ».

Nous finissons à peine de nous vêtir quand un portail s'illumine.
Sur mes gardes, j'attrape mon épée, que je laisse toujours à ma portée.
Une silhouette passe le portail
– Mais que fais-tu ici ?

    Pendant ce temps, les trois guerriers ont arpenté tant de monde.
La haine a grandi dans le cœur de Ciara et celui de Dagda. Mebahel s'épuise, il résiste de moins en moins à la fatigue et à la colère.
Dix ans à cacher son amour et son envie d'elle et tout ce temps à la regarder se perdre avec d'autres hommes.
Son ami lui est resté fidèle à son serment. Il n'a touché à personne ni femme ni homme depuis la disparition de Macha.
Enfin, toucher tout dépend ce que l'on entend par ce terme.

CHAPITRE 7

Mebahel

Ça suffit maintenant ! Je ne peux pas continuer à vous regarder vous détruire ainsi, elle ne le permettrait pas !
Il se retourne sur moi. Je souffre tellement de les voir ainsi que je voudrais mourir. Mon ami et celle que j'aime plus que tout plus que mes ailes.
– Quoi ? Qu'est ce qui t'arrive l'ange ?
Il crache ses mots comme si j'étais responsable de ses malheurs comme si je n'avais rien perdu moi aussi.
À croire que seule sa douleur importe.
Ciara ne relève même pas la tête, l'homme auprès d'elle pose ses sales pattes sur son corps.
Son regard est vide comme d'habitude.
Elle avait cessé de se couper après notre dispute.
J'étais parti quelques jours afin de les laisser seuls, en espérant un rapprochement.
Son anniversaire était passé de peu, elle n'avait pas dit un mot sur le pendentif que j'avais laissé sur sa couche.
Un lapis-lazuli de forme circulaire comme la lune, il m'avait fait penser à elle sans savoir pourquoi.
Comment lui dire que je ne pensais pas à elle comme à une enfant ?
Alors que je ne rêve que d'elle et de son corps.
Quand Dagda m'avait mis devant mon erreur, nous nous étions battus.
Ce que je regrettais à chaque instant.
Cependant, il avait raison, le mal était fait.
Chaque soir, elle partait avec un voire deux hommes différents. Je n'en pouvais plus, j'étais un ange bon sang !
Mon devoir était de protéger. Pas d'inventer, chaque nuit de différentes tortures à leur infliger.
Combien de fois, étais-je passé de l'autre côté ?
Combien de fois avais-je frappé les hommes qui avaient été brutaux

avec elle (alors que j'étais conscient que souvent c'était elle qui leur demandait)
Je m'étais même plusieurs fois surpris à me donner du plaisir en la regardant. Me caressant en la scrutant de loin comme un voyeur.
J'étais tellement obsédé par elle que je me l'imaginais nue partout où je me rendais. Je ne tiendrais pas indéfiniment ainsi sans faire une bêtise !
Je lui en voulais à lui aussi, il avait cessé de se battre.
Quand il ne cherchait pas la bagarre, il buvait à en rouler par terre me laissant le soin de le monter dans sa chambre.
Pendant tout ce temps, je sentais la noirceur m'envahir. Moi, qui étais si fière de mes plumes immaculées.

    Le noir avait fait son apparition quand j'avais arrêté de signifier mon mécontentement aux hommes qui l'approchaient pour les tuer tout simplement.
– Détruisez-vous, puisque votre seule vie compte ! Vous ne pensez même plus à elle ! Elle a seize ans. Qui dit qu'à l'instant où je vous parle, elle ne se fait pas violer ?

    Je ne l'ai pas vu se lever. Ciara me gifle si fort que mes dents s'entrechoquent.
Elle est furieuse, elle me hait. Sa jolie poitrine se soulève au rythme de sa respiration saccadée, elle serre et desserre les poings machinalement. Elle hésite. Je le vois, mais elle a enfin une émotion autre que la résignation.

    Quant à Dagda, je ne suis pas sûr qu'après ça je puisse encore l'appeler, mon ami.
Je ne suis pas dupe, c'est l'alcool qui m'a sauvé. S'il avait pu tenir debout, je serais mort.
Il se lève en déployant lentement sa haute stature sans me lâcher du regard, je déglutis difficilement.
Il n'a quasiment pas changé, toujours aussi musclé malgré ses beuveries.
Ses cheveux sont plus longs ainsi que sa barbe, seul son état négligé prouve qu'il a cessé de faire attention à son image.
Suis-je allé trop loin ?
D'une voix rendue caverneuse par le manque de pratique et les abus, il me dit

– Bien ! L'ange veut de l'action ?
Sans m'en apercevoir, je recule. Je n'oublie pas tous les meurtres qu'il a perpétrés en ces dix années.
Dans le seul but de faire avouer, quelquefois à des innocents où était sa précieuse enfant ?
Je sens la sueur descendre le long de mes omoplates.
Est-ce qu'il va me tuer ? Puis-je mourir ?
Après tout, ce serait la fin de mon calvaire !
Je la regarde dans les yeux on dirait que finalement j'ai réussi à éveiller quelque chose en elle.
Malheureusement, il semble que ce soit trop tard. Je lui souris tristement.
Je me redresse de toute ma hauteur et je sens mes ailes se déployer dans mon dos
Je vois leurs saisissements à tous en voyant mes ailes ténébreuses.
Je les regarde sans les lâcher des yeux.
Mon frère ou mon ami peut-être est-ce devenu mon ennemi ?
Et elle. L'amour de ma vie ou mon âme sœur voire ma déchéance ?
Je ne suis pas surpris, le noir à quasiment tout recouvert. Bientôt, mes cheveux suivront le même chemin et je serais perdu.

– Par les dieux ! Qu'avez-vous fait ?

Dagda

Je bois pour oublier, mais ça ne fonctionne pas vraiment.
J'ai stoppé les recherches il y a deux ans. Déjà, cela passe vite.
Il pense que j'ai arrêté de compter, mais c'est faux. Tous les jours, je m'imagine son visage.
Est-ce qu'elle ressemble à sa mère ? Tient-elle de moi ? Est-ce qu'on la maltraite ?
C'est dans ces moments-là ou la violence en moi revient, je voudrais anéantir tous les mondes.
Alors je cherche à me battre. En Avalon, les métamorphes et autres mages noirs sont légion. Alors pas difficile de trouver quelqu'un pour assouvir ma rage.

Je ne suis pas vraiment sûr qu'ils survivent, j'ai cessé d'y veiller.
Avant je retenais mes coups, mais à quoi bon ?
Je n'ai plus de femme ni de fille. Plus de cœur ni d'âme !
Peut-être un jour, je tomberais sur celui ou celles qui réussiraient là où j'ai échoué. C'est-à-dire à me supprimer, j'ai tout tenté pourtant.
Je me suis jeté dans les ravins mêmes parfois des montagnes plus hautes les unes que les autres.
Je me suis noyé et coupé les veines, j'ai tout essayé. Seulement la mort cette garce ne veut pas de moi.
Alors, si je suis condamné à vivre ici. Pourquoi ne pas occire quelqu'un de ces idiots ?
Quand leurs dieux en auront marre. Ils me rendront peut-être ma fille ou ils me tueront !
Je suis si las de tout ceci. Je ne supporte plus le regard de l'ange sur moi, sur nous !
Je lui jette un œil, je baisse la tête en me replongeant dans cet alcool que me sert le patron de ce bouge.
C'est infâme, mais cela a au moins le mérite de m'assommer rapidement.
Du faite, je n'entends plus ma conscience qui me dit que Macha ne supporterait pas de voir Ciara ainsi.
Pendant un temps, moi aussi ça m'énervait. À force de boire, j'ai fini par ne plus m'en soucier et baisser les yeux.
Je sais qu'il est amoureux d'elle alors du coup c'est son problème à lui, pas à moi.
Je ne voulais pas voir ce qu'elle était en train de devenir, après tout je ne suis rien pour elle.
Je sentais la colère de l'ange. Je fermais les yeux tellement forts pour ne pas voir le sang qui maculait ses vêtements.
Les hématomes sur ses articulations et la mort qui tournait autour de lui au lieu de venir me chercher.
Je me demande souvent si lui peut m'apporter le repos que je souhaite tant !
Mais je le connais depuis tant d'années, jamais il ne m'ôtera la vie.
Même lorsque nous nous étions battus, il ne s'était pas mis en colère. Il m'en veut, mais il y a trop d'amour en lui.

Enfin jusqu'à ce soir ! Il ose parler d'elle ?
Je relève la tête du verre dans lequel j'essaie de noyer mes malheurs en lui demandant ce qui lui arrive
Je sais qu'il déteste que je l'appelle ainsi. Pourtant, je ne peux ou ne veux pas l'épargner ce petit vertueux.
Il réfléchit à ce qu'il peut me répondre. Alors je vais pour retourner à ma boisson quand je l'entends me reprocher de ne pas me soucier de mon enfant.
Elle a bondi d'un seul coup. Je me serrai bien levé pour lui coller mon poing dans la figure si l'alcool ne me rendait pas si lent.
Quand celle que j'appelai toujours la petite lui met une gifle qui a dû lui casser quelques dents, voir la mâchoire vu la force qu'elle y a mise.
Je me redresse lentement, il a franchi la ligne. Il a été trop loin cette fois.
– Bien ! L'ange veut de l'action ?
Ma voix est plus rocailleuse qu'avant, est-ce dû à la boisson ?
Mais s'il veut se battre alors ce sera un combat à mort. Avec un peu de chance, la mienne !
Je sens sa peur et je m'en délecte. J'ai l'habitude, j'ai tellement ôté la vie ces derniers temps.
Parfois avec raisons. Mais bien souvent, c'était juste pour le plaisir de tuer. J'en suis conscient.
J'aime voir quand ils comprennent qu'il n'y aura pas d'issue heureuse pour eux. Qu'ils vont souffrir plus que nécessaire !
Au départ, c'était des hommes qui s'en prenaient aux enfants et aux femmes, puis cela a été un peu tout et n'importe quoi.
Je ne me suis pas encore résolu à m'en prendre à la gent féminine. Cependant, ça ne saurait tarder vu le mal qui s'infiltre en moi.

    Tout à coup, je le sens reprendre pied. Il relève la tête, comme s'il avait senti le conflit en moi ?
Il a l'air plus grand et plus fort ainsi, mais aussi plus sombre. Quand je vois ses ailes derrière lui.
Macha, qu'ai-je fait ?
Il n'y a quasiment plus de lumière en elles, le noir à presque tout recouvert. Je me tends vers lui.
L'ambiance dans la taverne, c'est aussi modifié. Les femmes reculent et

les hommes attendent de voir s'ils peuvent s'échapper. Où vont-ils tous nous tuer ?

Je ne suis plus si sûr d'avoir envie de mourir, je sais que ce ne sera bientôt plus mon ami ni celui de personne d'ailleurs !

Quand j'entends une voix familière

– Par les dieux ! Qu'avez-vous fait ?

Ciara

Pourquoi la mort ne vient-elle pas ? Je l'attends, je la cherche même !
Pourquoi m'a-t-elle faite immortelle si c'est pour m'abandonner comme ça avec eux ?
J'ai cru pendant un temps qu'il me sauverait. Or il n'a jamais esquissé un geste vers moi. Je le dégoûte, j'en suis sûr !
J'ai cessé de me couper, car cela ne me faisait plus rien et puis j'ai pensé qu'il allait venir vers moi ainsi.
Je me suis mêlée aux autres femmes, pour voir comment elles parlaient et s'habillaient. J'ai singé leur mimique !
Je me suis détestée à minauder ainsi, comme une chatte quémandant une caresse. Mais, j'ai dû me rendre à l'évidence, je ne l'intéresse pas.

Personne ne s'occupe de moi ou ne me prête un quelconque intérêt !

D'ailleurs, Dagda a compris depuis longtemps que je ne vaux pas la peine que l'on se bat pour moi.
Il suffisait de le regarder chercher cette enfant, pour comprendre que je le gênais plus qu'autre chose.

Jamais, il ne pourra m'aimer comme elle. Lui aussi m'a larguée comme un paquet encombrant.

À quoi bon s'encombrer de quelqu'un comme moi ?
Il n'avait rien dit quand j'avais commencé à me couper les bras. Alors que je l'ai fait devant lui, je m'en souviens comme si c'était hier.
Je venais d'avoir mes vingt-deux ans. Mebahel nous avait laissés seuls, pour soi-disant sauver ses précieux humains. Je le regardais depuis un

moment.
– Tu ne m'as pas souhaité mon anniversaire. Soufflais-je, en baissant la tête honteuse de chercher un peu de tendresse.
– Ha, quand était-ce ? Remarque que je ne me rappelle pas que Mebahel m'en ait parlé non plus.
– Il y a deux jours et non comme pour toi, je n'existe pas pour lui !
Il me regarde l'air surpris.
– J'en doute
– De quoi ?
– Que tu n'existes pas pour lui ! Je pense même que tu es trop vivante pour lui.
– C'est un reproche ?
– Non ! Une constatation ! Que veux-tu que je te dise ? Que je te souhaite un joyeux anniversaire. Alors que ma fille vient de fêter ses sept ans sans ses parents ? Qui me dit qu'elle est bien là où elle est ?
– Mais moi je suis là ! Je ne peux et ne veux pas la remplacer, mais moi aussi je n'ai plus personne. Elles me manquent à moi aussi ! Ne peux-tu pas un peu m'aimer ?
– Aimer ? Je n'ai que faire de ce mot ! Si un jour, je retrouve ma fille alors à ce moment, il sera bien tant de voir si mon cœur existe toujours.
– Regarde-moi ! Je t'en supplie ! Dagda, regarde-moi !
Alors, il s'est levé pour partir. J'ai pris ma lame pour m'ouvrir le bras. Pendant quelques secondes, j'ai regardé le sang quitter mes veines pendant qu'il me regardait avec un air de pitié dans le regard. Puis, il a détourné la tête en partant.
– Mais regarde-moi. Bon sang ! Dagda, moi aussi je souffre !
D'un geste, je me suis ouvert l'autre bras. Il ne s'est pas retourné. Même pas un arrêt quand je lui ai hurlé :
– Par pitié, regarde-moi Dagda !
Et dans un murmure :
– Papa, aime-moi ! S'il te plaît.
Je me suis écroulée pour pleurer, j'ai sûrement perdu connaissance.

    À mon réveil, j'étais dans un lit les bras couverts de pansements. Mebahel était à mes côtés, l'air furieux et déçu en même temps.
D'un air sec, il lance :
– Où est-il ? Qu'est-ce qu'il y a eu pendant mon absence ?

– Tu le saurais, si tu ne filais pas ventre à terre vers tes petits humains !
Je ne reconnaissais même pas le ton de ma voix tellement il était rempli de rancune et de colère.
– Ne fait pas l'enfant s'il te plaît. Tu sais très bien que je la cherche en même temps et puis c'est ma nature de venir en aide aux gens.
– Donc, je ne mérite pas que l'on me sauve ! C'est ça ?
– Mais non ! Je n'ai jamais dit ça. Dis-moi ce que je peux faire pour t'aider et te comprendre ?
En baissant la tête, je lui réponds :
– Aime-moi, je veux juste que l'on m'aime !
Devant son silence, je comprends que de lui je ne dois rien attendre non plus.
Pour la première fois, je pars en recherche non pas d'une bagarre, mais d'un corps à corps plus intime. Le laissant dans la masure dans laquelle nous vivions à l'époque.
Je ne pus donc pas entendre ni voir Dagda sortir de l'ombre en lui disant :
– Pourquoi agis-tu ainsi ? Je crains que tu l'aies perdu.
– Mais c'est une enfant ! D'ailleurs, tu aurais dû la protéger, elle te l'a confiée pour ça !
– Ça fait longtemps que ce n'est plus une enfant, c'est une femme qui a des besoins comme les jeunes gens de son âge ! Et laissez-moi, en dehors de vos histoires !
– J'hésite entre la pitié et le dégoût quand je te vois. Il vaut peut-être mieux que Macha ne soit pas là pour voir ce que tu es devenu !
Quand je suis revenu bien longtemps après, les hématomes sur leurs corps et leur visage étaient déjà en voie de guérison.

Nous avons écumé les mondes à la recherche de l'enfant pendant un moment puis notre envie d'en découdre avec tous les mondes. Nous a réduit en mercenaire.
Au début, nous avions une conscience, mais maintenant...
Il suffisait de voir le type louche en train de me tâter comme si je n'étais qu'un vulgaire morceau de viande.
J'eus un rire mauvais, en sachant que lui aussi aurait une discussion avec les poings de Mebahel.

Il n'est pas rare en effet que l'ange si vertueux en arrive à se battre avec mes amants, enfin si l'on pouvait dire cela.
Puisqu'il n'y avait jamais aucune tendresse. Je mettais les choses au clair de suite.

Les hommes me prenaient pour une trainée jusqu'à ce qu'ils me voient au combat où ils doivent bien l'avouer, je leur fais peur.
Mes formes de jeune fille avaient laissé la place, à celle d'une femme plutôt généreuse.
J'étais perdu dans mes pensées triturant distraitement le pendentif que j'avais trouvé le jour de mes vingt-deux ans.
Je n'avais jamais cherché à savoir d'où il venait. Quelle importance ?
Depuis quelque temps, j'ai compris le pouvoir que j'ai sur les hommes.

Et plus encore sur celui qui m'accompagne depuis tant d'années, je voulais lui faire payer le mal qu'il m'avait fait en me repoussant.
À plusieurs reprises, il m'avait vue nue. Lorsque le faisant exprès, je sortais de l'eau quand il était à proximité. Ou quand je m'étendais sur l'herbe pour prendre le soleil.
Je voyais à chaque fois l'effet que mon corps avait sur le sien.
Or pas une fois, il n'avait eu le geste que j'attendais avidement pour pouvoir lui refuser ensuite mes faveurs.
Je les entends vaguement s'interpeller, mais je ne bouge pas.
Depuis quelques jours, l'irréprochable Mebahel ne fait que titiller Dagda. À croire qu'il cherche à se faire casser son joli petit minois.
Peut-être, à cause justement de son physique, j'écoute discrètement ce qu'ils se disent. Quand soudain une phrase me fait bondir comme une folle.
– Détruisez-vous ! Puisque votre seule vie compte ! Vous ne pensez même plus à elle ! Elle a seize ans ! Rien ne dit qu'à l'instant où je vous parle, elle ne se fait pas violer ?
Ma main rencontre son visage, sans que je prenne conscience que je me suis levé pour le frapper ni que je comprenne le sens même de ses mots.
Je suis partagé entre l'envie de lui mettre mon poing dans son visage ou de l'embrasser furieusement pour lui faire ravaler ses propos.
Je sens un mouvement dans mon dos, je sais qu'il s'est levé.
Les gens ont peur d'eux et de moi, je n'en prends conscience que maintenant.

Il a raison. Que sommes-nous devenus ? Nous avions une mission ? Un but ?

Je le vois déglutir avec difficulté, lui aussi s'inquiète de la réaction de Dagda.

Dans mon dos, une voix rocailleuse que je ne reconnais pas :

– Bien ! L'ange veut de l'action ?

Les femmes reculent et les hommes aussi, mais de façon plus discrète de peur que leurs réactions entraînent la violence des deux guerriers.

Je suis surprise, car Mebahel recule comme s'il se rappelait la sauvagerie dont peut faire preuve cet homme, ce dieu.

Que faire ? Qui défendre ?

Il réfléchit et me sourit tristement.

Il se redresse d'un coup. Comme s'il n'avait plus rien à perdre.

Puis, ses ailes apparaissent dans son dos. Par les dieux, qu'avons-nous fait ? Qu'ai-je fait ?

De ses ailes blanches, il ne reste presque plus rien. Nos actions, mes actes, l'on pervertit.

Lui, qui ne s'est jamais plaint. Même quand je le savais, il était peiné, voire outré par nos actions. Il ne disait rien souffrant mille morts en silence.

Suis-je la seule responsable ? Et si quelqu'un m'avait aimé finalement ? Et si j'avais détruit tout le bien en lui ?

Je ne vaudrais pas mieux que ces dieux que je hais tant.

Une voix, un enchantement ou un souvenir ?

– Par les dieux ! Qu'avez-vous fait ?

CHAPITRE 8

Fergus

Comment lui expliquer que j'avais perdu son fils et que Morrigann, cette sorcière en avait probablement fait un de ses monstres !
– Bordel, j'aurais dû rester avec lui !
J'ai la sale manie de penser tout haut. Je tourne sur moi-même, mais je suis seul, désespérément seul.
C'est pour ainsi dire mon seul ami presque un frère.
Je suis le dernier des dragons. Mes parents ont péri en voulant sauver sa mère et sa sœur.
Alors, Kiel m'avait recueilli et élevé comme son fils.
J'étais pourtant sûr qu'il était derrière moi. La mine basse, je regarde mes compagnons.
Nous nous décidons à amener nos blessés au château, là-bas nous aviserons.
En moins d'une heure, la nouvelle de notre retour s'est répandue en Féerélia.
Mais aussi celle de la disparition de celui que beaucoup considèrent comme leur prince.
Nous traversons les villages avec toujours la même scène, les hommes baissent la tête et les femmes pleurent en silence.
J'ai envie de descendre de cheval pour les secouer. Il n'est pas mort, c'est juste que l'on ne sait pas où il se trouve pour l'instant.
Elle ne m'enlèvera pas mon frère, même pas dans ses rêves !
Arrivé au château, je descends de mon cheval que j'avais rapporté lors d'un voyage sur Avalon.
Seul animal à bien vouloir qu'un dragon comme moi voyage avec lui.
Un de mes dons étant la télépathie, je lui ai donc promis une longue et heureuse vie.
Et beaucoup d'avoine s'il me laissait le monter.
Bien sûr, il n'a jamais mentionné si c'était ma personne ou la perspective d'une auge bien remplie qui avait gagné son cœur.

Toutefois, j'étais fier de mon alter ego aussi cabochard que je l'étais.
Je comprends son besoin de partir au galop et il n'est pas rare d'ailleurs que je saute de son dos pour me transformer en vol. Nous faisons alors une course endiablée pour notre plus grand plaisir.
Sa robe est intégralement noire, il est massif comme moi sous ma forme primaire.
Nous nous comprenons et nous respectons ce qui faisait de nous un duo mortel pour nos adversaires.
Lui flattant l'encolure, il s'avance à ma hauteur et pose son immense tête sur mon front.
Il sent mon désarroi et ma peine. À plusieurs reprises, j'ai essayé de le faire parler sans succès alors qu'il m'obéit au doigt et à l'œil.

    Alors c'est une surprise pour moi quand je l'entends dans ma tête :
« Il est fort et intelligent. Je suis sûr qu'il leur a mis une raclée bien méritée et si ce n'est pas le cas alors nous nous en chargerons »
oui, il a raison. Je dois me raccrocher à cette idée.
Je l'amène dans son box pour le panser, ce qui me donne l'opportunité de mettre mes idées et mes émotions en ordres.
Plusieurs heures plus tard, Kiel sait probablement qu'ils sont rentrés sans leur prince.
Je ne peux plus reculer, je me rends d'un pas lourd au château où l'on m'indique qu'il m'attend dans la grande salle.
Effectivement, il est assis sur le trône. Nous avions réussi à le persuader de prendre le statut de roi n'ayant pas de nouvelles de Dagda.
Cependant, il rechigne souvent à prendre place sur le haut fauteuil prévu à cet effet.
Personne ne peut douter de son statut alors qu'il est assis, fier tout en restant proche de ses sujets. Je sens quelque chose d'étrange dans son attitude et celle de l'assemblée.
Voyant que nous ne sommes pas seuls et contenus des derniers événements, je décide de suivre le protocole en m'agenouillant devant lui.
– Mon roi. J'ai de mauvaises nouvelles, je le crains.
– Parle, mon fils ! Nous t'écoutons !
Je ne comprends pas les protestations que j'entends, il n'est pas rare qu'il m'appelle mon fils. Que passe-t-il, ici ?

– Relève-toi, mon garçon. Nous sommes entre gens civilisés.
Que veut dire tout ceci ? Quelque chose m'échappe.
Je me redresse et le fixe. Ses yeux ne se posent pas sur moi, mais un peu plus loin.
La vision d'un dragon étant plus importante que n'importe qui je remarque un groupe auquel je n'avais pas prêté attention.
Par les dieux, que font-ils ici !
Dyclan et sa troupe, des atlantes. Comment et pourquoi la reine Néerélia les avait-elle envoyés ? Surtout eux !
Ils sont sans foi ni loi. Tuant quasiment tout le monde sur leur passage. Et de la manière la plus cruelle possible.
La liste de leur exaction n'était plus à faire malheureusement. Que s'était-il passé pour que ce soit eux qu'elle ait envoyés ?

Une pensée me traverse. La reine des atlantes doit être en fâcheuse position, enfin si elle vit toujours.
Leurs auras malfaisantes glissent sur moi, ils ont senti que je les examine du coin de l'œil.
Dyclan est grand, mais avec mes deux mètres, je fais dix centimètres de plus que lui.
Les hommes et les femmes qui l'accompagnent sont en majorités des krakens, quelques selkies ainsi que d'autres métamorphes.
Pourquoi eux ? Alors que généralement, elle envoie de purs atlantes ou des sirènes proches d'elle.
Quelque chose me dit que nous n'allons pas tarder à avoir d'autres problèmes. Je reviens à mon père qui a réussi à me faire passer le message sans que personne ne le remarque. Fier de lui, il me fixe.
– Alors, où est Archibald ? Et quelles sont ses mauvaises nouvelles ?
– Nous avions de nombreux blessés. Nous avons donc préféré nous séparer, je suis rentré avec les hommes pour veiller à leur sécurité. Archibald est resté sur place, il avait une piste au sujet des guerriers. Je retourne à ses côtés dès que j'aurais votre accord, Père !
Un murmure de joie parcourt la salle, je n'aime pas mentir. Cependant, je sais que l'annonce de la disparition du prince aurait été prise comme un acte de faiblesse par Dyclan et ses soldats.
Je me retourne pour fixer l'atlante, il enrage en silence.
« Hé oui ! Mon grand, tu n'as pas encore gagné. Je le ramènerai, même

si je dois le plonger dans le chaudron de Dagda pour le ressusciter ».
Kiel se lève, signifiant ainsi la fin de l'entrevue publique.
Silencieusement, nous nous rendons dans ses appartements.
Où, il se tourne vers moi inquiet :
– Dis-moi tout ! Que s'est-il passé là-bas ?
– D'accord, mais avant tous le ressens-tu toujours ?
Sa magie puissante lui donne un lien avec Archibald lui permettant de ressentir ses émotions, mais aussi de savoir s'il est toujours en vie.
– Oui, mais il est très faible.
– Si seulement je savais où chercher.
Dis-je en me passant la main dans les cheveux
– Nous avons été séparés. Nous avions eu quelques blessés et trop de morts. Nous avons pris la décision de partir ensemble, mais le portail s'est refermé derrière moi. Nous allions en rouvrir un, lorsque nous avons senti un autre accès. J'avais espéré que c'était lui et qu'il était rentré sain et sauf, mais ce n'est pas le cas visiblement.
– Non, il n'est pas rentré. Attends une minute. Qu'est-ce que c'est que cette histoire ?
Il a l'air surpris par quelque chose. Serait-il possible que...
– Quoi ? Que se passe-t-il ?
Je sens sa magie s'éveiller, qu'a-t-il découvert ?
Bon sang, faites qu'il soit toujours en vie. Et que cette furie ne l'ait pas fait prisonnier. Au cas où je prierais même les Dieux !
D'un coup, son visage se fait souriant et il éclate de rire.
Je suis perdu, il n'y a rien de drôle dans cette situation ? Devient-il fou ?
– Ne fait pas cette tête. Ne t'inquiète pas pour ton ami, mon petit doigt me dit qu'une âme charitable prend bien soin de lui. Il n'est pas pressé d'être retrouvé.
– Excusez-moi, père. Mais nous ne savons même pas où il se trouve !
– Ai-je dit cela ?
J'aimerais avoir la même certitude peut-être que Morrigann a trouvé un moyen de brouiller les pistes, je fais les cent pas.
Une autre question me taraude :
– Que fait Dyclan au château ?
– Franchement, je ne sais pas. J'essaie de joindre Néerélia depuis un moment. Il y a trois jours, il a fait son apparition avec des soldats soi-

disant pour nous venir en aide à la suite du piège tendu par Morrigann.
– Mais...
– Oui, je sais. Vous veniez de partir, il ne pouvait donc pas être sûr de ce qu'il avançait. À part si...
– S'il est de mèche avec elle. Bon sang, elle ne recule devant rien !
– La jalousie fait perdre la tête à bien des personnes, j'ai bien peur que cet atlante nous pose un tas de problèmes.
Perdu dans mes réflexions, je sursaute quand sa grande main s'abat sur mon épaule.
– Pour le moment, nous ne pouvons rien dire. Il veut la guerre et tant que nous n'avons pas de nouvelle de la reine, nous sommes pieds et poing liés. Quant à Archibald, je sais où il se trouve. Il est sous bonne protection, il a des choix à faire et doit les faire seul. Je prie juste pour qu'il fasse les bons. Repose-toi, le moment venu tu comprendras et j'ouvrirai un portail pour le ramener.
Je comprends que je suis congédié, je le fixe un instant et décide de rejoindre mes quartiers.
Pas vraiment rassuré par ses propos sibyllins.

Ma chambre est meublée avec le strict nécessaire. Un grand lit, à cause de ma grande taille et de petites tables de chaque côté. Près de la grande fenêtre se trouve mon bureau. J'aime m'asseoir là et contempler les jardins.
Quand vraiment je n'y tiens plus, il suffit d'ouvrir la croisée et de m'élancer dans les airs.
Je peux alors à loisir oublier mes soucis et contempler ses merveilles.
Je ne pense pas qu'il y est dans n'importe quels mondes, un château où se trouvent des jardins semblables.
Lorsque je plane, je suis libre. Plus de contraintes et je suis enfin proche d'eux.
Dire que je ne les ai pas détestés de m'avoir laissé seul serait un mensonge. Chaque nuit, je pleurais, j'étais à peine adolescent.
    Je savais qu'ils avaient fait pour le mieux, mais on ne peut rien contre les dieux.
Kiel devait perdre sa femme et sa fille. Pour une raison dont eux seuls avaient la réponse. Et si cela permettait à une race voire même deux de

s'éteindre. C'était tout bénéfice pour eux.

Les dragons leur faisaient de l'ombre à sans cesse discuter leur autorité.

Je suis une espèce en voie d'extinction.

Il avait cherché avec Archibald, mais il devait se rendre à l'évidence. Il ne restait plus que lui. Dans ces moments-là, son ami, son frère ne pouvait pas comprendre son mal-être.

Il aurait mieux valu mourir avec eux.

« Où es-tu, mon frère ? Est-ce que tu es en sécurité et quels sont les choix que tu dois faire ? Surtout que se passe-t-il en Atlantide ? »
Tant de questions et aucune réponse. Si Néerélia est vraiment en danger, est-ce que nous allons lui venir en aide ?
Las de toutes ces questions, je m'allonge sur mon lit espérant que le sommeil ne me fuira pas.
Cette solitude me pèse, mon espèce est faite pour vivre avec les siens ou avec leur âme sœur. Nous sommes comme les meutes de loups. Bien que les légendes par les mondes nous disent solitaires, c'est totalement faux.
Combien d'années vais-je errer solitaire ?
Finalement, épuiser le sommeil me cueille.
Trois jours que je tourne en rond en m'ennuyant, j'ai besoin d'action.
Je regarde les champs et les lacs que je survole, ma décision est prise si je ne puis rien pour mon ami alors je vais en Atlantide.
Dyclan essaie de me pousser à la faute et j'ai de plus en plus de mal à garder mon calme.
Ses phrases énigmatiques laissent à penser qu'archi a été enlevé par cette garce. Je suis sûr qu'il en sait plus qu'il ne veut le faire croire.
Cependant, Kiel m'enjoint à la prudence. Par respect pour lui, je ronge mon frein.
Un jour prochain, mon poing fracassera la mâchoire de cet enfoiré.
Je décide d'aller à la pêche aux informations. Qui sait, il y a peut-être du nouveau.
La journée touche à sa fin, je retrouve mon père adoptif dans ses quartiers.
Serait-ce déplacé de lui dire que j'adore l'arrangement de cet endroit ?
Le bois est omniprésent avec de grandes plantes et des tapis un peu

partout. Son bureau est agencé comme le mien devant une fenêtre, mais sur le côté.

Plus loin dans un coin se trouvent une table basse et des coussins laissés sur le sol, le tout est très masculin et confortable. Je sais qu'au fond une porte ouvre sur sa chambre.

Tout le monde sait que le seul luxe qu'il s'est accordé est l'immense trou qu'il appelle son bain, d'après les rumeurs on peut tenir à six dedans.

Je ne peux pas m'empêcher de sourire, d'après les mêmes ragots mes attributs masculins sont minuscules. Prêcher le faux pour savoir le vrai, le principe même des rumeurs.

Alors qui sait ? Il n'y a peut-être, même pas un broc d'eau dans ce lieu.

Pensif, encore une fois Kiel me surprend en riant :

– Décidément, cela va devenir une manie.

– Apparemment ! As-tu des nouvelles ? Comment va-t-il ?

– Pour ce que je ressens, je peux te dire qu'il a été soigné et qu'il se porte comme un charme. Tu souhaitais me demander quelque chose, si je ne m'abuse ?

– Oui ! Donne-moi une mission. Je m'ennuie, j'ai de plus en plus envie de donner une raclée à l'atlante. Et je sais que si la reine l'a envoyé cela sera considéré comme un affront.

– Il vient de partir, il y a quelques instants. Néerélia la fait chercher.

– Oh ! Nos craintes étaient donc fondées. D'après toi, va-t-on ravoir de ses nouvelles ?

– Je pense que oui. Mais, j'ai bien une mission. Ne prends rien avec toi, ce sera rapide.

– Ha ! Puis-je savoir de quoi il s'agit ?

– Non d'ailleurs, tu pars tout de suite !

À ces mots, d'un geste il ouvre un portail. En haussant les épaules, je m'y engouffre. Après tout, il ne m'a jamais trahi.

L'air est différent ici. Lorsque, j'entre dans le passage, je sens quelque chose d'ancien me frôler.

Je mets quelques secondes avant de comprendre qui est devant moi.

J'ai beau me répéter cette scène des milliards de fois dans ma tête, je ne comprends toujours pas ce qui s'est passé à cet instant.

Le portail est resté ouvert derrière moi. Je vois Archibald, l'arme à la

main comme pour protégeait son bien le plus précieux.
Je sens dans son regard qu'il n'hésitera pas à me tuer, même moi qu'il considère comme son frère. Je n'ai jamais été, aussi choqué.
Une petite voix s'élève, le ton le plus doux que je n'ai jamais entendu.
– Mais je te connais !
Archibald me regarde surpris, il est toujours devant elle comme si j'allais m'emparer de cette humaine.
Quand elle se décale et que je la vois pour la première fois, mon dragon s'agite. C'est sans nul doute la plus belle femme de tous les mondes. Ma bouche est sèche, je me surprends à me redresser pour vouloir lui plaire.
Mon frère n'aime pas du tout mon attitude. Et moi, non plus d'ailleurs. Avant jamais nous n'avons connu de rivalité avec les femmes. Alors pourquoi elle ?
Mon dragon gratte comme un fou, c'est la première fois qu'il agit ainsi. Si je baisse ma garde, je me transformerai sans en avoir conscience.
Subitement, elle se jette dans mes bras et m'embrasse sur la joue. Mes mains encerclent sa taille fine, je ne sais pas si j'aurais la force de la lâcher.
Pourquoi agit-elle comme si nous nous connaissions ?
Je m'en souviendrais, si c'était le cas. Son visage comme son corps ne passe pas inaperçu.
Je suis perdu. Que faire ? Je vois qu'Archibald est en colère, il serre tellement les poings que ses articulations en blanchissent.
Alors pourquoi ne puis-je pas l'écarter de moi ?
Elle sent si bon, un mélange de forêt et de fleurs sauvage, la couleur de ses cheveux me rappelle vaguement quelque chose.
Son corps me trouble, elle est collée à moi, combien de temps vais-je avoir la force de résister ?
« Contrôle-toi mon vieux ! Bon sang, par les mondes tu as vu nombre de femmes plus belles et même des enchanteresses. Elle n'est pas si différente ».
Mon esprit ne cesse de me répéter la même chose, mais mon dragon lui est d'un autre avis.
Plus j'essaie de respirer doucement et moins j'ai envie de la lâcher, son visage est collé à mon torse.

Doucement, elle relève la tête. Je me perds dans ses yeux, mélange de vert et de bleu comme si la nature elle-même n'avait pas réussi à se décider.

Paniquant, je m'aperçois que j'ai envie d'elle. De l'étreindre fermement. De l'embrasser.

Archibald l'a compris, il vient vers moi furieux

– Lâche là tout de suite !

– Mais qu'est-ce qui t'arrive ? Il ne me fera pas de mal, tu te prends pour qui pour vouloir régenter ma vie ? Tu n'es pas mon père pour ce que j'en sache.

Quel tempérament ! Je la repousse tendrement, je ne veux pas me brouiller avec lui.

Mon dragon s'énerve de plus en plus. Il agit comme s'il avait trouvé son âme sœur.

Par les dieux, ce n'est pas possible !

– Mais, non, Moïra. Je…. Enfin, je le connais, c'est mon ami. Presque un frère, alors je sais ce qui lui trotte dans la tête. Bon sang, on ne va pas se disputer après ce que l'on vient de vivre ?

À ces mots, je me tends. Il l'a touché, il l'a sali ! J'esquisse un pas vers lui, je vais le...

Mince, je deviens fou. C'est mon frère ! Nous avons traversé tant d'épreuves ensemble.

Quand sa mère et sa sœur on périt avec mes parents, nous nous sommes soutenus séchant les pleurs et les terreurs nocturnes à tour de rôle.

Désemparé, je les regarde l'un et l'autre.

Elle est furieuse. « Ça la rend encore plus désirable. Mais frappez-moi ! Qu'est-ce qui me prend ? »

Oh ! À leurs têtes à tous les deux, je devine que j'ai encore parlé à voix haute.

Non, mais je déraille complètement, ma parole. Du coup, je décide de dévier la conversation en criant sur Archibald :

– Ça va ? On ne te gêne pas ? Tu ne pouvais pas nous prévenir ? Non ! Non ! Monsieur joue au joli cœur ! Pendant que son père, moi et tout son peuple, nous nous faisions un sang d'encre. Bordel, tu n'es qu'un sale égoïste !

Je n'ai pas vu le poing partir. En revanche, je le sens bien arriver sur ma

mâchoire.
J'ai juste eu le temps de pousser la jeune femme pour me jeter sur lui.
Je retrouve les gestes habituels, nous avons le même caractère, alors souvent cela se termine ainsi.
Par terre le visage en sang et les poings meurtris.
Cette fois, nous sommes toujours debout. Pourquoi me serre-t-il ainsi ?
J'ai eu tellement peur de le perdre que je le frappe sans cesse alors qu'il me tient contre lui. Mon cœur, mon âme est trop à vif.
– Pourquoi ? Pourquoi ? Je ne veux pas que tu meures, toi aussi ! J'ai eu si peur, je ne veux pas vivre éternellement seul.
Est-ce que j'ai crié ses mots ?
Mes joues sont humides, mais je pleure ?
– Allons, allons mon ami, mon frère. Si tu continues, je vais te croire amoureux de moi.
Dit-il en riant, malgré les larmes dans ses yeux ?
Je le repousse en essuyant mes yeux avec ma manche. Par les mondes ! Il a raison, je ressemble à une femme trompée.
– Idiot, tu es laid comme un pou ! Comment voudrais-tu que j'aime une chose comme toi ?
Un rire enfantin surgit, nous avions tous les deux oublié la jeune fille
Je fronce les sourcils me rappelant qu'elle dit me connaître :
– Qui es-tu ? Tu me connais ? Pourtant, je ne t'ai jamais vue ?
Son sourire est un enchantement à lui seul.
– Je m'appelle Moïra. En faites, je vous connais tous les deux.
Elle sourit en voyant nos visages soucieux, cherchant chacun dans sa mémoire.
– J'ai dit que je vous connaissais. Pas que vous me connaissiez !
Encore ce rire. Par les dieux, à chaque son qu'elle émet de sa voix si douce, mon corps réagit au quart de tour.
Je suppose que c'est aussi le cas pour mon frère. S'il l'aime alors je m'effacerais. Son bonheur est plus important pour moi que ma destinée ou pour le cas mon âme sœur.
Elle lève son joli minois vers nous, tout en se tordant les mains nerveusement elle nous explique :
– Je vous vois dans mes rêves depuis des années, j'ai vu vos premiers pas, vos premiers amours.

Son visage devient grave, ses yeux se remplissent de larmes :
– J'ai vu aussi vos mères se sacrifier pour vous sauver. Je suis désolée, j'ai essayé à travers mes visions de vous aider. Cependant, je ne pouvais rien faire alors je me suis convaincue que vous n'étiez que des rêves. Et je n'ai pas fait le lien en voyant Archibald. Seulement, tes yeux sont assez particuliers pour ne pas les oublier ! Puis j'ai vu ton père.
Elle a une telle souffrance dans son regard que j'en suis bouleversé
– Il était tellement fier de toi !
S'approchant, elle pose sa petite main sur mon visage :
– [8]Mo mhac, is breá liom tú !
Je recule à ses mots, pour un peu j'aurai juré entendre la voix de mon père !
– Mais qui es-tu ? Ou plutôt de quelle espèce es-tu ?
Archibald se tourne vers moi pour me dire :
– Si je te le dis, tu ne me croiras pas !
Soudain, des éclats de voix étouffées se firent entendre par l'un des portails.
D'un seul mouvement, nous nous retournons pour voir devant nous
Les trois portails restés ouverts.
Avec étonnement, nous voyons dans l'un d'eux : Dagda, Ciara et un homme avec des ailes aussi noires que celles d'un corbeau.
Devant eux, une forme luminescente avec une voix que nous ne pouvions pas oublier leur demandait ce qu'ils avaient fait.
Aussitôt, je comprends que le frôlement que j'ai ressenti dans le portail venait de ce spectre.
Et que celui-ci n'est autre que : Macha !

Le passage qui mène à la chambre vide de Kiel et l'autre ne montrent aucun signe d'activité.
Muets de stupeur, nous sommes à l'écoute
– Je suis une déesse. Je ne peux donc pas mourir, alors les dieux m'ont enfermé dans un arbre sur ce monde. Depuis, j'essaie de forcer ma magie à revenir pour la protéger ! Mais que t'est-il arrivé pour que tu sois déchu ? Dagda ! Regarde-toi, comment veux-tu retrouver notre

---

[8] Mo mhac, is breá liom tú! : Mon fils, je t'aime, en irlandais.

enfant dans cet état ?
Sa colère et sa déception rendent l'air électrique.
L'homme aux ailes noires prend la parole :
– J'aurais dû m'en douter. Quant à savoir pourquoi je suis comme ça. L'amour fait parfois faire des conneries monumentales et à l'évidence même les anges ne sont pas à l'abri.
Sa façon de parler est si mélancolique. Si triste que mon cœur se serre. Pourquoi l'amour fait-il si mal ?
Ciara a l'air stupéfaite à cette révélation, esquissant un geste vers lui. Mais il recule en baissant la tête alors qu'elle prononce son nom :
– Mebahel.
Ce simple prénom, nous cause un choc brutal à moi et Archibald. Que s'était-il passé pendant ses dix ans pour que l'ange si généreux, si bon se transforme ainsi ? Je sens la mort tourner autour de lui comme une seconde peau.
Je m'étonne du silence de Dagda qui regarde derrière moi, là où se trouve Moïra.
Archibald baisse la tête quand je le regarde. Qu'est-ce que l'on me cache à la fin ?
La jeune femme les regarde tous les larmes aux yeux
Elle se mord les lèvres, ses mains agrippent le bas de sa robe en un tic nerveux.
Le silence est total. Macha, Ciara et Mebahel se retournent vers la jeune femme.
Dagda cligne des yeux comme s'il ne croyait pas ce qu'il voyait.
Mes yeux font des allers-retours vers eux et mes compagnons.
Puis en la regardant, attentivement : ses cheveux roux, cette peau, la couleur de ses yeux.
Me reviennent à l'esprit des souvenirs, je n'étais qu'un enfant, à peine un adolescent quand Macha a disparu.
Toutefois, sa gentillesse et sa beauté étaient légendaires, comme un idiot les mots m'échappèrent :
– Heu ! tu es LEUR Moïra ?
Le comportement d'Archibald s'explique à présent.
Me tournant vers lui, je comprends qu'il avait prévu de la quitter. Il n'avait pas le choix.

Cette idée me révolte, d'une part car immanquablement ils souffriraient tous les deux et d'autre part égoïstement parce que du coup je ne suis pas plus digne d'elle que lui !

Un rire maléfique brise le silence.
De l'autre portail, se dessine une silhouette qui s'approche, entourée de créatures de cauchemars.
Sa voix nous remplit d'effroi :
– Voyiez-vous ça ? Comme c'est intéressant une réunion de famille. Finalement, tu n'es pas si morte que ça, petite Macha ! Tsss tsss mon pauvre Dagda, regarde-toi. Une pauvre loque incapable de tenir debout accompagnée par une grue et un pauvre angelot déchu.
Se retournant vers nous trois
– Oh ! Mais ne serait-ce pas, le fils de ce pleutre de Kiel ? Ton paternel a réussi à se remettre de la mort de ses femmes ?
Je retiens le bras de mon ami, et d'un coup d'œil lui montre Moïra qui instinctivement, s'est glissée derrière nous.
– Et voici donc le dernier lézard ? Heureusement que cette espèce va s'éteindre avec toi. J'avais bien dit aux dieux de vous exterminer jusqu'au dernier. Leur faiblesse m'a coûté un temps précieux.
Je ne frémis pas, je me doutais qu'elle était derrière leurs meurtres. Je la tuerais un jour, mais elle ne doit pas la voir !
Elle s'approche, hésitant un instant. Et de rage, elle crie.
– Ils m'ont juré l'avoir tué, les scélérats. Ils vont me le payer. Vous autres, capturez-la !

De là, ce fut le chaos !

CHAPITRE 9

Les deux femmes ont sauté dans notre portail pour protéger Moïra.
Malgré sa forme spectrale, Macha arrivée à jeter des sorts sur les soldats et autres créatures à la solde de Morrigann.
Subitement, l'air se modifia puis le hurlement de l'ancienne déesse se fit entendre. Une plainte à vous geler le cœur.
– NON ! Par pitié, laissez-moi-la prendre dans mes bras, rien qu'une fois. Vous aviez promis que si j'obéissais vous ne la laisseriez pas la tuer.
D'un œil, nous avons vu l'esprit de la déesse réintégrer l'arbre derrière nous. Et compris, qu'elle avait passé un pacte avec les dieux pour le bien-être de son enfant.
Pas le temps de m'appesantir, sur la félonie de ces dieux qui une fois encore promettaient sans respecter leurs paroles. Ou sur la détresse de cette mère, figée dans le bois sans pouvoir sauver sa fille.
Nous nous étions mis en cercle devant la jeune femme, de façon qu'elle ne soit pas blessée.
Ciara frappe tantôt avec la lame, tantôt avec la garde de son épée.
Archibald lance des sorts d'une main et avec l'autre frappe avec son glaive, n'hésitant pas à donner des coups de pieds quand cela est nécessaire.
Moi, j'hésite à me changer. Le katana que j'ai ramené d'un voyage sur la terre ne possède qu'un côté tranchant. Il agit comme l'auraient fait mes serres, le sang gicle sans fin laissant une odeur métallique dans l'air.
Toute fois les créatures de la déesse sont en surnombre par rapport à nous.
Dagda et Mebahel sont de leurs côtés assaillis par les soldats de Dyclan.
Ce fourbe qui s'est bien allié avec la pire engeance que les mondes portent dans leur sein.
Par les mondes, ils en arrivent encore. Est-ce que toutes les ordures des mondes ont toutes décidé de nous mettre une raclée ?

Il va falloir trouver une solution et vite, je ne tiendrais plus longtemps. Mon dragon hurle et enrage, il veut la tête de cette chienne qui nous a rendus solitaires. Celle qui nous a rendu par la force des choses un solitaire à jamais.

À peine, le temps de comprendre que nous entendons des hurlements et des rugissements. J'ai peur à un autre traquenard pour réaliser que cela vient du portail de Kiel, des centaines de métamorphes se déversent dans les différents mondes.

Finalement, nous avons peut-être une chance ?

La bataille est sanglante.

Moïra est sous le choc, elle ne bouge plus. Je fais signe à Ciara de l'éloigner.

Elle la prend par le bras. Bordel, elle pourrait être plus douce. Que lui est-il arrivé ? On dirait qu'elle lui en veut ?

Nous en discuterons plus tard. Je me transforme, je dois faire un point du ciel.

Des atlantes, des Dullahans, des mages noirs, des soldats et ces monstruosités créent par Morrigann, il y en a partout.

Avec le dieu et l'ange se trouvent les hommes et les femmes d'Avalon, mais aussi un tigre blanc énorme.

D'un coup de patte, il tranche leurs ennemis en plusieurs morceaux.

Tant de morts dans chaque monde, partout où je regarde je ne vois que du sang.

Un mouvement me surprend, Archibald se dirige vers les deux femmes oubliant de se protéger.

Avec un feulement que nous avons mis au point, je le préviens de se ressaisir.

De là-haut, je vois le visage de Moïra changer. Est-ce de peur ou de douleur ?

Je suis son regard, et je vois une espèce de gros chien en décomposition courir sur mon ami.

Il fonce vers lui et son but est clair : le tuer en le faisant souffrir un maximum.

On nous avait raconté des rumeurs sur ses bêtes, mais les histoires sont au-delà de la réalité.

Je descends en piqué priant pour que je réussisse à pousser l'énorme

créature avant lui, mon imposante stature ne me servira pas.
Je change donc pour la deuxième fois en moins de vingt minutes, je n'ai pas le choix. La bête a réussi à faire tomber Archibald et elle essaie d'enfoncer ses énormes crocs dans sa gorge.
Je décide de me jeter sur lui, sans réaliser que sa peau est faite d'un genre d'acide. Au moment où mes paumes touchent sa peau, la douleur explose dans mon corps et dans ma tête.
Je serre les dents, il est hors de question que cette chose le tue. Et si je dois mourir alors tant pis !
Tout se passe comme dans un rêve ou plutôt un cauchemar, un cri. Des voix qui hurlent, une douleur infernale et interminable. Je force mon pouvoir à rentrer dans cette chose.
Je sens qu'elle va tomber, mais je comprends trop tard qu'elle va chuter sur lui.
Nos regards se croisent, lui aussi a compris. Tout ce qu'il ne m'a jamais dit passe dans son regard.
Par les dieux ! J'espère que Dagda va vous coller une dérouillée.
Nous sommes frères. Pas de filiation du sang, mais de cœur. Pas besoin d'être de la même lignée pour se sentir de la même famille.
Ensemble, nous avons vécu tellement de choses tous les deux. La perte de nos mères, le déracinement quand nous avons suivi les deux dieux dans leurs quêtes utopiques du bonheur. Puis le chagrin de voir les mêmes dieux s'acharner sur cette famille.
Toutes nos batailles, nos disputes et nos joies me reviennent en mémoire.
« Oh non mon fr
ère ! Je n'aurais pas pu te la prendre, tu es trop important à mes yeux. Même mon dragon est d'accord alors que c'était notre seule chance. »
À ses yeux écarquillés, je comprends que j'ai encore parlé à voix haute. Je n'aurais bientôt plus à m'inquiéter de vérifier si mes pensées restent intimes.
Alors d'un ton que je n'espère pas trop désespérer, je lui dis :
– On a bien profité. Adieu, mon frère ! Je t'aime !
Je n'ai pas le temps de comprendre ce qu'il se passe qu'une voix retentit suivie d'un boum monumental.

Archibald

    Mais comment en sommes-nous arrivés là ?
Un moment, je suis dans les bras de celle que j'aime. Puis je me bats avec mon meilleur ami enfin plutôt mon frère.
Il suffit de quelques minutes pour tomber dans le chaos, les dieux ont décidé de me punir moi aussi ? Comme s'ils ne m'avaient pas assez pris.
Pendant que nous nous mettons autour de Moïra, je repense à l'attitude de Fergus. Que faisait-il ici ?
Je pose la question plus pour la forme, car je le sais. Il est venu me chercher !
Je ne peux pas m'empêcher de me placer devant elle, comme s'il pouvait me la prendre. Je me maudis intérieurement, ce n'est pas une chose, mais une personne.
Je suis étonné quand elle dit le connaître. Mais d'où ? Comment ? Qu'est-ce encore que cette histoire ?
Elle s'écarte de moi pour mieux le regarder et lui comme un paon se redresse, je suis déjà sur les nerfs.
Alors quand elle se jette dans ses bras et l'embrasse sur la joue, instinctivement mes poings se serrent. J'ai envie de le démolir.
Le salop ! Il la serre contre lui, on dirait un animal faisant sa cour. Il ne va pas oser l'embrasser quand même ?
Furieux, je m'avance vers eux, je vais détruire son petit air d'amoureux transi. Tu verras si tu pourras encore la séduire après ça.
– Lâche-la tout de suite !
– Mais qu'est-ce qui t'arrive ? Il ne me fera pas de mal ; tu te prends pour qui pour vouloir régenter ma vie ? Tu n'es pas mon père pour ce que j'en sache.
Mais pourquoi prend-elle sa défense ? Comment l'a-t-il rencontré ? Aurait-il pu me la cacher ? J'en viens à me demander s'il n'a pas d'autre secret.
J'essaie de la calmer
– Mais, non, Moïra. Je…. Enfin, je le connais, c'est mon ami. Presque un frère, alors je sais ce qui lui trotte dans la tête. Bon sang, on ne va

pas se disputer après ce que l'on vient de vivre ?
Il me regarde avec un air dégoûté et oui je t'ai devancé.
« Ha ! Ha ! Mon ami, oui j'ai été le premier ! Elle a adoré être avec un homme et pas un animal. »
Honteux de mes pensées. Je la regarde, elle est furieuse lorsque j'entends Fergus prononcer :
– Ça la rend encore plus désirable. Mais frappez-moi ! Qu'est-ce qui me prend ?
« Oh oui garçon ! Ne t'inquiète pas pour ça, je vais te frapper ! »
Je sais qu'il n'a pas fait exprès, à chaque fois qu'il stresse il exprime ses pensées à voix.
Il me surprend encore une fois en me répliquant, visiblement, furieux lui aussi
– Ça va ? On ne te gêne pas ? Tu ne pouvais pas nous prévenir ? Non ! Non ! MONSIEUR joue au joli cœur ! Pendant que son père, moi et tout son peuple nous nous faisions un sang d'encre. Bordel, tu n'es qu'un sale égoïste !
Mon poing s'abat sur sa mâchoire avant même de réaliser ce que je fais. Il pousse la jeune femme ce qui m'irrite encore plus, comme si j'allais la blesser !
Nous nous jetons l'un sur l'autre comme souvent nos bagarres sont légendaires.
Sans savoir pourquoi, je le serre contre moi. En comprenant qu'il a eu peur à mon sujet, je le maintiens contre mon torse pendant qu'il me frappe en disant :
– Pourquoi ? Pourquoi ? Je ne veux pas que tu meures, toi aussi ! J'ai eu si peur, je ne veux pas vivre éternellement seul.
– Allons, allons mon ami, mon frère. Si tu continues, je vais te croire amoureux de moi.
Je sais qu'il n'y a que nos blagues absurdes qui le feront percuter que j'ai compris sa détresse et que je m'excuse. Il a raison, je ne suis qu'un sale égoïste.
Il a les yeux remplis de larmes, qu'il essuie avec la manche de sa tunique
– Idiot, tu es laid comme un pou ! Comment voudrais-tu que j'aime une chose comme toi ? dit-il.

Le rire cristallin de Moïra nous rappelle sa présence. Fergus lui demande en fronçant les sourcils.
– Qui es-tu ? Tu me connais ? Pourtant, je ne t'ai jamais vue ?
Un sourire flotte sur son visage
– Je m'appelle Moïra. En faites, je vous connais tout les deux.
Elle sourit en nous voyant chercher dans nos mémoires.
– J'ai dit que moi je vous connais, pas le contraire ! dit-elle en riant, elle est nerveuse. Comme dans ces moments-là elle se tord les mains tout en continuant ses explications.
– Je vous vois dans mes rêves depuis des années, j'ai vu vos premiers pas, vos premiers amours.
Son visage devient grave, ses yeux se remplissent de larmes, je souffre de la voir ainsi.
– J'ai vu aussi vos mères se sacrifier pour vous sauver. Je suis désolée, j'ai essayé à travers mes visions de vous aider. Cependant, je ne pouvais rien faire alors je me suis convaincue que vous n'étiez que des rêves. Et je n'ai pas fait le lien en voyant Archibald. Seulement, tes yeux sont assez particuliers pour ne pas les oublier ! Puis j'ai vu ton père.
Je vois son visage tendu, tristement elle continue :
– Il était tellement fier de toi !
S'approchant, elle pose sa petite main sur sa joue en une tendre caresse. Je suis jaloux de la douceur qu'elle met dans sa main quand elle lui touche la joue, comme depuis que je la connais son pouvoir surgit quand elle dit
– mo mhac, is breá liom tú !
Fergus recule en entendant la voix de son père, sortir de la gorge de la jeune sorcière.
– Mais qui es-tu ? Ou plutôt de quelle espèce es-tu ?
Je le regarde en souriant, mon pauvre elle nous tient tous les deux !
– Si je te le dis, tu ne me croiras pas !

Puis ce fut le bazar total, la surprise des portails restés ouverts. La découverte des guerriers que nous avions tant cherchés.
Je connais déjà le secret de la déesse. Mais voir l'ange Mebahel arboré des ailes si noires m'a perturbé plus que je m'y attendais.
Et, nous voilà tous à nous battre contre cette garce. Par les dieux ! Elle

ne nous lâchera jamais, mais quel est son but à la fin ?
Heureusement que mon frère était là, car j'aurais assurément commis une bêtise lorsqu'elle s'est adressée à moi.
Et pourquoi Dyclan, est-il avec elle ? Que s'est-il passé sur l'Atlantide ? Je ne comprends plus rien à part que Moïra est en danger.
Les deux femmes n'ont pas hésité à passer le portail pour défendre Moïra, mais les dieux ont rappelés la déesse à l'intérieur de l'arbre. J'entends ses cris dans ma tête à l'aide de mon pouvoir, je viens de saisir que c'était pour ça que nous pouvions communiquer tous les deux.
Mes dons sont amplifiés sur ce monde.
En réalité, il me donne le pouvoir de lancer quelques sorts, tout en continuant à manier mon glaive et si besoin un bon coup de pied fait aussi bien l'affaire.
L'odeur du sang imprègne chacun de nos mouvements. Je sais que Fergus a peur de se transformer.
À chaque changement de forme, il s'épuise et il lui faut de longues heures pour récupérer. Mais le katana, qu'il a ramené d'un voyage, est comme un prolongement de ses griffes.
Subitement, des hurlements et des rugissements nous parviennent, je vois nos alliés venir nous prêter main-forte, il était temps.
J'ai peur pour Moïra. Elle qui n'a jamais vu de violence. Sa vie se transforme d'une minute pour l'autre en scène d'épouvante, mon frère fait signe à la métamorphe de l'éloigner et il se change en dragon.
Je suis en colère par la manière dont Ciara a attrapé Moïra par le bras, je les vois se disputer toutes les deux.
Ce n'est pas dans son caractère de faire des histoires, je ne sais pas ce que cette femme lui a dit.
Seulement, même si c'est la fille adoptive de Macha, elle va me le payer. Je me dirige vers elles.
Tout à ma colère, je ne vois pas le monstre qui court vers moi
Quand j'entends le feulement d'avertissement de mon frère, je me retourne. Personne ne pourra me sauver cette fois !
Je regarde l'amour de ma vie, avec un sourire triste, je lui murmure
– Adieu. Je t'aimerai à jamais !
Ses yeux s'agrandissent de peur. Macha, je te la confie. Veille sur elle.

La déesse m'insulte copieusement par notre lien, mais déjà la créature est sur moi. Je vois le dragon descendre en flèche et se transformer en vol pour sauter sur le dos de la bête.

Je suis coincé sous elle, je ne peux donc pas le prévenir de ne pas oublier que sa peau est faite d'acide, s'il la touche ses mains brûleront. Trop tard !

Désespéré, il lui envoie le plus de pouvoir de façon à la tuer. Je comprends aussitôt que quand elle va mourir, elle nous entraînera tout les deux à notre perte.

Nos regards se croisent, il a compris lui aussi.

Si j'avais pu occire cette vieille pimbêche de déesse. Je la hais tellement, mais je ne peux plus rien faire.

Ma vie défile devant mes yeux, les quatre cents coups que l'on a pu faire ensemble ainsi que le nombre de bêtises ou de bagarres que nous avons causées.

Pour lui, je me serais effacé puisque nous avions l'air d'aimer la même jeune femme

« Oh non mon frère ! Je n'aurais pas pu te la prendre, tu es trop important à mes yeux. Même mon dragon est d'accord alors que c'était notre seule chance. »

Encore, sa manie de dire tout haut ce qui devrait rester dans sa tête. Je suis surpris que l'on ait pensé à la même chose au même instant.

S'il faut une preuve qu'il n'y a pas besoin de lien du sang pour être une famille, la voici.

J'aurais dû dire à mon père que je l'aime, il ne me reste plus qu'à le dire à mon frère qui me devance d'un ton mélancolique :

– On a bien profité. Adieu, mon frère ! Je t'aime !

La bête en mourant tombe sur moi. Je n'ai pas le temps de lui répondre qu'un cri se fait entendre, suivi d'une explosion incroyable.

Moïra

Mais, c'est quoi cette histoire de fou ? Je ne sais plus quoi penser.
Les coups pleuvent autour de moi, qui sont ces gens ?
Mes parents. Mes vrais parents ?
Un fantôme et visiblement cet homme qui souffre de problème de

boisson ?

Qui est cette femme étrange et l'ange ?

Je suis totalement folle, oui c'est ça ! Ou je fais encore un de mes rêves sans queue ni tête.

Donc, je peux rester là à repenser au début de mon rêve.

À la réflexion, devrais-je peut-être céder à un garçon, car en plus d'être tordu maintenant mes rêves sont torrides.

Je m'imagine encore dans ses bras, ses lèvres sur ma peau et son corps sur le mien ou en moi.

« Pense à autre chose, pense à autre chose »

À vrai dire, c'est le meilleur songe de ma vie. Pour preuve, que c'est un délire de mon inconscient !

Le dragon dont je rêve depuis des années est présent lui aussi.

Quand il est passé à travers le portail, j'ai vraiment cru que tout était réel.

Seulement, je dois me rendre à l'évidence. Je suis totalement cinglée ! Morrigann, une déesse qui voudrait m'éliminer moi ? D'accord, j'ai quelques dons, mais de là à vouloir me tuer.

« Bon sang, ma fille. Tu as une imagination débordante ».

Je relève la tête intéressée par ce que mon cerveau fébrile est en train de me jouer.

Des espaces sont ouverts laissant apparaître des mondes comme si nous regardions à travers une fenêtre.

Après que ma mère arbre :

« Ne t'inquiète pas, Moïra. Ne t'inquiète pas. Flute, je suis vraiment atteinte ».

Donc la déesse, si j'ai bien suivi Macha, a réintégré sa forme d'arbre. La femme aux cheveux noirs et violets s'est placée aux côtés des deux jeunes hommes.

Une autre preuve de ma divagation mentale :

Les deux hommes qui ne se ressemblent pas et pourtant qui disent être frères. Semble être amoureux de moi, tous les deux.

Oh, peut-être que je souffre d'une forte fièvre ? Oui, c'est ça. Tout s'explique.

Moi qui étais comme en état de choc, je me redresse maintenant que les symptômes sont posés.

Je vais attendre tranquillement la fin de la maladie.
Au moment où je me dis ça, la jeune femme sur l'impulsion du jeune dragon me tire sur le bras en me houspillant :
– Espèce de cruche ! Tu veux te faire tuer ? Et dire que l'on a passé des années à chercher une empotée comme toi !
Je me mets en colère parce qu'il ne faut pas pousser, hein. C'est mon rêve, alors la moche elle va se calmer !
J'ai envie de lui tirer la langue, mais ça fait enfantin ?
Elle me pousse et je me cogne la tête :
– Aie ! Mais ça fait mal !
– Mais tu es stupide en faites ! Tu crois que cela te fera quoi si une des créatures de Morrigann se jette sur toi ? Leur corps est fait d'acide, sans compter qu'elle te bouffera en deux secondes.
– Oh, lalala. La belle affaire, c'est un rêve ! Au pire, je vais me réveiller, voilà tout.
La gifle me prend par surprise et vu la douleur je suis plus si certaine de rêver.
– Ça y est, mademoiselle a compris ?
À ces mots, je regarde autour de moi.
Paniquée. Alors, si ce n'est pas un rêve tout ce sang. Ces morts sont réels ?
Fébrilement, je cherche du regard les deux jeunes hommes que je viens de rencontrer.
Fergus feule vers Archibald, ils ne vont pas encore se battre quand même ?
Je comprends en voyant l'énorme bestiole courir vers Archibald que le dragon essaie juste de le prévenir.
Il fonce en piqué vers la bête. Qui est déjà en train d'essayer de déchirer la gorge de l'autre homme.
Il se tourne vers moi et je lis sur ses lèvres :
– Adieu. Je t'aimerai à jamais.
L'autre homme s'est transformé en vol et atterrit lourdement sur la créature, qui loin de lâcher sa proie essaie de les tuer tous les deux.
Je les vois se parler. Je ne sais pas comment je comprends qu'ils se disent adieu, mais c'est bien le cas.
Mon cœur bat la chamade, j'entends un cri. Je me retourne, une lance

dépasse du ventre de la femme brune.
Par les dieux, cette lance m'était-elle destinée ? Pourquoi a-t-elle fait ce geste idiot ?
Mais pourquoi ne m'aime-t-elle pas ? Enfin, je crois ?
Elle tombe dans mes bras, sa main pleine de sang caresse mon visage.
Je devrais être dégoûté, mais je sens un lien entre nous, il est si fort que je ne peux pas le nier.
Et si tout ça était vrai ?
Alors, cela voudrait dire que les dieux m'ont tout pris. Mes parents, ma sœur et les hommes que j'aime. Car oui, aussi absurde que cela paraisse, je les aime tous les deux !

Tout d'un coup, leurs douleurs éclatent dans mon esprit, comme si une porte venait de céder.
M'envoyant leurs émotions peurs et douleurs, tristesses et regrets.
Qui prier ? Quand ceux qui devraient vous défendre vous ont tout volés.
C'est horrible, je suffoque !
– Je m'appelle Ciara. Je suis ta sœur adoptive. Pardonne-moi et dis-lui que je l'aime tant !
À ces mots, je sens son corps se ramollir sur le mien.
Je regarde partout autour de moi, je ne vois que la mort.
NON ! Qui a crié, est-ce moi ?
Mon âme explose. La terre tremble, l'orage éclate. Non, c'est plus violent qu'un éclair !
C'est mon corps qui explose.
Je serre ma sœur contre moi, je n'ai pas conscience de pleurer.
    Il n'y a plus un bruit. Juste le silence.
Je relève la tête pour constater que les portails sont fermés.
Il n'y a plus que moi et le corps que je tiens dans mes bras.
Juste Ciel. Qu'est ce que j'ai fait ?
Je les ai tous tués

CHAPITRE 10

Je reste ainsi alors qu'un battement léger comme un espoir me parvient et une voix résonne alors dans ma tête :
– Ma fille ! ma chérie, mon enfant ! Toi seule peux la sauver. Écoute-moi et fais ce que je te dis.
Allonge-la et retire la lance doucement puis aussitôt pose tes mains sur sa blessure, et prononce trois fois ceci :

« Par la terre et par l'eau,
Par l'air et par le feu,
Entendez mon vœu,
Source de vie et de lumière,
Source du jour et de la terre,
Moi, Moïra, je vous invoque ici
Guérissez son corps et son esprit ! »

Je n'ai plus rien à perdre, alors dans un état second je m'exécute.
Un brouhaha, un murmure qui s'écoule de la forêt. La nature répond à mon appel.
Une lumière dorée s'échappe de mes mains en direction de son corps, la plaie se referme peu à peu.
Je suis vidée, mais elle est en vie. Faible, mais vivante.
Je sursaute en entendant un bruit derrière moi, j'attrape la lance pour me défendre.
– 9Datteren min ! Qu'est-ce qui s'est passé ici ? Demande Ulf.
Je fonce me réfugier dans ses bras en pleurant
– Oh, Tadig, si tu savais ! C'était horrible.
– J'imagine vu l'odeur du sang, mais je ne vois pas de corps à part cette jeune femme. Qui est-ce d'ailleurs ?
– Si j'ai tout compris c'est ma sœur adoptive, je... Je...
Je sanglote contre lui pendant que sa grande main me frotte le dos
– Là ! Là ! 10Bihanig-me n'eo ket grav, ça va allez.

---

[9] Datteren min ! : Ma fille, en norvégien.

Il est plus perturbé qu'il ne veut le dire pour prendre la langue maternelle de mammig.
– Nous allons rentrer à la maison, mam a fait des crêpes. Je te trouvais bien longue, tu reviens plus vite d'habitude.
– On ne peut pas la laisser là. Elle s'est sacrifiée pour moi !
Le visage de mon père devient soucieux, mais autour de lui le sang imprègne la terre comme un lit maléfique.
Je vois à ses yeux hantés que cela lui rappelle des souvenirs terribles des pillages, il ne m'a jamais rien caché de sa jeunesse.
Ni le fait qu'il avait décidé de mettre un terme à cette vie bien avant sa rencontre avec mam.
Souvent, il faisait des cauchemars ou seule Maëlig arrivait à le calmer. Elle est si menue. Toute petite bonne femme contre ce géant blond, j'ai toujours ressenti l'amour inconditionnel entre eux.
Ils avaient décidé de ne plus prendre le risque d'avoir des enfants pour ne pas la mettre en danger.
Puis, ils m'ont trouvée près de l'arbre et ils m'ont prise sous leurs ailes.
Une idée me vient à l'esprit
– Tad, comment as-tu su où me trouver ?
Il baisse la tête, gêné ? Et tout bas, il confirme ce que j'ai deviné.
– Nous t'avons découvert ici même, il y a seize ans. Lorsque, nous avons emménagé en terres bretonnes. Tu n'étais jamais revenue en Brocéliande. Pourtant, quand les enfants du village se moquaient de toi. C'est ici devant cet arbre que l'on te retrouvait lové contre lui endormi. Les yeux rouges d'avoir tant pleuré.
– Oh ! C'est pour ça le précepteur ?
– Oui, j'ai proposé à Maëlig de leur apprendre le respect. Mais elle avait peur que je laisse des marques. Me dit-il, en haussant les épaules, son visage se faisant moqueur.
Je comprends bien pourquoi. Ses mains étaient aussi grandes que le battoir dont nous nous servons pour faire les lessives. Il en aurait fait de la bouillie de ces chenapans.
– Je vais chercher le chariot. Attends-moi ici.

---

[10] Bihanig-me n'eo ket grav : Mon tout petit ce n'est pas grave, en langue bretonne.

Je souris à mon père, ce grand Viking est plus sensible qu'il n'y paraît. Il a compris que je voulais m'isoler avec l'arbre, qui n'est autre que ma mère.

Presque religieusement, je pose ma main sur l'écorce, je sens son pouvoir. Mon cœur est au diapason avec le sien.
Nous sommes toutes à la fois en colères et malheureuses de ne pouvoir nous serrer l'une contre l'autre.
Mais qu'avez-vous fait pour que les dieux vous haïssent à ce point ?
Comme tout à l'heure, elle me répond simplement :
– Nous aimions trop les gens. Nous nous aimions trop. Il suffit quelquefois de peu pour que les dieux vous en tiennent rigueur.
– Mais d'après les légendes, Morrigann était une moitié de toi ?
Je l'entends presque rire
– Oh ma douce ! Aussi loin que je me souvienne, nous avons toujours fait partie les unes des autres bien que cela ne veuille pas dire que nous soyons pareils. Tu sais, le pouvoir peut faire perdre la tête à n'importe qui. Je ne peux pas te dire qu'elle me manque, vivre à l'intérieur d'une personne n'est pas vraiment ce qu'il se fait de mieux.
Elle réfléchit puis reprends :
– La première fois où j'ai vu ton père, il était tellement beau. Pour tout te dire, c'est surtout sa façon d'être, d'aimer et de rassembler les autres qui m'ont charmée. Je n'ai rien montré au début. Néanmoins quand j'ai compris que Morrigann n'avait pas hésité à détruire des familles entières pour assouvir sa soif de pouvoir, allant même jusqu'à essayer de tuer Ciara. Ma décision fut irrévocable, j'ai réussi à la tenir éloignée de moi et à reprendre le contrôle de mon corps. De là, le charme de ton père a fait le reste.
– Je voudrais savoir, qui est-elle pour avoir une place aussi importante dans ton cœur ?
Je n'arrive pas à chasser la pointe de jalousie dans ma voix.
– Ses parents me l'ont confiée en tant que filleuls, sans savoir qu'en faisant ainsi nos vies seraient liées. Toujours est-il que cette enfant savait se faire aimer. Elle était comme toi petite, douce et généreuse, tout en restant espiègle et impossible. Quand tu la connaîtras toi aussi tu tomberas sous son charme.

– Mouais !

Je ne suis pas convaincu, ce que j'ai vu d'elle pour l'instant ne me donne pas envie d'approfondir notre rencontre. Je dois admettre que je ne suis pas juste, elle a failli mourir pour moi.

Silence

– Qui y a-t-il ?

– Techniquement, elle est immortelle.

– QUOI ? Donc elle joue la comédie ?

Je m'avance vers elle en colère prête à lui mettre des coups de pied, à cette pimbêche !

Un rire fuse, même la nature semble être surprise par ce son

– Non, elle ne fait pas semblant. La lance devait avoir été ensorcelée par Morrigann. Si tu ne m'avais pas écoutée, elle serait morte et même moi je n'aurais pu rien y changer. Tu ressembles tellement à Dagda, par moment !

Je ne sais pas si elle dit ça avec regret ou amusement, peut-être un peu des deux.

– Je ne pourrais pas l'affirmer et au vu de ce que j'ai aperçu, je suis tentée de penser le contraire. Je ne me soûle pas dans les tavernes à ruminer sur mon sort, moi !

Un autre silence, j'ai l'impression qu'elle cherche ses mots comme si elle avait perdu l'habitude de parler.

Je souris, Ciara a raison, je suis idiote. Je ne pense pas que dans la forêt l'on s'arrête souvent lui faire la discussion.

Je saisis qu'elle lit dans les pensées lorsque je l'entends rire à nouveau

– Oh ! alors tu veux dire que...

– Oui. Dit-elle visiblement amusée.

Génial. À moi de faire attention à ce que je pense. Tel que je me connais cela va être magnifique ! Quelque chose me dit que je vais souvent être rouge comme une pivoine.

– Donc ce ne fut pas un hasard, si Ulf et Maëlig m'ont trouvée ?

– Disons qu'ils n'étaient pas loin, je me suis juste arrangée pour qu'ils soient attirés par ici. J'ai toujours veillé sur toi, je ne pouvais pas me résoudre à te laisser seule. Les dieux furent surpris de ne pouvoir m'effacer totalement, j'ai eu le choix de réintégrer l'autre harpie ou d'être un genre d'esprit de cette forêt. Je ne savais pas qu'ils me

trahiraient en me laissant sur ce monde.
– Si je comprends bien, tu peux être dans chaque fleur, arbre ou plante. Mais, juste dans ce monde ? Ce qui veut dire qu'il y a plusieurs mondes ?
J'ai encore le réflexe de me dire que je rêve, tout cela ne peut pas exister.
– Ça tiendrait plutôt du cauchemar, là ?
Elle n'a pas tort. Elle a encore lu dans mes pensées. Irritée, je lève les yeux vers l'arbre, mais comment réussir à être crédible en se disputant avec un feuillu ?
– Est ce que je peux passer dans un autre monde ?
– Oui, si un portail est ouvert ou si tu sais l'ouvrir. Par contre, je te mets en garde, le temps comme les hommes de ce monde l'envisagent n'est pas le même dans les autres.
– Donc si je passe une porte, je peux aller dans le passé ?
– Non, si tu pars sur Avalon, l'Atlantide ou même Féerélia, tu trouveras un monde en avance sur celui-ci, mais il se peut que tu ne reviennes pas à ton époque.
– Comment ça ?
– Je ne saurais pas t'expliquer, seuls les anges ou des sorciers puissants ont réussi à choisir l'époque sur laquelle ils voulaient se rendre.
– Alors si je pars, je pourrais ne plus revoir mes parents ?
Encore un autre de ses silences
– Oui, j'en ai bien peur. Que tu ne retrouves pas les tiens et je serais dans l'impossibilité de t'aider ! Tu seras livré à toi-même, n'oublies pas que Morrigann sait que tu existes maintenant.
– Ce qui veut dire ?
– Qu'elle fera tout son possible pour te tuer et te faire souffrir le plus possible !
Super ! Je retrouve mes parents et une sœur adoptive ainsi que leur ennemie jurée qui ne rêve que de mon meurtre, ma vie est sublime !
– Je sais que tu as encore plein de questions, nous allons devoir nous quitter pour le moment. Je peux te demander un service s'il te plaît ?
– Ma foi, après tout, au point où j'en suis.
– Prends soin d'elle. Je ne sais pas ce qu'il y a eu sur les autres mondes, mon instinct me pousse à croire qu'elle a beaucoup souffert, pourtant

Dagda et Mebahel devaient la protéger.
– Quoi ? Que dis-tu ? Dagda et Mebahel ?
– Oui. Ton père est Dagda et notre ami l'ange Mebahel.

Oh bordel, quand je dis que ma vie est étrange. Je suis la fille d'une déesse et d'un dieu, l'une connut pour sa violence au combat et l'autre comme le plus important des Tuatha Dé Danann et leur meilleur ami n'est autre que l'ange de la justice. Rien que ça !
Cela fait quoi de moi, ça ?
– Une déesse, ma chérie. Une déesse.
Génial ! Ma vie n'était pas assez compliquée.
Ulf arrive à cet instant, nous soulevons la jeune femme qui n'a toujours pas repris connaissance et la portons dans le chariot.
Je regarde une dernière fois autour de moi. Maintenant que je sais qu'elle sera toujours avec moi, je me sens un peu moins seule. Pourtant, le souvenir des deux hommes que j'aime restera dans mon cœur. Comme le fait que je les ai tués tous les deux. Je ne me fais pas de souci pour Dagda ou Mebahel, ils sont probablement dans leur monde à boire pour oublier la plaie que je suis.
Je regarde Ciara et je repense à ce que nous nous sommes dit avec Macha. Les longs cheveux noirs forment comme des ailes de corbeau autour de son visage si pâle. Elle a les même petites traces sur son nez qui colore son teint.
Elle porte des culottes longues comme les hommes. Une large tunique blanche échancrée et une large ceinture en cuir marron, des espèces de manchons en cuir de la même couleur sur les bras.
La lance et le sang ont souillé la belle chemise, mais le reste semble en bon état.
Elle est vraiment belle, étrangement habillée, mais vraiment jolie. Elle doit avoir des centaines d'hommes à ses pieds.
– Ne t'inquiète pas, mam pourra sûrement repriser ses vêtements.
Je regarde mon père, un peu dubitative :
– Bah, je la vois mal dans mes vêtements, ou dans ceux de mammig. Lui dis-je, en riant.
– Ce n'est pas faux, vous n'êtes pas très grandes toutes les deux par rapport à elle, ça ne cacherait pas grand-chose. Remarque, en y

réfléchissant ça donnerait un sujet de conversation aux voisins.
Nous rions tous les deux en pensant à la tête des villageois devant cette grande brune habillée avec nos vêtements.
Je le regarde tendrement puis comme lorsque j'étais enfant, je me rapproche de lui. Il passe son grand bras autour de moi et nous rentrons chez nous en silence. Chacun avec ses souvenirs en tête.
Et moi, est-ce que je retrouverai l'amour un jour ? Et que vais-je faire de cette famille encombrante et surprenante ?
Et lui comprenant ce que je n'avais pas réalisé ! Bientôt, pour leur sécurité je devrais les quitter.
Sans savoir que ce n'était que le début des problèmes pour moi.

Féerélia

Kiel

Je regarde les deux jeunes gens dans leurs lits, côte à côte.
Puis tous ceux allongés dans cette salle qui avait été réquisitionnée en hôpital de fortune.
Quand j'ai envoyé Fergus, je pensais qu'il ramènerait son frère.
Priant pour qu'il explique à Archibald que la raison devait primer sur le cœur. Après tout, il était convenu qu'Archibald se marie avec la fille de Néerélia afin de sceller les deux mondes.
Je fus surpris de sentir le désir et l'amour dans le cœur du dragon. Qui était cette jeune fille qui avait réussi à se faire aimer de mes deux garçons ?
Rien ne s'était passé comme convenu. Je fus appelé aussitôt par un visiteur, je n'ai donc pas vu le portail resté ouvert.
Un homme et une femme avaient des informations à me transmettre de toute urgence.
Je les ai reçus dans mes quartiers, ne voulant pas manquer l'arrivée de mes fils.
Je les ai écoutés attentivement, la jeune femme était une sorcière.
D'après ses dires, ancienne disciple de Morrigann, le jeune homme qui l'accompagnait lui avait conseillé de m'apprendre ce qu'elle savait.

Écoutant avec attention et par moment effarement devant la folie manifeste de la déesse, j'allais leur proposer ma protection. Quand des bruits de voix éclatèrent, nous avons vu le portail resté ouvert. Personne n'y avait prêté attention jusqu'à présent.
À notre stupéfaction, en nous approchant nous voyons d'autres portails activés.
– Morrigann ! Elle n'est pas loin, je la sens. Dis-la jeune femme.
J'ai failli lui dire qu'elle se trompait, il n'y a là que mes fils avec une jeune femme rousse. Et dans l'autre, un ange déchu. Mes yeux s'agrandissent en reconnaissant la haute stature du dieu tant recherché. Je faillis exprimer ma joie lorsqu'une autre voix remplie de fiel s'éleva d'un autre portail.
– Voyez-vous ça ! Comme c'est intéressant une réunion de famille. Finalement, tu n'es pas si morte que ça, petite Macha ! Tsss tsss mon pauvre Dagda, regarde-toi. Une pauvre loque incapable de tenir debout accompagnée par une grue et un pauvre angelot déchut.
Elle essaie de les pousser à bout
– Oh. Mais ne serait-ce pas, le fils de ce pleutre de Kiel ? Ton paternel a réussi à se remettre de la mort de ses femmes ?
Si le couple ne m'avait pas retenu, j'aurais trahi notre présence.
Un tigre, je regarde le jeune homme fixement. Moins grand et moins musclé que moi. Pourtant, il ne semble même pas au plus fort de ses capacités alors que de son seul bras il m'empêche de bouger, un léger sourire sur le visage.
D'un geste, il me fait signe de me taire.
Bouillant de rage, je regarde le couple prendre des décisions que moi-même aurais dû avoir.
Pendant que l'autre énonce son discours, ils ont fait rappeler tous les combattants possibles.
Une bataille va avoir lieu, dans l'espoir de pouvoir emprisonner notre ennemie commune.
Nous voyons Fergus retenir un Archibald énervé, elle a avoué enfin le meurtre des parents du dragon et avec l'aide des dieux qui plus est.
Celui-ci est resté sans bouger de façon à masquer la jeune fille, je me demande de qui il s'agit pour qu'il agisse ainsi. Je scrute le couple, ils savent une chose que j'ignore, c'est certain.

Puis, nous voyons Morrigann le visage déformé par la haine qui crie :
– Ils m'ont juré l'avoir tué, les scélérats. Ils vont me le payer. Capturez-la !

Le spectre et la femme brune qui est vêtue comme un homme passent à leurs côtés.

Je suis choqué en entendant les paroles de la forme qui regagne l'arbre, je comprends que ce n'est autre que Macha, les autres dieux l'avaient encore trahi.

Il ne nous faut pas longtemps pour comprendre alors que la jeune fille ne peut être que l'enfant perdue.

Bientôt, le portail où se trouvent le dieu et l'ange laisse apparaître ce fourbe de Dyclan et sa troupe.

Un traquenard, on leur a tendu un piège dans lequel nous sommes tous tombés.

Le tigre qui s'est présenté sous le nom de Zoltan me dit :
– Nous avions un doute, mais nous ne pensions pas qu'elle allait attaquer trois mondes en même temps. Notre aide vous est acquise, nous aussi nous voulons la voir croupir en prison.

J'ai la faculté de déceler le mensonge et il n'y en a pas une once dans ses paroles.

Je regarde la jeune fille à ses côtés Brigh, oui le tigre l'a appelé ainsi.
Après tout au point où nous en sommes cela ne peut pas être pire.
Le tigre retire son long manteau ainsi que son haut.
« Leurs vêtements semblent étranges, il est vrai que la jeune fille m'a confié qu'ils ont sillonné les mondes, d'où sûrement leur drôle de manière de se vêtir ? Je dois vraiment être en état de choc pour penser à ça maintenant ».

Le tatouage, qui forme deux énormes pattes blanches et deux yeux bleus sur le torse de l'homme qui me fait face, ne m'intrigue même pas. C'est dire l'état dans lequel je me trouve.

À la place du jeune homme se trouve un énorme tigre blanc. Il surgit subitement à l'inverse des autres métamorphes que j'ai vu faire. À un moment, il y a un jeune homme devant moi et la seconde suivante, un félin immense.

La jeune femme passe la main sur son pelage
– Mon ange, fais attention à toi. Je n'aime pas cet atlante, son aura est

malfaisante. Méfie-toi de lui.

La bête cligne des yeux et se frotte contre ses jambes en signe d'assentiment et bondis en rugissant dans le portail suivi de près par la jeune sorcière.

De là, tout a été très vite, la bataille fait rage un peu partout. Je ne peux pas me battre avec eux, il faut quelqu'un pour fermer le portail en cas de défaite.

Avec horreur, j'ai compris que j'allais perdre mes deux fils. Ciara avait une lance qui l'a traversée de part en part, mes fils se battaient avec une des horribles inventions de Morrigann et je ne vois plus le portail sur Avalon.

Tant de mort et de sang, par la faute d'une folle. Tant pis pour le portail, je vais sauver mes fils.

Au moment où je prends ma décision, je vois la jeune femme hurler. Le vent se met à souffler dans tous les mondes et les terres tremblent, un bruit comme coup de tonnerre se fait entendre.

Dans une explosion assourdissante, tous les portails se ferment.

Que Macha soit louée, mes fils et un bon nombre de mes guerriers ont mystérieusement atterri en Féerélia.

Qu'est ce qui est arrivé au tigre et sa compagne ?

Ainsi qu'à Dagda, Mebahel et Avalon ? C'est le silence total, pour le moment aucun portail ne fonctionne.

Nous sommes pour la première fois coupés des mondes.

Je suis reconnaissant à la jeune fille d'avoir sauvé mes enfants. Ça ne peut être qu'elle qui les a protégés.

Il a fallu l'énergie de tout le monde pour soigner nos nombreux blessés et enterrer nos morts.

J'espère que les autres mondes sont en sécurité, je regarde les garçons en fronçant les sourcils.

Il y a des jours maintenant et les deux jeunes hommes délirent toujours en répétant un seul prénom : Moïra.

CHAPITRE 11

AVALON

Tout le monde avait entendu le cri désespéré de Moïra suivi de l'explosion
– Je vais te tuer.
L'atlante n'eut pas le temps de voir venir le dieu et l'ange, ils fondirent sur lui en lui hurlant les mêmes mots.
L'impact des deux poings les sonna tous les trois.
Une femme probablement une selkies vue son visage chevalin attrapa Dyclan inconscient sentant la défaite proche. Et ils disparurent.
Laissant derrière eux une scène désolée avec des corps et du sang, du mobilier en miettes et le feu par endroit.
Le pauvre tavernier ne réclamera rien. Il gît sur le dos les yeux grands ouverts fixant les corps sans vie de sa femme et son fils, la gorge tranchée par un des atlantes.
Dagda tombe à genou. L'histoire se répète, on lui vole encore sa femme et sa fille.

Il perçoit un mouvement qui vient de Mebahel, les ailes déployées il hurle comme un damné. Non ! Il n'a pas perdu une fille. Mais ses filles !
Il ne voit pas le sang couler de ses nombreuses plaies, doucement comme s'il ne voulait pas ou ne pouvait plus lutter. Son corps l'entraîne en avant, son visage s'écroule sur le sol dans un bruit sourd.
Mebahel s'envole droit devant lui arrachant une partie du toit.
Il s'élève toujours plus haut jusqu'à ce que l'air se raréfie et que ses poumons lui fassent mal. Ses yeux le brûlent, mais il force ses ailes à monter encore. À quoi bon vivre, si elle n'existe plus ? Un ultime effort et avec de la chance, le dernier.
Ses ailes glissent, des points noirs devant ses yeux. Voilà, ça y est.
Il chute sans fin, tournoyant comme une feuille d'automne en accéléré.
Puis dans un bruit étourdissant, il s'écrase marquant la terre de son grand corps.

Il n'y a plus que deux personnes debout, un homme aux cheveux noirs et une femme blonde.
   Ils contemplent effarés, le chaos autour d'eux.
À la place des rires et des conversations animées, il n'y a plus que les râles des survivants ainsi que l'odeur âpre de la fumée et du sang.
Les deux guerriers sont étendus, l'un à l'intérieur et l'autre dehors.
– Ils ne sont pas morts, en tout cas pas physiquement. Dis-la jeune femme.
Zoltan la regarde, sa main cherche la sienne.
– Je ne la pensais pas si puissante. Et eux, si...
– Si humain ? lui répond-elle dans un sourire triste.
– Brigh, je les comprends, tu sais ? Si tu n'existais pas, je serais probablement devenu fou.
– Mais j'existe ! Et elles aussi, ils auraient juste dû me le demander !
Un sourire éclaire le visage du tigre-garou :
– Ma petite sorcière adorée. Tu es sûre qu'elles sont toujours vivantes ?
D'un geste de la tête, elle lui répond par l'affirmative alors que son front se plisse d'un air soucieux :
– Toutefois, je ne comprends pas pourquoi les portails se sont fermés. Morrigann avait raison de se méfier d'elle, sa magie est puissante.
– Que fait-on ? Lui demande-t-il
– Tu serais capable de les abandonner ici, toi ?

L'homme regarde autour de lui. Il repense à une autre bataille il y a des années de ça, par moment il jurerait des siècles.
Il avait fui son père, sa famille. Ne voulant pas se soumettre aux traditions familiales qui exigeaient soumission et surtout causer le plus de souffrance possible envers leurs ennemis.
Ses parents étaient des tigres-garous, craints en Roumanie, aussi bien pour leur cruauté que par leur puissance financière.
Zoltan était un jeune tigre, il s'était lié d'amitié avec des jeunes d'un village proche sans leur dévoiler son nom et c'est ce qui leur avait coûté la vie.
Son père voulait qu'il ressente l'appel du sang et lui ça la répugnait.
Combien de fois, l'avait-il insulté ? Il ne se rappelait plus, mais ce fut la goutte de trop. Ces gens n'avaient rien fait de mal à part l'avoir

rencontré et l'apprécier.
Son père et ses hommes avaient massacré le village en entier sans aucune pitié. Que ce soit des jeunes, des vieux, des enfants ou des femmes, peu importe ! Certains visages exprimaient encore l'horreur de ce qu'il leur était arrivé.
Depuis combien de temps était-il là dans la boue, assis sur ses genoux ? Il ne le savait plus. Puis, il s'était levé et avait mis le feu au village pour effacer leur crime ou par manque de courage de tous les enterrer ?
Le soir même, il quittait la propriété des Dragomã pour ne plus y revenir.
Il avait même changé son nom, maintenant il était Zoltan Drago.
Parcourant les mondes pour aider les plus faibles, c'est ainsi qu'il avait rencontré la jeune femme qui le regardait à cet instant.

Zoltan, Brigh

Des jours que je cherche à lui échapper, je la sens partout à croire qu'elle sait avant moi dans quel monde je vais être.
Elle veut autant ma mort que l'objet que je lui ai volé.
Elle était furieuse que moi, sa disciple l'ait trahi. Mais mon but c'est la vie, pas la désolation.
Quand mes parents m'ont confié à l'ordre des druidesses, c'était pour que j'apprenne à sauver les autres. Pas pour que je prenne leurs vies.
La peste avait décimé notre village, peu y avaient échappé.
Je me sentais coupable d'être vivante alors que tant de personnes étaient mortes, mon frère et ma sœur faisaient partie des victimes de ce mal.
Des enfants si petits et énergiques, je ne peux pas m'empêcher de pleurer en pensant à eux.
Au début, je n'osais rien dire. Puis elles ont commencé à sacrifier de jeunes vierges qu'on leur avait confiées.
La magie noire saturée le couvent, j'avais appris le plus possible en me faisant discrète. À l'intérieur de moi, j'étais dévasté.
En quelques mois, mon corps avait fondu sous les renvois de mon estomac. Je me dégoûtais, mais je devais tenir bon.
Elles ont fini par me croire des leurs. Plus je m'affinais, plus elles y voyaient de la vanité et leur confiance en moi grandissait.

C'est ainsi que j'ai pu me glisser dans sa chambre et lui prendre son objet si précieux et m'enfuir par un portail.
Depuis je me cache, je fuis sans cesse la peur au ventre. Lorsqu'elles me trouveront, elles devront me tuer si je ne les tue pas en premier ainsi je leur ressemblerai vraiment !
Vivre ou périr tel était ma devise à présent.

Aucun répit dans mes cauchemars. Leurs esprits sont toujours là à me fixer !
Peut-être après tout sont-ils réels, des fantômes accrochés à moi pour ne pas me faire oublier ce que le pouvoir et l'argent peuvent faire devenir de pire !
Je voyage à travers les mondes depuis quelque temps et un nom revient souvent : Morrigann.
Elle devrait être une déesse du bien, mais elle semble glisser vers son contraire.
Les mondes ne comptent plus leurs victimes ou les disparitions et à chaque fois son nom resurgit sur les lèvres.
Elle et ses druidesses perverties sèment le malheur partout où elles passent, telle une gangrène invasive.
Je ne connais pas le monde où je me trouve actuellement : l'Atlantide, c'est joli pour une ville engloutie.
Je suis pourtant peu impressionné par leur étalage de richesse ni par leur savoir. Là d'où je viens, la technologie a déjà tout corrompu.
Je la suis depuis un moment cette petite blonde. J'ai vu son tatouage en forme de croissant de lune sur le poignet, signe de son appartenance aux druidesses.
Elle pense que l'avoir caché sous des runes le dissimule sauf que j'ai l'œil vif.
Seulement, je n'arrive pas à l'arrêter. Pas qu'elle soit plus forte que moi. Non sans vanité, je suis le meilleur dans mon domaine.
La traque est innée chez les tigres.
Je ne sais pas. Est-ce les larmes qu'elle verse quand elle se croit seule ou les cauchemars qui l'assaillent ?
Toujours est-il que je ne peux pas me résoudre à la tuer.
Pour moi, ce ne sont pas des femmes, mais des monstres qui n'hésitent

pas à se servir de leurs charmes ou de la magie pour arriver à leur fin.

Alors, pourquoi pas elle ? Ou bien est-ce son corps qui m'attire ?
Je ne suis pas friand de grandes blondes, toutefois ça fait longtemps que je n'ai pas senti un corps féminin sous le mien.
Je la détaille de loin, elle n'a pas l'air de remarquer le regard des hommes sur elle. Est-ce un stratagème ?
Une taille fine, des hanches faites pour être agrippées et une poitrine ronde et ferme couverte de runes. Jusqu'où vont-elles ? Je suis curieux de le savoir.
Ses mains sont délicates et pourtant je les verrais bien enserrer une partie de mon corps qui se redresse à cette idée.
Son visage exprime une impression de douceur, un teint de pêche avec des lèvres rouge sang. Ses yeux de chat me fascinent.
Si je continue, je devrai encore prendre une des douches froides dont j'ai le secret depuis que je l'espionne.
D'un mouvement, je donne plus de place à mon membre durci pour qu'il ne me gêne pas.
La mettre dans mon lit ! Ou n'importe où, du moment qu'elle est nue !

Mais pourquoi me colle-t-il, celui-ci ?
Je ne vais pas dire que je viens de le remarquer, ce serait difficile.
Il mesure facilement dix centimètres de plus que moi et avec mon mètre soixante-seize, je suis grande.
Son corps ne semble pas particulièrement musclé. Alors pourquoi mon instinct me souffle-t-il de me méfier de lui ?
Et pourquoi ses yeux hantent-ils ma mémoire ? Pourtant, je n'ai croisé son regard qu'une seule fois.
Je ne sais pas ce qui m'a fascinée le plus, ses iris fendus comme ceux des reptiles ou leur couleur de jade, mais celui-ci est figé dans mes souvenirs. Et pour être tout à fait honnête, sa bouche me fait le même effet.
Je sais que les druidesses du couvent sont connues pour leur débauche. Comment ai-je réussi à ne pas trahir que je ne me livrais pas à leurs orgies, je ne le sais toujours pas ?
Heureusement nul doute que si elles avaient eu vent de mon secret. Je serais morte à l'heure qu'il est, car je suis toujours vierge !

Mes cauchemars sont peu à peu remplacés par des rêves avec cet homme. J'ai lu pas mal de choses sur le sujet, j'en ai conclu que ce seraient des fantasmes. Pourtant, ils sont tellement osés que rien que d'y penser le rouge me monte aux joues.

Je regarde autour de moi, je me trouve en Atlantide.

Ce monde est fantastique. La ville sous les eaux laisse voir par endroit les profondeurs des océans ainsi que sa faune et sa flore, c'est tellement beau. C'est ça, la vraie magie !

Pourtant, je sens le mal rôder aux portes de ce monde. Je ne saurais dire exactement ce qui m'inquiète. Cependant, je ne suis pas tranquille, ma peau frissonne et j'ai les nerfs à fleurs de peau. J'essaie de me concentrer sur mon environnement pour tenter de comprendre ce qui m'arrive.

Ici, plus de voitures que tirent des chevaux, mais de drôles de machines qui semblent flotter. Les routes sont propres.

Beaucoup de commerce. Des gens circulent un peu partout dans une foule bigarrée composée de nombreuses espèces différentes. Les immeubles sont plus ou moins grands, mais la nature est restée au cœur de la cité. À plusieurs endroits, l'on peut voir des coraux magnifiques en pleine santé. Même l'immense coupole qui abrite ce monde semble être en adéquation avec le milieu aquatique.

De grands atlantes sont postés un peu partout. Au moindre crime, vous êtes passé devant la reine Néerélia qui n'a pas la réputation d'être tendre, loin de là.

La criminalité a pourtant repris depuis un moment, sous l'égide d'un homme nommé Dyclan que l'on dit sans pitié.

Rien que de penser à lui, je revois Morrigann. Ma peau me démange et mon estomac se tord en se révulsant.

J'ai eu vent de ses exactions. Il n'a rien à envier à celle qui se proclame déesse, ils sont du même acabit.

Je file me cacher sur le marché couvert, ainsi je serais à l'abri de celui qui me couve du regard et qui commence à me rappeler fortement les fantasmes qu'il m'inspire.

De là-bas, je rejoindrai mon auberge. Enfin non ici, ils appellent ça un hôtel. Drôle de langage !

Je referme la porte de ma chambre. J'ai le souffle court après avoir tant

couru.
Je pose mon front brulant sur la porte. Je suis en sécurité.
Un courant d'air glisse sur mon dos. Je suis certaine d'avoir fermé la croisée, alors d'où vient-il ?
Je me retourne pour découvrir devant moi l'individu de mes rêves. Si beau et si dangereux, en reculant je bute contre la porte.
Je suis paralysée, je le regarde s'approcher vers moi. Sa démarche me rappelle celle d'un félin. Un prédateur et je suis sa proie !
Une seule pensée me vient. Je suis foutu, il va me tuer ou me manger. À moins que ? Une rougeur subite envahit mon visage devant les images érotiques que mon cerveau probablement dérangé vient de m'envoyer.

Sans le savoir, elle m'a excitée à m'obliger à lui courir après. Je sais où elle va, je la poursuis depuis assez longtemps pour maitriser tout de ses habitudes.
J'arrive devant le bâtiment quelques secondes après elle. Les gens autour de moi m'indiffèrent puisque je me suis entouré d'un sort d'invisibilité. Je fais un bond de plusieurs mètres et j'ouvre la fenêtre via une impulsion magique.
La capuche de sa cape verte qui lui sert à protéger son visage est rabaissée sur dos, révélant ses cheveux semblables à des fils d'or.
Elle pose son front sur la porte et malgré sa longue robe, je la vois haleter.
Cette image m'amène des visions d'elle et moi nus et gémissants. Ce qui tend encore plus mon sexe que j'ai visiblement trop délaissé vu la douleur que je ressens.
Elle se retourne. Ses grands yeux me fixent puis s'agrandissent. Mon tigre se roule dans la peur qui émane d'elle. Mais il en veut plus et pour la première fois nous sommes d'accord.
Subitement, son visage devient cramoisi.
Tranquillement afin de ne pas l'effrayer, je m'avance vers elle.
Plus je m'approche et plus sa poitrine s'agite. Ce qui m'électrise je dois bien l'avouer.
Je suis devant elle. Je pose mes mains de chaque côté de son doux visage, elle joue parfaitement l'ingénu.
Pour peu, je me laisserais convaincre. Mais je sais qui elle est et d'où

elle vient.

– Ma belle, pas la peine de jouer la comédie avec moi. Je sais tout de toi ! Donne-moi ce que tu as déjà monnayé tant de fois auparavant.

D'une gifle, elle m'ouvre la lèvre et crache au visage :

– Sale mufle ! Pour qui vous prenez-vous ?

– Ah ! tu veux jouer à ça. Pas de souci.

Je fonds sur elle, galvanisé par sa comédie. Si elle veut jouer la demoiselle en détresse, alors je serais le grand méchant loup !

J'écrase mes lèvres sur les siennes, elle tente de me griffer. Je lui bloque les mains dans le dos, je continue à goûter sa bouche.

Elle se défend la petite sorcière et ça m'excite encore plus.

Ma langue caresse la sienne. D'une main, je la maintiens contre la porte en me frottant contre elle pour qu'elle comprenne qu'elle peut cesser cette comédie.

Elle n'a plus qu'à me cueillir. Lorsque sa bouche devient salée, j'ouvre les yeux pour la découvrir en pleurs.

Merde ! Elle ne joue pas. Bravo Zoltan, bravo. Tu ne vaux pas mieux que ta famille !

D'un bond, je m'éloigne d'elle :

– Je suis désolé ! Je te demande de me pardonner, si tu veux bien ? Mais j'ai cru que tu jouais de tes charmes. S'il te plaît, dis quelque chose ? Parle-moi !

Elle me fixe, les larmes coulent sur son visage. Elle ne dit rien et n'a aucune réaction.

Même en pleure, elle est magnifique.

« Mais par les mondes, tu es pire qu'une bête en rut ! » me déclare ma conscience.

Je lui tends le mouchoir que j'ai toujours sur moi. Je préférerais qu'elle me hurle dessus. Même qu'elle me frappe, plutôt que de rester ainsi sans réaction comme si je l'avais cassée de l'intérieur. J'ai l'impression de l'avoir violé, de l'avoir sali.

« C'est le cas, gros balourd. » Elle commence à me courir celle-là !

« Tu vas te taire ! » Dis-je à cette voix dans ma tête. C'est officiel, je suis cinglé !

Allons, soyons honnêtes, ma conscience n'a pas tort.

Penaud, je me mets à genou devant elle :

– Pardon ! Pardon ! Pardon !

Je lui fais des courbettes sans m'arrêter. Si tous ceux qui me craignent tant me voyaient ainsi.

Moi, le tigre farouche. Je pense que je pourrais faire une croix sur la terreur que je suscite chez mes ennemis.

Or mon stratagème fonctionne, une ébauche de sourire nait sur son visage.
Il me faudra du temps pour lui faire oublier ma conduite, mais ça tombe bien, j'en ai à revendre.
Puis, un rire lui échappe :
– Arrête de faire le pitre, tu ressembles à un gros chat !
À ces mots, je me frotte sur elle en ronronnant. D'abord méfiante puis surprise, elle éclate de rire. Un son plus aphrodisiaque que n'importe quelle potion.
Cela prendra le temps qu'il faudra, mais elle est à moi. Rien qu'à moi !
Je réalise à cet instant que je l'aime et mon tigre aussi, il est probable qu'elle soit la plus belle chose qui ne me soit jamais arrivée. Je me damnerais pour elle sans aucune hésitation.

Elle aussi repense à la première fois qu'elle l'a rencontré. Si sa première réaction avait été la peur et le dégoût, la seconde était qu'en vérité elle avait adoré ça.
Le sentir contre son corps, son membre si dur contre elle ainsi que sa langue chaude et douce dans sa bouche.
C'est pour ça qu'elle avait pleuré. Elle aurait dû se sentir salie, voir le détester. Les druidesses avaient dû finir par la pervertir, c'était la seule explication aux faites qu'elle en voulait plus. Qu'elle ne voulait que lui !
Lorsqu'il s'était mis à genou devant elle en lui demandant sans cesse pardon, sa réaction enfantine l'avait fait sourire.
Puis quand il avait agi comme un chat, elle n'avait pas pu s'empêcher de rire. Le premier, depuis tant d'années qu'elle en avait oubliée le bien que cela faisait.
Petit à petit, ils s'étaient fait confiance mutuellement et naturellement leur première fois lui revint en mémoire.
Elle lui avait tout avoué au fur et à mesure de leurs déplacements.

Comment, elle avait subtilisé l'objet qu'ils cachaient maintenant tous les deux.

La fureur de la déesse quand elle avait compris son stratagème.

Jusqu'à la mort de son frère et sa sœur puis la découverte de ce que les druidesses avaient infligé à ses parents.

Par les dieux, ce qu'ils avaient dû souffrir par sa faute. Une larme coula sur son visage alors qu'elle revoyait le souvenir de la petite maison ravagée par les flammes.

Juste après sa fuite, elle était partie les chercher, mais il n'y avait plus rien à sauver que du sang et des souvenirs.

Elle avait fini par trouver leur corps. Ses sauvages les avaient torturés et laissés là nus à même la terre à la merci des animaux.

Comment avait-elle eu la force de soulever la masse imposante de son père ou celle de creuser leurs tombes ? Elle ne savait pas.

Elle aurait pu user de magie, mais c'est pour cette raison qu'ils avaient péri. La moindre des choses à faire était de leur offrir une sépulture à côté de leurs enfants.

Alors en pleurant, elle avait fait ce qu'il fallait.

Il passa derrière elle. Son grand corps contre son dos, aucune allusion d'aucune sorte.

Il avait juste senti sa détresse, comme souvent il lui offrait un point d'ancrage sans aucune contrepartie.

Je m'appuie sur son torse. J'attrape ses mains, en les refermant sur ma taille. Je le sens déglutir, j'ai conscience de l'effet que je lui fais.

Nous nous sommes souvent embrassés généralement à mon initiative d'ailleurs, il ne veut pas me brusquer.

Je prends ma décision, je suis vivante et nous n'avons qu'une vie. N'est-ce pas ?

Je caresse ses mains, je me saisis de la droite et la remonte vers ma poitrine.

Il s'arrête soudainement :

– Que fais-tu ?

Je ne dis rien et continue mon mouvement, je me colle plus à lui.

Il a du mal à respirer. D'office, je mets mon sein contre sa paume.

Il ne bouge et ne respire plus, je sens son hésitation.

– Tu as oublié comment faire. Dis-je, mutine.

– Bordel ! Tu vas me rendre dingue, je ne pourrais plus m'arrêter. En es-tu consciente ? J'en ai besoin comme de l'air que je respire !
Je me retourne pour le regarder en passant ma langue sur mes lèvres.
Je sais qu'il adore ça, il pose son front contre le mien et ferme les yeux :
– S'il te plait, je ne veux pas faire comme la première fois !
Il cherche toujours à comprendre pourquoi. Il ne juge pas, sans avoir toutes les preuves. Il est tendre et plus cultivé que les gens peuvent le penser.
Comment ne pas être amoureuse de lui ?
J'avoue que son tigre m'inquiétait, pourtant après l'avoir vu à plusieurs reprises je sais qu'il est son double parfait.
Leurs émotions ne sont pas distinctes, ils sont en symbiose tous les deux.
C'est moi qui suis l'instigatrice de notre baiser. Je laisse mes mains se promener sur son corps vers une partie de son anatomie que je veux voir, maintenant !
Ses yeux s'ouvrent d'un coup, il va pour me repousser. Seulement moi je ne veux pas m'arrêter, je l'imagine depuis trop longtemps et je veux le voir nu.
Appuyant ma main en une caresse plus précise, je l'entends gémir dans ma bouche.
Ce seul son me rend fiévreuse, mon ventre se contracte. Plus je l'entends et plus mon intimité devient humide.
Il ne reste pas immobile, ses mains parcourent mon corps.
Chacun de nos frôlements me rend plus fébrile, je déboutonne sa chemise sans le quitter du regard.
C'est moi qui déglutis à présent, son tatouage est devant moi. Deux énormes pattes blanches et deux yeux bleus à l'image de son tigre sont tatoués sur son torse parfait.
Aventureuse, je m'approche de lui jusqu'à ce que mes lèvres effleurent sa peau. Je respire son odeur féline, ma langue frôle l'aréole sombre.
Ses mains agrippent mes cheveux, son gémissement me rend folle. Je veux qu'il comprenne que je l'aime plus que tout. Je glisse sur sa peau des petits baisers tout en descendant, il me retient :
– NON ! Je ne veux pas. Enfin, si, mais je...
Il semble perdu, j'aime le voir ainsi. Je sais ce que je fais, les plaisirs

charnels étaient aussi dans l'éducation de Morrigann.
Même si je n'ai pas la pratique, ma théorie est sans faille.
– Ferme les yeux et laisse-moi faire pour une fois mon chat.
Il me sourit. Tout en gardant ses mains crispées sur mes cheveux, je m'agenouille en ouvrant les boutons de son pantalon.
Comment pouvait-il rester ainsi ?
Il y a peu de place et il est tellement imposant. Et il n'est rien qu'à moi ! Gourmande, je passe la langue sur les gouttes qui perlent à son extrémité. Ses mains se crispent sur ma tête puis quand je le prends dans ma bouche, il gémit en disant :
– Par les mondes, Brigh. Si tu continues ainsi, tu vas me tuer ou m'épuiser tant que je ne pourrais pas te rendre l'appareil.

    Pour toute réponse, je l'aspire plus fort.
– Merde. Dit-il, se retirant de ma bouche m'arrachant presque le petit bout de tissu qui protège mon intimité. Je suis désolé. J'aurais voulu être tendre et te préparer, mais je peux plus. Tu vas me rendre fou.
Et sans plus d'explication m'allonge en relevant mes jupes.
D'une poussée, il entre en moi. J'avais peur d'avoir mal, mais j'ai tellement envie de lui que c'est moi qui donne le rythme nos corps.
Nous partons sur des cieux que même les dieux ne connaissent pas.
En souriant, je repense à cette journée puis la nuit. Insatiables l'un de l'autre, depuis nous avons fait l'amour à plusieurs reprises.
Tous les jours, je m'aperçois que je l'aime encore plus que la veille et à voir son expression je suis sûre qu'il en est pareil pour lui.

Revenant à l'instant présent, ils devaient aider les deux hommes. Et voir s'ils étaient aussi fort que tous les mondes le prétendaient.
Devaient-ils leur confier l'objet volé à Morrigann ? Ou au contraire garder cette information secrète ?
Ils avaient failli le donner au roi Kiel, cependant les choses avaient largement dégénéré.
– D'abord, soignons-les. Puis, s'ils se remettent assez vite, nous aviserons.
Elle était toujours de bons conseils.
Du grand blond émaner une odeur d'alcool atroce.
– Tu es sûre que c'est bien le dieu Dagda ? Il ressemble plutôt à une

cuve de bière, tellement il pue !
– Allons ! Il a perdu femme et filles. Les dieux lui ont tout pris. Comment aurais-tu réagi à sa place ?
Je reste saisi par son empathie et son intelligence.
Elle crie rarement, pourtant ses paroles font mouche à chaque fois. Avec un sourire et un haussement d'épaules, je lui signifie qu'elle a encore gagné.

Par les mondes, qu'il est beau quand il fait ça !
Une fossette au menton se révèle quand il sourit et quand il est ainsi je ferais n'importe quoi !

Ensemble, nous transformons le lieu du combat en hôpital de fortune. Il y a tellement de gens à soigner. Il sera bien temps de penser à retrouver les deux jeunes femmes plus tard.

CHAPITRE 12

Moïra, Ciara

Nous l'avions allongée dans mon lit. Tant pis, je dormirai par terre au besoin. Elle a l'air si fragile dans les draps blancs.
Alors que sur le champ de bataille, elle semblait imbattable.
Je la borde, vérifie si elle respire toujours.
Son teint pâle m'inquiète, j'ai regardé la blessure enfin là où il devrait y avoir une plaie. Pas la moindre cicatrice comme si j'avais imaginé la scène.
Je crains de l'avoir réveillée. Elle gémit, je m'approche en tendant l'oreille :
– Mebahel. Ne me laisse pas, je t'en supplie ! Par pitié, aimez-moi !
Je suis ébahi par ce que je viens d'entendre. Une larme coule sur son visage, je me sens honteuse et dire que je l'ai enviée.
J'ai pourtant l'impression que sa vie n'a pas été aussi heureuse que la mienne.
Je ne trahirais jamais son secret. Ma sœur !
Quel mot étrange ! Moi, qui ai toujours été solitaire, maintenant nous sommes deux.
– Dors ma belle, je suis là et je veille sur toi.
Lui dis-je en caressant ses cheveux. Elle finit par soupirer et se calmer.
Je suis sûre qu'elle n'aimerait pas que je la prenne en pitié.
Je descends voir mes parents. Ils s'inquiètent comme moi d'ailleurs.
Ils sont assis à table. *Mamm* a pleuré, elle a encore les yeux rouges.
C'est une femme généreuse et aimante, un ange sur ce monde.
Alors savoir ce qui était arrivé à mes parents et à Ciara l'avait bouleversée.
Ulf et moi avons parlé le long du chemin qui mène au manoir. Il en est venu à la conclusion que nous devons déménager, cependant la mienne est différente.
Si effectivement, ils doivent partir pour que Morrigann ne les trouve pas.

Je ne peux pas rester avec eux, je les mettrai en danger constant et ça je m'y refuse !

J'ai senti la rage qu'elle a envers moi, elle ne reculera devant rien ni personne.

Ils m'ont élevé et aimé comme leur fille. Pour moi, ils sont comme mes parents. S'ils leur arrivent malheur, je deviendrais folle.

Tad a compris ma décision au moment où je m'approche d'eux. Il baisse la tête et pour la première fois, je le vois pleuré.

Nous nous enlaçons en larmes. Bientôt, nous serons séparés à jamais.

J'ai l'impression que l'on m'arrache les tripes.

J'ai si mal ! Mais je dois me montrer forte pour ne pas les accabler plus qu'ils ne le sont déjà.

Nous parlons beaucoup de ce qu'ils voulaient pour moi, de leurs rêves. Je leur raconte mes amours avec Archibald et Fergus. Je ne veux plus de mensonges.

Ils ne me jugent pas. Au contraire, ils comprennent mes sentiments. Et même si *tad* était en colère de m'être « donnée », il ne m'en a rien dit. Il me répond juste qu'il aimerait tordre le cou à cette sorcière pour que je puisse vivre une vie normale.

Et même si c'est avec son aide à elle, qu'ils ont été heureux pendant seize ans. À peine le dit-il que je le vois gêné et honteux en pensant à mes parents naturels, je glisse ma main sur la sienne :

– Je n'aurais jamais voulu d'autres parents que vous, vous m'avez donné tant d'amour et de tendresse. Tous les enfants devraient avoir cette chance.

Immanquablement, nos pensées vont vers la jeune femme étendue au-dessus de nous, sa vie n'a pas dû être facile.

Nous essayons de combler les années, que d'une certaine manière l'on va nous voler.

Ils vont aller s'installer dans le pays de *tad*, *mamm* ne voulait pas quitter sa terre. Mais nous réussissons à lui faire comprendre qu'ils seront en sécurité, avec l'aide des alliés puissants d'Ulf. Maëlig finit par accepter à contrecœur, je l'ai vu son regard.

Nous passons une partie de la nuit à parler, consacrant le temps qui nous reste à nous parler de tout et de rien.

Nous ne pouvons pas nous résoudre à nous quitter et finissons par nous

endormir à table. Épuisés et malheureux.
Aucun de nous ne passera plus de bonne nuit, une partie nous manquera toujours dans nos cœurs.
J'en regretterai presque mes soucis d'enfant avec les petits villageois.
Ma vie ressemble au champ de bataille dans la forêt. En ruine, dévastée.

    Je me réveille dans un sursaut. Où suis-je ?
Je ne suis pas dans une auberge. Le mobilier est trop raffiné pour ça, des lilas trônent dans un vase magnifique sur une coiffeuse.
Puis je me souviens : la taverne, ma dispute avec Mebahel.
Le choc devant ses ailes noires. Comprenant que pour moi, pour nous il s'était déchu.
Le portail qui s'ouvre, le fantôme ayant les traits de Macha qui jaillis furieux. Ensuite, l'arrivée de Morrigann et le retour de l'enfant prodigue !
Quand j'ai entendu la voix de Macha, j'ai cru rêver. Si l'autre folle ne s'était pas manifestée, je me serais jeté dans ses bras.
Bien que le souci est que sous cette forme éthérée, je serais passé à travers elle. Et cela ne m'aurait avancé à rien, je le sais.
Pourtant, après tous nos malheurs. Le simple fait de savoir qu'elle n'avait pas disparu totalement m'avait redonné espoir.
Pendant tout le temps où nous avions cherché Moïra. Nous l'avions imaginée tour à tour morte, retenue en esclavage ou battue.
Pour finalement la retrouver là fraîche comme une fleur, flirtant avec deux mâles superbes en plus.
Alors que ma vie n'avait été que souffrances, privations et tristesses.
Sans compter que l'homme que j'aimais en secret ne réagissait même pas à mes avances.
Je la tenais pour principale responsable de tous mes déboires.
Je ne suis pas sûre qu'à ce moment-là je n'aurais pas aidé la déesse à la supprimer !
La bataille arriva à point nommé pour moi, me donna un exutoire à ma rage, libérant ma fureur.
J'ai cru devenir folle, lorsque j'ai entendu la plainte de Macha. Alors, que les dieux reniaient leurs promesses pour l'enfermer de nouveau dans cette forêt maudite !

Quand je me suis mise à côté des jeunes gens, j'ai reconnu aussitôt Fergus et Archibald, les fils de celui que Dagda avait désigné comme roi.
J'étais heureuse de donner des coups d'épée. Pour un peu, je les aurais même tués à mains nues.
Mais, il a fallu que je mette l'autre cruche à l'abri. Cette sombre idiote était immobile, les bras ballant pendant que le combat faisait rage autour d'elle. Nous mettant tout danger, elle y compris.
Oui, je l'avais poussé et j'en avais ressenti une certaine joie en y repensant. Quant à la gifle que je lui ai donnée, elle m'avait presque filé un orgasme.
J'aurais voulu la secouer, la démolir. Seulement son visage a changé d'un coup.
Elle aurait pu paniquer ou s'enfuir. Mais non, elle était restée là comme statufier.
Au moment où elle comprenait qu'elle allait perdre les deux hommes qu'elle aimait. J'ai compris que son cœur venait de se déchirer.
Par les mondes ! Je n'arrive même pas à me faire apprécier d'un seul. Alors qu'elle, deux se sacrifient pour la sauver, ça ne donne pas une très haute opinion de moi.
Qu'est-ce qui m'a pris ?
Quand j'ai vu la lance envoyée par Morrigann filer vers elle, je me suis placé devant sa trajectoire. Après tout, c'est ma sœur !
Encore une fois, elle me surprit en attrapant mon corps contre elle.
Empêchant de cette façon que l'arme fasse encore plus de dégât.
Je sentais le poison s'insinuer dans mon corps. Et là, je la vis réellement.
Elle est magnifique, une lumière irradie de son corps. J'ai même pensé un instant être au paradis dans les bras d'un ange.
Doucement, j'ai voulu caresser son visage.
Avoir la certitude enfin qu'elle existait bien, que je l'avais sauvée !
Je lui ai donné mon prénom et demandé de bien vouloir me pardonner, puis j'étais morte.
Alors bordel ! Qu'est-ce que je fous là ?
Si le paradis est meublé ainsi, je vais trouver le temps très long.
Mon rêve me revient en mémoire :

Son cri ou plutôt son hurlement, elle avait autant de coffre que notre mère, pensai-je en souriant.
La disparition des portails et des corps.
Puis, elle qui parle à l'arbre. (enfin à notre mère) La douleur lorsqu'elle ôte la lance de mes chaires et cette chaleur bizarre, que j'avais senties émaner d'elle au moment où elle a posé les mains sur moi.
  D'un bond, je saute du lit. Merde, elle m'a ressuscitée !
Bon sang ! Mon cerveau est comme court-circuité à cette révélation.
  Si Morrigann l'a vue aussi, alors elle n'aura de cesse de la traquer pour lui prendre ses pouvoirs.
Je tourne en rond, avec l'infime espoir de trouver un des pantalons que j'ai rapportés de l'Atlantide et que j'affectionne tant. Mais rien, juste une robe bleue sur une chaise. Rêve pour que je porte ça !

  Vu le raffut à l'étage, ma sœur est réveillée et elle n'appréciait pas la robe que *mamm* lui a laissée.
  Je me rappelle qu'elle était habillée comme un homme quand je l'ai vue passer le portail.
Alors, je file en cuisine voir si l'un des aides n'a pas laissé quelques vêtements ou je trouve un pantalon et une chemise semblable à celle qu'elle portait.
Je me presse de lui monter mes trouvailles, je suis presque certaine qu'elle ne trouverait rien de dérangeant à descendre sans vêtements.
Ma pauvre *mammig* en ferait une attaque. Elle est compréhensive, mais il ne faut pas exagérer. Je ne peux m'empêcher de sourire en y pensant.
Je frappe avant d'entrer. Et c'est moi qui suis surprise, elle a revêtu la robe bleue. Par les dieux, qu'elle est belle !
Le haut de la robe met en valeur sa poitrine sans que cela soit incorrect, la couleur fait ressortir les mèches violettes de sa chevelure.
Ainsi que sa peau pâle en révélant les nombreuses taches sur son nez et ses bras, je suis pétrifiée devant sa beauté.
Sur moi, ces taches ne ressemblent à rien, on dirait que j'ai bronzé à travers un grillage. En revanche sur elle, c'est bluffant.
Je n'ose pas lui dire qu'elle est belle.
Quand nous nous sommes parlé, j'ai bien compris qu'elle me haïssait.

Mais pourquoi me sauver dans ce cas ?

Pourquoi me regarde-t-elle ainsi ? Je suis si laide en robe qu'elle n'ose rien me dire ?
Du coup, je lui parle sèchement :
– Quoi ? Ça ne me va pas, je le sais. Mais pas la peine de faire une tête comme ça. Et puis il ne fallait pas la laisser ici si ça te gênait tant que ça !
Mais pourquoi suis-je sur la défensive avec elle ?
Me regardant avec des yeux ronds, elle n'ose plus rien dire.
Je baisse les yeux :
– Pardonne-moi, je n'ai plus l'habitude de parler doucement. Nous n'avons fait que la guerre ces dix dernières années.
– Je comprends, ne t'inquiète pas. Et tu trompes, j'étais juste saisi par ton charme.
– N'essaie pas de m'amadouer en me faisant des compliments. Je sais que je suis commune, ne fais pas cet air étonné !
– Mais non, je te jure sur ce que j'ai de plus cher au monde. Je ne sais pas qui t'a mis cette idée dans la tête, mais tu es splendide. Je te l'assure.
Elle a l'air convaincue de ce qu'elle me dit. En haussant les épaules, je lui demande :
– Bon, est-ce que tu aurais à manger ? Car j'ai très faim, là !
– Oh oui ! Désolé, je manque à tous mes devoirs.
Elle pose les vêtements à côté du lit.
– S'il te plait, ne joue pas ton bas bleu avec moi. J'ai horreur de ça !
Elle m'agace sans que je sache pour quelle raison. Est-ce sa gentillesse ou son air de petite fille riche ?
Quoi que ce soit, c'est irritant. Elle s'engouffre dans un escalier, moi à sa suite.
La maison semble vaste, enfin si l'on peut appeler ce manoir ainsi. Je dirai même un château tellement cela semble grand.
Néanmoins, la décoration est discrète, pas d'étalage de richesse.
Beaucoup de tableaux de paysages nordiques ou de mers déchaînées.
Quelques peaux, des casques et des napperons en dentelle.

Tout cela ensemble pourrait être étrange, mais ce mélange forme un intérieur douillet et accueillant.

Elle m'amène dans une grande salle avec une énorme table en bois ciré, l'odeur d'encaustique ici est plus forte qu'ailleurs.

D'énormes buffets trônent de part en part. Cela me fait penser à la Bretagne sur la terre.

Il y a des fleurs un peu partout. À mon grand dam, je suis charmée par ce que je vois.

À table, beaucoup de monde. Vu la maison, je m'attendais à voir des notables. Mais ici tout le monde se mélange, quelle que soit sa classe sociale.

Moïra s'avance vers un grand homme blond, il ressemble à un Viking. Voilà d'où viennent les casques !

Après avoir déposé un baiser sur la joue du géant. Elle se dirige vers une femme brune toute petite qui arbore sur la tête une drôle de coiffe.

– Je te présente *mamm* et *tad*, mes parents adoptifs. Voici Ciara.

Ils me sourient tous les deux, l'homme à l'air amusé et dit :

– Je m'appelle Ulf et ma femme Maëlig, je pense que tu préfères comme ça ?

Ce tournant vers Moïra :

– Parent adoptif ou sœur adoptive, tu n'as pas besoin de donner des noms pour tout, tu sais !

Avec un clin d'œil, il pousse un grand éclat de rire. Je la regarde en me demandant comment elle va réagir aux faites qu'il se moque d'elle, mais elle se met à rire aussi.

Elle est transfigurée comme ça, je comprends que les deux hommes soient tombés amoureux d'elle.

En plus d'être gracieuse, elle est généreuse, douce, serviable. Je suis sûre que la liste de ses qualités n'en finit pas.

Elle ressemble tant à ses parents à ce moment-là que je reste subjugué.

Prenant mon silence pour une preuve de mon mécontentement tout le monde se rembrunit

– Désolé, j'espère que je ne t'ai pas froissée ? dit-elle en me regardant soucieuse.

– Mais non, ne t'inquiète pas. Je râle, mais je ne mords pas. Enfin pas tout le temps !

Un sourire sur les lèvres, je la regarde prendre place et discuter avec les gens autour d'elle.
Oui, elle est leur copie conforme. Mélangé aux mimiques de ses parents adoptifs donne la jeune femme devant à moi.
Pas d'arrogance ou de mièvrerie. Non, elle est digne et honnête.
Ce qui me préoccupe, c'est plutôt sa réaction quand je lui dirais qu'il faut qu'elle quitte ses gens et vienne avec moi ?
Tout d'un coup, Ulf se lève en tapant sur une chope avec sa cuillère.
– Je vous demande votre attention.
Tout le monde se fixe et le regarde.
– Voilà, vous n'êtes pas sans savoir que je ne suis pas d'ici.
À ces mots, l'assemblée proteste. je comprends qu'ils sont aimés dans cette contrée, il continue :
– J'ai reçu une missive il y a quelques jours. Je vais devoir quitter notre magnifique région, les affaires de ma famille me réclament.
Des protestations fusent ici ou là.
– Je sais que cela peut surprendre, mais je n'ai pas le choix. Il semble que cela soit définitif. Malgré tout, je vais nommer un régisseur et tout restera pareil pour vous sauf que nous n'habiterons plus ici. Vos salaires seront versés, rien ne changera.
Quelques voix s'élèvent pour leur demander quand ils partiront, je surprends même quelques larmes dans les yeux de certains.
Oui nul doute qu'ils sont appréciés, pourtant je suis surprise quand il annonce la date du départ
– Nous serons partis demain matin !
Au départ, il eut un brouhaha léger. Puis, les gens ont pleuré, les étreignant, demandant pourquoi. Ils n'ont pas de crainte pour leur travail, mais bel et bien pour leurs amis.
Je comprends qu'ils m'ont devancée, mais je ne peux pas partir avec eux. Je vais pour parler à ma sœur quand je la vois m'indiquer l'étage. Je la suis, en me demandant pourquoi elle agit ainsi. Dans sa chambre meublée exactement comme la mienne à la différence d'un parfum subtil, on dirait un sous-bois ou un champ de rose, c'est étrange.
– Je ne voulais pas que *mamm* nous surprenne. *Tad* lui parlera aujourd'hui. Je sais que je ne peux pas rester avec eux ! Sais-tu où nous pourrons être en sécurité ?

Là, elle m'a estomaquée ! Je reste silencieuse une minute, la bouche ouverte avant de répliquer :
– Oui, je sais ! Nous nous rendrons sur Féerélia. Là-bas, Morrigann ne pourra pas nous suivre et puis il me semble que tu as des personnes à revoir là-bas ?
Elle me surprend encore une fois, les larmes remplissent ses yeux. D'une voix atone, elle me répond :
– Je... Je... Ils sont tous morts ! Je les ai tués ! En larmes, elle se jette sur son lit pour pleurer.
– Qu'est-ce que c'est encore que cette histoire ?
Je sonde mon pouvoir et je ressens les deux hommes fragilisés, mais bien vivants.
– Je ne sais pas qui t'a dit une telle bêtise, mais ils ne sont pas décédés. Même si je ne comprends pas ce que cette faille fait dans les portails.
Elle se redresse, le visage rougi par les larmes, en colère
– Cesse d'essayer de me réconforter, je sais ce que j'ai vu ! J'ai tout fait exploser, tu m'entends TOUT !
Je ne peux m'empêcher de rire :
– Houla ! Jeune fille. Détrompe-toi tout de suite sur mon compte, je ne suis pas gentille. Si je te dis qu'ils ne sont pas morts, c'est que c'est la vérité tout simplement. Par contre, je pense avoir compris ce qui t'est arrivé là-bas. Si cela t'intéresse ?
Elle essuie ses yeux avec son bras d'un geste rageur ! Oh ! tiens, elle me ressemble un peu finalement !
– Vas-y. Je t'écoute !
– Tu avais peur et tu étais en colère n'est-ce pas ?
– Bonne déduction, pas besoin d'être un génie pour savoir cela !
Je ne peux m'empêcher de sourire. Elle a visiblement aussi mon sale caractère, ça promet !
– J'en déduis que tu as expérimenté un nouveau pouvoir !
Devant sa mine interrogative, je poursuis mon raisonnement :
– Quand nous sommes soumises à un stress ou à une grande peine, nous pouvons acquérir une évolution de nos dons. Je pense juste que ton don les a renvoyés là où ils habitent.
Elle se mord les lèvres en réfléchissant :
– Alors, ils vont bien ?

– Je n'irai pas jusqu'à dire ça. Je peux ressentir l'énergie des gens et savoir ou ils se trouvent. Je les sens un peu affaiblis, mais vivants.
Je réfléchis quelques instants à ce que je viens de lui dire et vérifie autre chose :
– Par contre, Morrigann est en Avalon avec Dagda et Mebahel. Et eux, leur énergie m'inquiète. Après t'avoir déposé, je me rendrais là-bas.
– Comment vas-tu faire si les portails sont hors service alors ?
En haussant un sourcil, je lâche :
– Ce qu'il y a de bien avec nos dons, c'est que nous sommes visiblement complémentaires. Ce que tu as fermé, je peux l'ouvrir très facilement.
Un petit sourire nait sur ses lèvres :
– Nous sommes vraiment sœurs alors ?
– On dirait !
Avec un éclat de rire, nous finissons la matinée à parler de tout et de rien ainsi que notre futur départ.
Avec étonnement, je réalise que je me sens bien avec elle, très bien même. Qui sait, je pourrais même m'y habituer.
La journée passe vite, nous emporterons peu de chose pour ne pas nous charger. Pareil pour le couple, je suis tentée de me proposer de les amener sur place. Seulement, j'ai peur que le grand Viking le prenne pour un affront.
Le repas du soir est tendu, je vois leur regard triste.
Cela fait longtemps que je n'ai pas eu de la peine pour quelqu'un d'autre que ma personne. Ils ne méritaient pas ça, ils transpirent l'amour et la générosité.
Je ne donne même pas quarante ans au couple, ils m'ont expliqué pourquoi ils n'avaient pas eu d'enfants.
Comment le fait de recueillir la petite Moïra, leur avait-il paru un signe des dieux
À propos, ceux-là, je leur jouerais bien un tour à ma façon.
Je les écoute sans parler. Leurs anecdotes me font parfois sourire et je jubile en prenant ma décision.
À brûle-pourpoint, je leur demande :
– Connaissez-vous les légendes ou même les dons que l'on me prête ?
Devant leur mine étonnée, je continue

– J'ai le pouvoir de réparer ce qui ait cassé ou disparu entre autres.
Ulf me reprend :
– Dans mon pays, [11]*Huginn* et *Muninn* sont des messagers divins, d'ailleurs ils sont souvent représentés sur nos étendards lors des batailles. Je n'ai pourtant pas connaissance qu'il ait eu d'autres dons que ceux d'aider Odin à guérir les chevaux !
– Bien vu, viking !

Il m'avait dit ne pas aimer ce surnom dont je l'avais affublé, mais je trouvais ça drôle. Je reprends en souriant, le voyant faire une grimace.
– Les corbeaux dans ton pays sont souvent vus comme ça sauf que je ne suis pas vraiment un corbeau. Je suis si l'on peut dire ainsi, une expérience désastreuse, de celles que peut engendrer la colère des dieux.
Sans plus d'explications, nous nous quittons pour la nuit. Ma main effleure leurs épaules, un petit coup de pouce, cela ne peut pas faire de mal ?

La séparation est imminente, après des adieux déchirant aux groupes devant la maison, c'est à notre tout maintenant de nous quitter :
– Vous vous souvenez ce que je vous ai dit hier soir ?
Riant en voyant leurs têtes embarrassées, je m'approche de Maëlig qui m'avait suppliée de l'appeler *mamm* qui veut dire maman en breton.
– *Mamm*, si tu avais la possibilité de n'avoir qu'une chose au monde et ça sans tenir compte de ta vie actuelle ou de ma sœur. Que serait-elle ?
Elle fronce les sourcils, elle se mord la lèvre (oh, voilà pourquoi Moïra le fait souvent). Elle sourit tristement en regardant son mari, je sais à quoi ils pensent tous les deux.
– Je n'ai besoin que de lui dans ma vie. Merci [12]*ma hanter diegezh Eo*.
Sans rien dire, je m'approche et la serre dans mes bras, laissant mon pouvoir s'infiltrer dans son corps et permettre à la vie d'exister et de tenir en elle.
– Ho !
Ils me regardent tous les trois, les yeux brillants.

---

[11] Huginn et Muninn : corbeaux D'Odin
[12] *Ma hanter diegezh Eo :* Ma petite chérie, traduction (Approximatif) en langue bretonne.

Je sais qu'à cet instant, je suis aussi brillante qu'un soleil. En haussant les épaules, je leur réponds :
– Que voulez-vous ? Je ne peux pas m'empêcher de contrarier les dieux. À présent, vous allez pouvoir nous donner plein de petits Vikings et de petites Bretonnes !
Je ne m'attendais pas à ce que le grand blond m'écrase dans ses bras. Je ne saisis pas tout ce qu'il me dit tellement il va vite, mais il me semble avoir traduit : merci.
Je suis heureuse, enfin j'ai fait les bons choix ! Peut-être que je vais devenir meilleure à son contact.
En pleurs, ils se serrent tous les trois
– [13]*Teuler evezh* ! *Beaj va* !
J'ai l'impression qu'ils lui disent de prendre garde et bonne route ?
Ils me confirment ma traduction. Je n'aime pas ça, mais je les presse, nous sommes trop exposés ici.
– Au nom de ma famille. Merci, notre dette sera éternelle !
Le couple me regarde en pleurant :
– Nul besoin de me remercier, elle a fait de nos vies un rêve et tu l'as sublimé. C'est nous qui vous serons éternellement reconnaissants.
D'un geste, j'ouvre le portail pendant que le couple reprend la route. Maëlig ne peut s'empêcher de regarder sa première fille qu'ils ne pourront jamais oublier.
Je leur envoie ma protection pour que plus jamais ils ne se retrouvent sur la route des dieux. Ils sont bien dignes d'une fin heureuse ?

---

[13] Teuler evezh ! Beaj va ! : Fait attention et bonne route. (Approximatif) en langue bretonne.

CHAPITRE 13

Pour sa première traversée, elle est étrangement malade. Elle a voulu s'isoler, mais compte tenu de la situation je suis resté avec elle. Je lui tiens les cheveux, je ne me souviens pas d'avoir été aussi incommodée. Il y a si longtemps peut-être ai-je oublié.
Je nous ai amenées dans une petite clairière, je ne sais pas ce que je vais trouver là-bas.
En dix ans, il a pu s'en passer des choses.
Elle s'assoit à même le sol, je lui tends la gourde d'eau :
– Tu te sens mieux ?
– Bof, j'ai dû manger un truc qui ne passe pas, j'ai mal au ventre ou c'est le chagrin. Ça fait tellement de choses à encaisser.
Elle se relève doucement.
– Donc, où allons-nous ?
– J'ai été absente depuis un moment, j'ai préféré nous amener dans cette clairière. Nous nous rendrons au château en volant.
Son visage pâle est devenu presque translucide.
– Mais ! Mais ! Je ne sais pas voler moi !
– Ça tombe bien, moi oui.
Je libère mes ailes que je cache dans mon dos, avec l'aide de la magie.
Elle me contemple sans rien dire, les yeux ronds, je crois que j'ai réussi à la faire taire finalement !
Je souris et m'approche :
– Tu peux les toucher, ce sont des vrais. C'est notre mère qui m'a offert cette particularité, je te raconterai une autre fois. Tu te sens de prendre la route, enfin les airs ?
– Au point où j'en suis, allons-y.
Souriante, je lui exprime mon point de vue
Doucement pour ne pas l'effrayer, je l'invite à me tenir par le cou et prends mon envol à la verticale.
Par les mondes, qu'est-ce que cela a pu me manquer ! Pour peu, je me mettrais à rire. Dagda souhaitait que nous restions discrets alors il nous avait interdit de voler. Pour l'un comme pour l'autre. Est-ce que nous

aurions agi différemment si nous avions vu ses ailes changées de couleurs ?

Je joue avec les courants, de façon à prendre mes marques et retrouver ma liberté.

Un murmure attire mon attention, pourtant il n'y a personne ?

Nous passons une vallée et des hameaux, une montagne lorsque devant moi

– Ils sont devenus fous, ma parole !

Ma sœur se redresse pour regarder pour savoir pourquoi j'ai l'air en colère.

Quatre statues s'élèvent devant le château en pierres blanches et aux toits bleus.

Le seul son qui sort de sa bouche est :

– Oh !

Comment passer inaperçu après ça ? Elles nous représentent dans des versions immenses en métal doré.

Mebahel a les ailes déployées en regardant le couple formé par Dagda qui enlace Macha. Qui tient un bébé dans ses bras et moi de l'autre côté, dans la même posture que l'ange.

– Hé ! bien, voilà pourquoi nous n'étions jamais incognito ! Si je tiens le responsable de cette plaisanterie, ça va barder pour lui !

– Moi, je trouve ça joli. Pas toi ?

– Non, désolé. Mais quand tu traques quelqu'un, tu as besoin de discrétion ce que nous n'avions jamais sans en comprendre la raison, enfin jusqu'à présent.

J'avise du coin de l'œil l'autre couple statufié plus loin, un dragon blanc et un dragon rouge. Je suppose les parents de Fergus. Leurs cous emmêlés sous eux, la main posée sur le flanc de la créature blanche, une belle jeune femme tenant par la main une petite fille.

– Ce n'est plus une cour, mais un mausolée !

– Pourquoi ? me répond Moïra. Oh ! Mais, je connais ces gens.

– Comment le pourrais-tu ? Ils sont morts bien avant ta naissance !

Elle me raconte alors ses rêves, je tourne la tête pour la regarder. Elle est beaucoup plus puissante que je ne le pensais de prime abord.

En tournant autour du château, je vois la cour pavée et la coupole du jardin d'hiver s'élever en son centre. L'architecture en u est bien

pensée, à gauche les écuries.
Devant le jardin d'hiver, plusieurs bâtiments. Et de l'autre côté, la salle d'armes reconnaissable aux hommes qui se battent à ses portes.
Comment ont-ils réussi l'exploit de le construire sur un rocher ?
De part et d'autre coule une cascade, deux routes rejoignent la place où trônent les parents de Fergus, et une voie centrale mène à l'édifice même.
Un exploit stratégique bien pensé en cas d'attaque. Mais, un problème de taille en cas d'évacuation.
Nous nous étonnons des drôles de tourelles aux toits bleus
– On dirait les châteaux de conte de fées que mammig me contait lors des veillées, je les ai toujours imaginés ainsi.
Continuant mon inspection en volant, une volée de flèches me surprend. J'étais tellement absorbé par mon exploration que j'avais oublié où je me trouvais, à savoir une place gardée.
À ma stupéfaction, aucune ne nous touche.
Pas très doués, ces archers ! me dis-je en souriant.
Une deuxième volée nous manque encore une fois.
Au même moment, je sens la magie à l'œuvre et réalise que ma sœur ne me tient plus que par une main.
– Mais que fais-tu à la fin ?
– Je ne sais pas ? Ils nous ont attaqués alors d'office ma main a fait ce geste. Me dit-elle en le refaisant.
– Oui, sauf qu'ils sont censés être des alliés donc si tu en blesses un, on risque de ne pas être crédible, pourrais-tu te contrôler ? S'il te plait.
Je vois son hésitation et sa peur, elle finit par me faire oui de la tête et elle cache son visage dans mon cou.
– Si je ne les vois pas, cela devrait être moins dur ?
Il va falloir que je lui enseigne quelques trucs et que je trouve un sorcier très vite pour m'aider, j'ai dû faire mes propres expériences et souvent dans la douleur.
D'un mouvement d'ailes, je me reste à la verticale devant eux, les mains levées en signe d'apaisement.
Je vois l'étonnement sur leurs visages et m'aperçois que certains sont partis sur les chemins de traverse, scrutant des yeux les statues et moi-même.

Un murmure passe entre les hommes, tous en même temps s'agenouillent tête baissée.
– Hé ! merde !
– Qu'y a-t-il ? Je peux regarder maintenant ? Oh ! Pourquoi font-ils ça ?
– Si je ne me trompe pas sur leurs émotions. Ils me prennent soit pour un fantôme, soit pour une déesse ? D'un sens comme dans l'autre ça craint.
Je me pose doucement devant le jardin d'hiver. Le parfum capiteux des fleurs est enivrant, dommage de ne pas avoir le temps de m'attarder sur cet endroit splendide.
Nous sommes entourés d'hommes et de femmes, un genou à terre dans une posture de soumission totale.
Ma sœur se glisse à mon côté. La ressemblance avec la déesse est frappante, à tel point que certains sanglotent en nous regardant du coin de l'œil.
Des pas résonnent sur les pavés, une grande stature s'avance vers nous.
– Enfin, nos prières ont été entendues, vous êtes venus nous sauver !
– Holà. Holà. Doucement qui êtes-vous d'abord ? Ensuite à quoi rime cette mascarade ?
La surprise sur le visage de l'homme n'est pas feinte, je sens des sentiments divers en lui.
Il passe du soulagement à l'inquiétude puis à la résignation.
Que se passe-t-il ici ? Les hameaux que nous avons survolés semblaient calmes, à la réflexion trop calmes.
Il se reprend en me tendant la main pour finalement la retirer avant que je n'aie eu le temps d'esquisser le moindre geste, il se présente à nous en claquant ses bottes rutilantes l'une contre l'autre.
Un salut avec le haut de son corps, je me moquerais bien de lui s'il n'avait pas l'air si sérieux.
– Kiel, pour vous servir mesdames. Je suppose que j'ai devant moi Ciara et la jeune Moïra ?
Il a une façon de regarder la jeune femme que je n'aime pas, comme s'il savait quelque chose que j'ignore et qui lui déplaît fortement ?
– Vous supposez bien.
Lui refusant d'un mouvement d'humeur le retour de sa politesse, ma sœur me regarde et décide de ne rien dire.

« Tu as raison, il te cache quelque chose »

D'un bond, je cherche autour de moi qui m'a parlé pour réaliser que c'est la même voix que j'ai entendue dans les airs.

Est-ce Morrigann ? Non, je sens un esprit plus jeune et plus puissant que celle qui se tient à mes côtés.

Personne n'a réagi, j'en conclus que je suis la seule à l'entendre.

Pinçant les lèvres de colère, je m'adresse à celui couronné par mon père adoptif.

– Rassure ma sœur sur l'état des garçons !

J'ai bien conscience que c'est plus un ordre qu'une demande et que j'ai d'office utilisé le tutoiement.

Seulement, je suis trop inquiète pour m'en soucier ou m'en excuser. Quoique ce ne soit pas mon genre de toute façon.

J'écoute d'une oreille distraite ce qu'ils se disent, en cherchant qui peut me parler sans que personne n'entende.

« Même si je te le disais, tu ne me croirais pas. » Fais la voix se moquant de moi.

Moïra s'inquiète de me voir tourner en rond

– Tout va bien ? Tu as l'air soucieuse ?

– Je t'expliquerais plus tard, je suppose que tu veux voir les garçons ? Ils sont réveillés, si j'ai bien compris.

– Oui, j'aimerais bien. Si cela ne te dérange pas ?

Elle est nerveuse. Nul besoin de mon don pour le remarquer, il n'y a qu'à la regarder se tordre les mains.

– Pas de soucis. Je te l'ai dit, je t'expliquerai plus tard.

Nous prenons la direction du bâtiment principal, je continue à jeter un œil de temps en temps. Au cas où je trouverais d'où vient cette voix.

J'apprécie la propreté des lieux, Kiel a visiblement fait appel aux architectes de l'Atlantide. Ils ont su allier la modernité de leur monde avec la beauté de celui d'Avalon afin de créer le château dans un parfait mélange de civilisations.

Je n'ai pas oublié les nombreux traquenards dans lesquels je suis tombé à cause de leurs statues

– Kiel, dites-moi qui a eu la brillante idée des statues .

Fier de lui et n'ayant pas saisi l'ironie de ma question :

– C'est moi ! Ils sont réalistes, pas vrais ?

– Oui ! Tellement que nous nous demandions comment les gens sur les mondes pouvaient se rappeler nos visages. J'ai compris en arrivant ici. Du coup, on fait comment ? Je vous colle les coups que nous avons récoltés par votre faute ? Car si je vous tire dessus ou même encoche une flèche. Nous connaissons le résultat n'est-ce pas ?
Il a la bienséance de pâlir en comprenant sa bévue.
– Pardonnez-moi ! Je n'avais pas réalisé que je vous mettais en danger, les gens voulaient vous montrer leur respect. Je suis confus.
D'un geste agacé, je lui dis
– Amener ma sœur auprès de vos fils et que l'on m'indique un coin pour dormir. Votre stupidité me fatigue !
S'excusant encore une fois, il accompagne Moïra.
Une jeune femme m'amène aux quartiers que l'on m'a réservés.
Je ne vois que le grand lit qui me tend les bras. Cela aurait pu être une botte de paille, cela aurait été pareil tant je suis épuisée.
Plus tard, je chercherai à qui appartient cette voix, pour le moment je veux juste dormir.
Je retire juste mes bottes, pose la tête sur l'oreiller pour m'endormir aussitôt.

Du côté des garçons

Archibald

Nous avions pensé mourir et nous nous étions réveillés quelques jours après bien vivants, en Féerélia.
Nous avions appris notre apparition dans le château par notre père ainsi que la fermeture inexpliquée des portails.
Depuis, nous avions beaucoup parlé mon frère et moi, encore aujourd'hui nous étions disputés toujours au même sujet : Moïra.
Fergus me reproche de lui avoir menti à propos de mon mariage avec la fille de Néerélia. Moi, j'estime que j'ai juste oublié de mentionner ce fait.
Nous sommes surpris par le remue-ménage. Nous avions du mal à reprendre des forces, du coup nous sommes souvent au petit salon.

Un médecin de l'Atlantide avait soigné tout le monde trouvant bizarres nos blessures.

On nous a appris que tous nos camarades avaient été touchés par la même chose et impossible de régénérer comme d'habitude, ce qui nous laisse perplexes.

L'atlante se retrouvant piégé sur notre monde avait mis son savoir à notre disposition. Sans portail, notre monde était coupé de tout.

Nous ne pouvions être envahis, mais ça privait les gens de rentrée chez eux ainsi que le commerce de fonctionner. Combien de temps pourrions-nous vivre sur nos réserves ?

Vu le chambardement, nous pensions qu'une solution avait été trouvée. En avisant un jeune homme, nous lui demandons de se renseigner

Il revient moins de deux minutes après. Blanc comme s'il avait vu un fantôme :

– Elle est revenue ! Elle est revenue !

– Qui ? Lui crie Fergus. Mais parle, bon sang. Parle. Qui est revenu ?

– Macha. Dit-il

– Impossible !

Disons-nous en même temps, nous avons vu de nos yeux la déesse retournée dans l'arbre. Aussitôt, nous attrapons nos armes, certains d'une embuscade ou d'une usurpation.

Quand Kiel rentre dans le salon avec la jeune femme, nous restons cois tous les deux. Ensemble, nous prononçons son prénom :

– Moïra !

Elle nous sourit et se jette sur nous en pleurant

– Mais, que fais-tu ici !

Fergus pince les lèvres, le regard dur

– Quoi ? Qu'est-ce que j'ai fait encore ?

– Les gens normaux disent bonjour en premier lieu. Ne vois-tu pas qu'elle est bouleversée et épuisée ?

Ce tournant vers notre père :

– Père, je suis étonné que vous n'ayez pas pris soin de la princesse. Voyait son état de fatigue, elle tient à peine sur ses jambes !

D'une petite voix, elle proteste :

– Je ne suis pas si fatiguée, encore moins princesse, Fergus. Seriez-vous plus malade que ce que l'on m'a dit ?

– Mademoiselle, il va falloir vous faire à cette idée. Vous êtes bel et bien une princesse, votre père a confié au nôtre Féerélia. Mais, ce sont vos parents qui ont créé ce monde, ce qui fait de vous au minimum une souveraine.

Prise d'un malaise à ses mots, mon frère la rattrape in extremis.

J'enrage, mais devant mon père je suis pieds et poing liés. Si j'esquisse un geste vers elle, je devrais lui expliquer que je suis amoureux de cette jeune femme et que je lui ai pris en plus sa virginité.

Je suis dans un marasme qui n'en finit plus. Et vu, la tête de Fergus ce n'est que le début de mes ennuis.

À sa demande, Kiel le précède dans les couloirs amenant aux appartements réservés pour la jeune femme et je les suis comme un petit chien.

J'ai de plus en plus cette sensation d'être un parfait toutou bien obéissant à qui l'on dit de s'asseoir, de manger, de dormir et d'épouser une femme qu'il n'a jamais vue

De mieux en mieux, je parle de moi à la troisième personne.

Le pire c'est que je ne peux rien dire sans générer une gaffe diplomatique énorme. Quoi que je fasse, je suis pris au piège.

Elle paraît si fragile dans ce lit

« Dit ? Je te connais ? »

– Qui a parlé ?

Tout le monde me regarde comme si j'étais fou, mais je n'ai pas rêvé, j'ai bien entendu une voix.

Tournant sur moi-même, je ne vois personne.

Mon père m'interpelle :

– Retourne te reposer ! Tu n'es visiblement pas en état de rester debout.

– Mais ?

– C'est un ordre !

Je retourne dans mes appartements en râlant, je ne suis pas fou.

J'ai bien entendu parlé, bon sang de bonsoir !

Pour leur faire comprendre que je ne suis pas si bien dressé qu'ils aimeraient le croire, je claque la porte. C'est puéril, mais cela fait du bien.

Fergus

Dès que je l'ai vue, je l'ai trouvée différente.
En entendant cette petite voix, j'ai tout de suite compris que les ennuis ne faisaient que commencer :
« Oh. Tu es quoi toi ? »
Ayant l'habitude d'utiliser la télépathie, je n'ai eu donc aucun mal à suivre les événements et entretenir une conversation avec cet esprit :
« Je suis un dragon et toi ? »
« Je ne sais pas ? Depuis que je suis ici l'on m'entend, avant les gens ne faisaient pas attention à moi. »
« C'est normal, tu es en Féerélia. Un monde créé par la magie, ici tout est possible ou presque. »
« Alors tout le monde peut m'entendre ? »
« Non, car tu dois tendre ton esprit vers la personne à qui tu t'adresses, tu me donnes une seconde s'il te plaît ? »
Sans attendre sa réponse, je me tourne vers Moïra. Après avoir expliqué ma façon de penser aux deux hommes de ma famille, je la vois défaillir.
J'ai juste le temps de la rattraper que la voix cesse immédiatement.
Serait-elle liée ? Si c'est le cas alors cela veut dire que...
Non, ce n'est pas possible. Ça ne peut pas être ça ! Je fais erreur, c'est obligé.
Je suis mon père qui m'amène aux appartements qui lui ont été préparés.
Soudain, Archibald se met à parler tout seul.
J'avoue être distrait par le malaise de la jeune femme, je ne prête pas attention à la dispute qui les oppose.
Elle a repris connaissance, elle est si pâle.
Est-elle au courant ? Et si ce n'est pas le cas dois-je lui dire ?
Perdu dans mes pensées, je ne réalise pas ce qu'il se passe autour de moi.
Il me regarde pensif, je ne cille pas devant son regard. Après tout, je n'ai rien à me reprocher.
Pourtant en entendant du bruit dans la chambre communicante, je

ne peux m'empêcher de sursauter. Encore plus en voyant qui en sort.
La brune que nous avions vue se battre à nos côtés. Celle-là même qui a poussé et même giflé Moïra.
Mon dragon se dresse en moi, il veut sortir pour punir la femme qui a osé la molester.
Je n'ai même pas réalisé m'être déplacé avant de me retrouver à vingt centimètres du sol.
Elle me fixe avec un sourire. D'un seul bras, elle me tient par la gorge.
– Hé bien ! Hé bien ! Qu'avons-nous là ? Tu es téméraire ou juste stupide ?
– Tu payeras pour chaque coup que tu lui as infligé ! Je le jure sur les cendres de mes parents !
Voilà ce que j'aimerais dire. Mais vu comme elle me serre, ça ressemble plus à :
– Argh raaa
Son éclat de rire est plus humiliant que n'importe quelles paroles
« Tu rigoles, tu ne sais pas à qui tu t'adresses ! » Finalement, la télépathie est plus facile, ce qui m'étonne c'est qu'elle me répond de la même façon
« Je pense que toi aussi, tu as la mémoire courte ! »
Moïra s'insurge :
– Repose-le, tout de suite ! Que tu t'en prennes à moi, je peux le comprendre, mais il ne t'a rien fait lui, s'il te plaît.
Elle souffle à peine ces mots. Comme si elle avait peur de son audace.
À ma surprise, la brune me repose. Elle n'a même pas eu l'air de fatiguer, ni même de souffrir. Pourtant, je ne suis pas un poids plume.
Mais qui est cette femme ?
Je me retiens de me frotter le cou, elle a toujours le même sourire comme si elle savait que je retiens mon geste.
Par les mondes, cette autosuffisance m'agace
« Ne t'inquiète pas, petit. Je fais cet effet à tout le monde ».
« Sortez de mon esprit. Si vous avez quelque chose à me dire, faites-le, à voix haute ! »
– Mais c'est qu'il est susceptible en plus !

– Ciara cesse de l'asticoter s'il te plaît. Je te présente Fergus, se tournant vers moi. Quant à toi, voici Ciara, ma sœur. Si vous pouviez cesser de vous comporter comme des enfants, je vous en serais reconnaissante. Monsieur, où est passé Archibald ?
Je suis surpris par le comportement de Kiel, il est plutôt avenant en règle générale. Seulement, il n'apprécie visiblement pas la jeune femme. Il lui répond sèchement :
– Mon fils est parti se reposer. Il n'est pas totalement remis. Or, il doit être rétabli pour son mariage !
– Père !
– Quoi ? Autant lui dire la vérité le plus vite possible. Qu'elle ne s'imagine pas que sa venue change quoi que ce soit.
– Je ne sais pas de quoi vous parler, mais je vois que vous indisposez Moïra. Je vous conseille vivement de sortir d'ici avant que je revienne sur ma décision de vous remercier de vos idées débiles !
Je suis outré par le comportement de Kiel. Il n'avait pas à annoncer de cette façon le mariage d'archi sans lui expliquer que c'est un mariage forcé.
J'en suis presque navré pour mon frère, je sais combien il l'aime. Pourtant, il se rangera du côté des mondes quitte à tout sacrifier. Je jette un œil à Moïra. Elle a l'air dévastée, mais elle reste droite. Elle force mon admiration et je ne l'en aime que plus encore.
« Je suis sincèrement navré qu'elle l'apprenne ainsi, mais il ne lui a pas tout dit. Quoique de toute façon, cela ne changera en rien sa décision, je suppose que vous souhaitez être seules toutes les deux ? »
Il m'a semblé plus facile d'utiliser nos esprits pour parler de tout ceci, je n'ai pas esquissé un geste attendant une réponse.
Baissant la tête, je vais pour sortir quand j'entends :
« Il a voulu dire quoi ? Est-elle souffrante ? »
« Vous ne le saviez pas ? Ce ne devrait pas être à moi de vous l'annoncer, seulement je pense qu'il est important qu'elle le connaisse la vérité. Elle est enceinte ! »
   « Mais ! Comment ? »
« À votre âge, je ne devrais pas à vous dire comment se font ces choses-là. »
Je n'ai pas pu m'empêcher cette remarque ni le sourire railleur.

Elle regarde sa sœur puis moi, je comprends qu'elle est inquiète. Elle n'a rien dit sur ma pique et le peu que je connaisse d'elle, cela ne lui ressemble pas.

« De combien ? Comment vais-je lui dire ? »

« Pas de beaucoup. Mais faites-le vite, très vite. Elle va avoir des décisions à prendre, je vous laisse. Si vous avez besoin de moi, pour n'importe quoi je suis à vos ordres ».

« Merci »

Moïra est toujours debout, comme statufiée. Elle ne réagit pas, nous avons conversé par télépathie sans qu'elle trouve notre silence suspect. Je ne sais pas ce qui me fait le plus mal. La voir ainsi ou alors le merci de Ciara, qui n'en a même pas eu conscience.

Je sors en fermant doucement la porte, elles ont beaucoup de choses à se dire.

CHAPITRE 14

Ciara

Je la regarde, je ne sais pas quoi faire. Si j'ai bien compris, elle est enceinte d'Archibald et j'ai le pressentiment qu'il ne stoppera pas son mariage pour autant.
La petite voix revient
« S'il te plaît, qu'est-ce qu'il y a ? Je me sens mal. Aide-moi, je t'en prie ! »
Elle a peur et ça me renvoie à un sentiment bien connu. Moi aussi j'avais ressenti ce sentiment, comme le rejet et la sensation d'être inutile.
C'est fini maintenant. Nous sommes deux, enfin trois. Je prends ma petite sœur dans mes bras où elle s'effondre en pleurant :
– Là, ma douce, pleure. Je serais toujours là, nous ne sommes plus seules. Quand tu iras mieux, je dois te dire quelque chose. Pour le moment, tu peux verser toutes les larmes de ton corps. Je n'irai plus nulle part sans toi !
Pour quelle raison étrange est-ce que je sais que je ne lui raconte pas de mensonge ?
Je ne pourrais plus être loin d'elles, car c'est bien ma nièce qui grandit en son sein et j'accepterais tout pour elles. Absolument tout.
Je lui caresse les cheveux pendant qu'elle évacue sa peine.
Avec son nez rouge et ses yeux pleins de larmes, elle trouve le moyen d'être encore plus belle. Elle serre mes bras de chagrin.
Je l'entraîne sur le lit. Après tout ça, elle dormira probablement et je veillerais sur elles.
Comme prévu, elle s'endort. Nous ne pourrons pas rester ici. Cet enfoiré ne voudra pas de l'enfant, c'est certain alors je réfléchis à notre avenir.
Le seul monde susceptible de faire alliance avec Kiel est l'Atlantide vu les nombreux procédés qu'ils ont importés en Féerélia.
Avalon est proscrite, j'ai essayé d'ouvrir un portail sans succès. Il ne

reste que la terre.

Mais rien ne me garantit l'époque dans laquelle nous arriverons. À plusieurs reprises, quand nous sommes rendus dans ce monde l'époque n'était jamais la même. Et le moins que l'on puisse dire, c'est que ses habitants sont hostiles.

Je réalise que je n'ai plus entendu la petite voix que je suppose être ma nièce, je me concentre et la trouve

« Tu vas bien ? »

Aucune réponse, je recommence plusieurs fois légèrement inquiète. Quand soudain :

« Oui, merci. J'écoutais les gens, ils sont bizarres ici. »

« Pourquoi ? »

« Ils voudraient voir un ange et un dieu, mais ce n'est pas possible. »

« Hum, hum. Et un embryon doué de télépathie non plus ? Cela dit, tu existes. Les hommes qu'ils souhaitent voir sont ton grand-père et mon ami. »

Le choc de cet aveu me saisit. Depuis quand n'ai-je pas considéré Mebahel comme mon ami ?

« Tu es triste ? »

« Oh oui. Si tu savais, mais c'est trop tard malheureusement. »

« Il n'est jamais trop tard. »

Elle me fait rire cette petite. Je me sens changer à son contact ou plutôt à leurs contacts, sa mère n'y est pas étrangère.

« C'est quoi une mère ? »

« Une personne qui donnerait sa vie pour toi. Et crois-moi, tu as la meilleure des mondes. »

« C'est toi ? »

Dans un éclat de rire, je lui réponds :

« Par les mondes ! Heureusement pour toi non. Je suis ta tante. Mais je serais toujours là pour toi, toujours. »

Un mouvement attire mon attention, Moïra est réveillée et me regarde :
– Pourquoi te moques-tu de moi ?

Décontenancée, je lui réponds :
– Je ne me moque pas, je parle avec ta fille.

Zut ! Super, moi qui voulais y mettre les formes. Elle me regarde comme si j'avais perdu la raison.

– Je n'ai pas de fille. Ce n'est pas drôle !

Me voilà bien. Comment vais-je lui annoncer ça maintenant ? Tant pis, je me jette à l'eau :

– Écoute-moi bien. Ce que je vais te dire te semblera fou. Seulement c'est bien réel, tu es enceinte. Attends, laisse-moi finir. Fergus la sentit et je suppose que l'autre andouille de Kiel aussi. Il te prend sûrement pour une intrigante :

– Mais non. Ils se trompent tous les deux. Je le saurais si j'attendais un enfant, je serais malade et OH !

Elle pose la main sur son ventre réalisant qu'elle avait souvent été barbouillée. Elle ferme les yeux :

– Je ne savais pas, que vais-je faire ? Est-ce que tu crois qu'Archibald sera heureux ?

Je ne dis rien. Quoi lui répondre ? Que pour lui, les mondes passeront toujours avant elles ?

Dans ses yeux, je vois qu'elle a compris ce que je n'ose lui dire. Je ne sais pas ce qui me retient d'aller casser la figure à l'autre Archinul.

– Qu'allons-nous faire ? Je ne veux pas rester là dans ces conditions.

– Je suis d'accord avec toi. Je voulais t'amener à notre père, mais impossible d'ouvrir le portail en Avalon.

Elle se lève et marche de long en large dans la chambre.

– Attends un peu, tu m'as dit que tu parlais à ta nièce. Mais elle n'est pas encore née, alors comment le pourrais-tu ?

– Alors ça aussi c'est un mystère même pour moi. C'est pour ça que je voulais voir Dagda, encore une fois c'est le dragon qui m'a informée de ta grossesse. Il ne m'a pas fallu longtemps pour faire le lien avec la voix que j'ai entendue en arrivant.

– Ho ! c'était pour ça tout à l'heure, dans la cour ?

– Oui, j'ai pensé à une ruse de l'autre sorcière. Mais je dois bien me rendre à l'évidence, c'est un esprit trop pur.

– C'est bien ma chance. Je ne peux pas être comme tout le monde. Non, je fais l'amour juste une fois et je tombe enceinte. Puis comme par hasard, mon enfant parle à tout le monde sauf à moi.

« C'est juste que tu ne veux pas m'entendre, c'est tout »

Surprises toutes les deux, nous regardons son ventre. Elle pose sa main dessus avec précaution comme s'il allait la mordre.

Je ne peux pas m'empêcher de rire :
– Tu sais, je connais peu de chose sur les bébés. Bien que le tien ne soit pas banal, je n'ai jamais entendu une histoire où celui-ci mordait sa mère à travers son ventre.
Elle me sourit puis un rire nerveux s'empare d'elle, je lui laisse le temps de se reprendre.
Cette enfant est bien plus puissante que je ne le pensais. Si elle est capable dans le ventre de sa mère de nous parler a toutes les deux !
– Tu sais, j'ai vraiment cru qu'il m'aimait ?
– Peut-être est-ce le cas ? Je dois te dire que niveau sentimental, je suis la pire conseillère des mondes.
Elle sourit à mon commentaire.
– Tu as ? Enfin, tu vois ? Est-ce que tu as ?
– Vas-y, crache le morceau. Est-ce que j'ai déjà eu un amant ? La réponse est oui, mais pour de mauvaises raisons. Je voulais faire du mal à quelqu'un et je m'en suis fait à moi-même, en définitive. Tu sais ce qu'il y a de pire dans tout ça ? C'est que j'aime quelqu'un à en crever et il n'en a même pas idée, sans compter qu'en plus je suis certaine que je le dégoûte.
– Il te l'a dit ?
– Non. Pas besoin, il suffit de voir comment il agit.
– Peut-être que tu trompes ?
– Tu sais quand tu suis une femme sans la toucher alors qu'elle te fait des avances ou lorsque tu traques ses amants leur mettant des corrections parfois définitives. C'est d'abord pour éviter les ennuis, ensuite parce que celle-ci se met dans des situations qui pourraient tous les compromettre.
– Où alors, ne sait-il pas comment te le dire ? Peut-être que comme toi il ne se sent pas assez bien pour toi ?
– Lui, pas assez bien ? Quelle hérésie ! Il ne m'aime pas, c'est tout.
– On parle bien de l'homme qui te couvait du regard avant que tu passes dans mon monde ? L'ange déchu ?
– Me couvait du regard. Dis-je en levant les yeux au ciel. Oui, c'est lui. C'est un ange alors il regarde tout le monde comme ça.
Elle me regarde longuement comme si elle était capable de lire en moi, je me sens mal à l'aise sous son regard insistant.

Et si elle avait raison, si je me trompais ?
J'ai déjà réalisé que j'avais été une piètre amie. Peut-être, n'ai-je pas vu les signes. Quand bien même je les aurais vus, est-ce que j'aurais été capable de les reconnaitre ?
Elle ne parle toujours pas, elle reste debout les mains jointes attendant sûrement que je finisse par comprendre.
– D'accord ! Tu as gagné, je me trompe sûrement. Le souci, c'est qu'il est coincé sur un monde et que je ne peux pas le rejoindre. D'ailleurs, il se passe quoi entre toi et le dragon ?
Elle rougit. Donc je ne me suis pas trompée, il y a bien quelque chose entre eux.
– Pour être honnête, je ne sais pas. Depuis petite, je le vois en rêve lui et ses parents, je te l'ai dit tout à l'heure. Alors quand je l'ai vu passer le portail, je savais que j'étais en sécurité avec lui. Mais ça ne fait pas comme avec Archibald mon cœur ne frissonne pas, il était paisible.
– Hum ! Oui. Encore une fois, je suis mal placée pour te donner des conseils, mais évite d'aller trop vite.
– Oh oui ! Ne t'inquiète pas pour ça, je ne suis pas près de retomber dans les bras du premier venu !
– Mais non, je n'ai pas dit ça non plus. Macha disait toujours que nous avons une moitié de nous quelque part, il suffit de la trouver. En revanche les ennuis avec la gent masculine, cela doit être de famille.
Nous rions toutes les deux puis nous cherchons une solution pour fausser compagnie à ce monde.
Nous pensons toutes les deux que Kiel va vouloir la garder, étant donné qu'elle est la descendante de Dagda et de Macha.
Ils ne doivent pas se douter que nous savons pour la petite, mais elle veut le dire à Archinul. Bon sang, je trouve que ce sobriquet lui va comme un gant.
Fergus ne la trahira pas. Je ne sais pas d'où je tiens cette certitude, mais je ne peux m'en défaire. Il l'aime trop pour lui faire du mal, elle n'est pas tombée amoureuse du bon frère. C'est bien dommage.
Il suffit de le regarder pour le comprendre, sa façon de la regarder comme il n'y avait pas d'autre femme sur terre ou sa proportion à vouloir la défendre au péril même de sa vie.
Elles pourront toujours compter sur lui et d'un côté cela me rassure. J'ai

beau être soi-disant immortelle, je n'ai jamais tenté de le vérifier.
Nous devrons nous procurer de l'argent terrien, décider où nous allons nous rendre puis trouver des papiers et des vêtements. Enfin toute une organisation qui va nous prendre du temps.
En attendant, nous décidons de ne rien dire pour éveiller les soupçons. Seuls Fergus et Archibald seront au courant.
Toute fois, pas de tout. J'ai posé des conditions, je me méfie de Kiel et de son fils qui lui est trop loyal.

Les jours passent et se ressemblent, je pars soi-disant explorer la région pendant que Moïra reste au palais. En faites, je me rends dans les hameaux voir des gens peu recommandables pour notre expédition.
Fergus est mitigé par notre plan, il a peur pour nous.
– Je persiste à dire que vous risquez des problèmes, deux femmes seules qui voyagent c'est bien trop dangereux.
– Lesquelles dragon ? Tu as peur que l'on me tue. Dois-je te rappeler ce que je suis ?
– Non, tu n'as pas besoin. Mais il n'y a pas que la mort. On peut vous voler, vous enlever ou même pire vous violer ! De plus, nous ne savons pas si Moïra est comme toi, être l'enfant de dieux ne fait pas d'elle pour autant une immortelle.
J'éclate de rire
– Bah ! dis donc tu as une image de ce peuple ravissant, dis-moi. Et puis je ne suis pas sotte, je sais déjà tout ce que tu me dis.
– Oh ! Ça va. Tu n'es pas la seule à t'être rendu sur ce monde, tu ne vas pas me faire croire que tu n'as pas remarqué leurs proportions à la violence. Je t'accorde qu'ils ne sont pas tous comme ça, mais comment allez-vous savoir si vous êtes à la bonne époque ? Ou même comment retrouver Féerélia ?
– Ça, c'est déjà fait. Il faut que je trouve une jeune femme du nom de Brigh, elle est capable de dominer le temps et le lieu du portail.
– Inconnu aux bataillons. Et si c'était une ruse ?
– Hé ! bien, on avisera.
– Ça ne me plaît pas ! Ça ne me plaît vraiment pas !
– Tu te répètes, à quel âge un dragon devient-il sénile ?
– Par les dieux. Ciara ce n'est pas un jeu ! Vous risquez vos vies.

Comment saurais-je que tout va bien ?
– Tu devras me faire confiance !
Nous avons pris l'habitude de nos joutes verbales, je l'apprécie. Mais plutôt mourir que de lui avouer.
Nous avons presque tout sauf cette fameuse femme.
Aux dernières nouvelles, elle avait été vue en Avalon. Ce qui n'arrange pas nos affaires, car ce portail était toujours clos.
Je les ai tous réparés sauf celui-ci qui me résiste sans savoir pourquoi. Pourtant j'essaie tous les jours, en vain.
Kiel et Archinul énervent Moïra. Elle me dit qu'ils lui parlent avec commisération quand je ne suis pas là.
Fergus l'a remarqué lui aussi, je sens émaner de lui des sentiments contradictoires.
Il aime sincèrement le jeune homme et son père. Quoique depuis un moment il se pose des questions sur ce dernier.
Et d'un autre côté, ses sentiments pour ma sœur se sont renforcés.
Et moi, dans tout ça ?
J'ai envie de leur exploser leur visage à coup de poing de plus en plus souvent.
Trois mois ont passé ainsi, demain nous partirons.
Moïra parlera à l'autre nul ce soir, le dragon restera à proximité.
Chaque matin, elle est malade et son ventre ne tardera pas à montrer le bout de son nez.
Il est de plus en plus difficile de faire taire l'enfant, elle a déjà créé de sacrés quiproquos. Nous arrivons à détourner l'attention, mais pour combien de temps ?

Moïra

Comment lui annoncer que je suis enceinte ? C'est une question qui repasse en boucle dans mon esprit.
Tout est prêt, nous allons bientôt partir. Je parle souvent avec ma fille. Elle ne comprend pas pourquoi certaines personnes lui ferment leurs esprits.
Je repense à ce que m'a dit Ciara :
– Si Kiki ferme son esprit. C'est qu'il a des choses à cacher !

– Tu vois le mal partout et par les mondes cesses de l'appeler ainsi, tu finiras par faire une gaffe devant lui.
– Trop tard ! M'avait-elle dit absolument pas gênée de l'avoir ridiculisée ainsi.
J'avoue que je ne l'aime pas. Et je me demande pourquoi Dagda lui a confié les mondes. Seulement, je ne veux pas jeter de l'huile sur le feu, il me déteste sans que je sache pourquoi.
Rien que quand il me regarde, on sent la haine qu'il a envers moi. Si ses yeux pouvaient lancer de l'acide, je serais morte à l'heure qu'il est.
Je suis consciente que je cherche à gagner du temps, mon instinct me dit que cette conversation va être houleuse et douloureuse. Je me dirige vers ses quartiers et frappe énergiquement à sa porte.

   Il m'invite à rentrer, mais dès qu'il voit que c'est moi il se rembrunit :
– Que veux-tu ?
Je reste quelques instants, silencieuse. Je savais que notre entrevue serait tendue, mais je ne m'attendais pas à ce qu'il soit désagréable. Je n'ai rien fait pour ça. J'ai beau réfléchir, je ne vois pas ce qu'il me reproche :
– Pourquoi me parles-tu ainsi ? Qu'est-ce que je t'ai fait ?
– Ta seule présence ici est suffisante. Tu pensais pouvoir venir ici et voir tout le monde à tes pieds ? Perdu. Père, a vu clair dans ton jeu !
– Tu penses vraiment ce que tu dis ?
Je scrute son visage, je me serais totalement trompée sur lui ? Je suis en colère contre moi-même d'avoir cédée si facilement.
– Vous vous trompez. Je n'attends rien de vous, je ne veux rien à voir à faire avec votre monde. Pour moi, il m'a coûté ma famille, mais nos actes ont eu des conséquences. Je suis enceinte.
– Et bien sûr, je suppose que c'est moi le père ?
Je suis estomaquée. Ma voix prend un ton doucereux :
– Tu veux dire quoi par là ?
– Oh. Tu m'as très bien compris. Tu joues les vierges effarouchées, mais qui me dit que cela est vrai ? Avec tes pouvoirs, tu as pu me duper aisément. Je ne veux pas de ton petit bâtard !
« C'est quoi un bâtard ? »
Savoir que mon enfant a entendu ce mot me fait basculer :

– Tu te prends pour qui ? Toi et ton père n'êtes rien ! Si Dagda ne lui avait pas offert les mondes. Vous seriez où, hein ? Et ce serait mon enfant, la bâtarde ?
Ma main claque sur son visage en laissant une trace rouge.
– Tu vois ! Père à raison, tu réclames l'exclusivité des mondes.
– Mais je m'en fous de tes mondes, de tes portails et même de ton père. Depuis que je suis arrivée, je n'ai eu le droit qu'à des remontrances et des piques. Trois mois sans une marque de gentillesse, je me suis faite discrète et pourtant chaque soir je pleure dans mon lit. Je t'ai donné ce que j'avais de plus précieux et tu m'as salie, blessée.
– Allez ! sortez les mouchoirs. Toi et ta sœur jouez les princesses conquérantes, mais vous ne dupez personne.
– Tu sais quoi ? Va te faire voir !
Je vais pour claquer la porte avant de m'écrouler en larmes, quand je l'entends dire :
– J'espère que tu perdras cette erreur de la nature.
Je me retourne livide, le fixe en espérant m'être trompée. Je dois me rendre à l'évidence, cet homme est la pire des ordures que les mondes ont vues naitre.
   Je pars en claquant la porte avec mon pouvoir.
Je mets tellement de force dans celui-ci que les murs du château se lézardent et que sa porte explose.
J'arrive dans nos quartiers et dit à Ciara :
– On part ce soir. Je ne veux plus voir ces sales types !
– Mais Fergus ?
– Je ne veux plus jamais entendre parler d'un homme, tu m'entends. JAMAIS !
Elle ne me dit rien, mais je sens sa désapprobation. Je suis sûre qu'elle l'informe par télépathie que nous partons.
Nous nous changeons et nous nous engouffrons dans le portail sans un regard en arrière pour ce monde que je déteste.

Fergus

   Je sens l'esprit de Ciara effleurer le mien. Je suis surpris, car ce n'est pas son habitude :

« Il y a un problème ? »

« Je pense oui. Moïra revient des quartiers d'Archinul. Elle est furieuse et en même temps extrêmement malheureuse. Je ne sais pas ce qui lui a dit ou fait. Mais elle veut partir immédiatement. »

« Non, attendez ! Ne partez pas comme ça ! »

Trop tard. Juste avant de passer le portail, je sens le petit esprit me demander :

« C'est quoi un bâtard ? J'ai demandé, mais je n'ai pas eu de réponses ».

« Où as-tu entendu ce mot ? »

« C'est Archibald qui l'a dit tout à l'heure »

Je n'ai pas le temps de lui répondre, les jeunes femmes ont dû passer le portail.

Par contre, il y en a un qui va m'entendre.

Je regarde autour de moi, plus rien ne me retient ici.

Je ne sais pas ce qui s'est passé ou à quel moment Kiel a changé, mais je ne veux rien avoir à faire avec ces gens.

Avant, je vais régler mes comptes avec celui que je considérais comme mon frère.

Pas besoin de frapper à sa porte, il n'en a plus. Effectivement, Moïra devait être furieuse pour réagir ainsi :

– J'espère au moins que tu es fier de toi ?

– Tu ne vas pas t'y mettre toi aussi !

– Pourquoi avoir traité ton enfant de bâtarde ?

Il pâlit. Cherchant une excuse je le vois bien, je le connais par cœur.

– Je ne suis pas Moïra ni notre père. Alors, fais-moi grâce de tes mensonges.

– Oh la paix à la fin ! Elles seront bien mieux loin de tout ça.

– Tu étais obligé de te montrer odieux pour qu'elles partent ? Ou est-ce juste un petit plaisir que tu t'accordais ?

– Mais tu vas me lâcher avec ça, bon sang ! Toi-même, tu as vu le comportement de Kiel. Elles auraient été en danger ici. De plus si je m'étais montré doux et compatissant, elle se serait accrochée à moi !

Je ne peux cacher le dégoût qu'il m'inspire.

À quel moment a-t-on remplacé l'homme honnête et droit qu'était mon frère par celui devant moi ? Un être froid et calculateur.

– Tu sais quoi j'avais prévu de me battre avec toi, voire de crier. À quoi

bon ? Tu ne vois même pas que tu as perdu ce qu'il y a de plus précieux dans ta vie.
– Bof, des rejetons Némésis pourra m'en donner sans problème ! Quant à elle, cela lui fera une expérience. Elle ne se jettera plus au cou du premier venu !
Je le dévisage et dire que j'aurai pu sacrifier ma vie pour lui. Mon dragon est comme moi, perdu.
Je ne peux empêcher une dernière remarque, qui sait peut-être réagira-t-il ?
– Tu sais quoi ? Au fond, je te plains ! Au cas où cela t'intéresse, je pars. Tout compte fait, Ciara avait raison, Archinul te va comme un gant.
Aucune réaction, il me regarde sans un mot. Pas une seule émotion ne transpire de sa personne.
Je le laisse sans un regard en arrière. Je récupère mes affaires et passe le portail en souhaitant que celui-ci me conduise auprès des jeunes femmes.

Archibald

   Leur jouer la comédie est plus dur que je l'imaginais, Kiel m'a convaincu qu'il le fallait pour leurs sécurités.
Nous avons découvert un réseau d'espions.
La seule personne à qui je peux parler, c'est ma fille.
Pourtant son esprit est trop jeune pour lui parler de Morrigann et du danger qu'elle représente ou de la guerre imminente.
Cette sorcière a déjà corrompu pas mal d'atlantes.
Est-ce que mon mariage avec la fille de Néerélia évitera la guerre ? Je n'en suis pas sûr.
Je les ai espionnés, je suis au courant qu'elles se rendent sur terre. J'ai même facilité leurs démarches usant de mon rang pour leur fournir des papiers de qualité.
Là-bas, elles seront en sécurité surtout avec Fergus.
Trois mois, que je joue l'indifférence alors que je crève d'envie de la prendre dans mes bras, de caresser son ventre où grandit mon enfant !
J'imprime son visage dans ma mémoire.

Chaque fois qu'elle est triste, j'ai l'impression qu'on me transperce le cœur aux fers rouges. Même le chien d'acide de Morrigann n'avait rien à envier à cette torture.

Seulement, ce soir a été le pire de tous. L'esprit de ma fille était tourmenté de ma réaction ainsi que de la tristesse de sa mère pourtant je devais me taire.

Je devais lui jeter ses horreurs au visage et à lui aussi.

Voir le dégoût sur le visage de mon frère ou de l'amour de ma vie est un trop lourd tribut à payer pour des gens que je ne connais même pas ! Entendre les suppliques de mon enfant est une torture que je n'oublierais jamais.

Voilà, ils sont tous partis. Et moi je suis seul, désespérément et à jamais seul avec mes souvenirs. Ma mémoire me rejouera en boucle le jour où j'ai sacrifié à la foi l'amour de ma vie, mon frère et mon enfant.

Après tout, la mort serait peut-être plus douce. J'en viendrais presque à prier que les espions de Morrigann me suppriment.

Par les dieux ! Si vous avez une once de pitié, achevez-moi de suite.

CHAPITRE 15

Moïra

Nous nous retrouvons dans un champ. Un peu perdue dans ce nouveau monde, je ne sens presque pas la nature.
– Quel drôle d'endroit ! Tu ne trouves pas ?
– C'est la terre, toutefois je ne suis pas tranquille. Nous ne nous sommes pas sur l'espace temps auquel je pensais quand j'ai ouvert le portail. Nous allons nous changer et cacher nos affaires ici.
Elle me montre un bosquet, je ne l'interromps pas malgré mon inquiétude. Nous sommes vêtus avec des pantalons bleus en tissus épais qu'elle appelait jeans et d'un pull.
Elle me tend une jupe ainsi qu'une chemise, un petit gilet noir puis des espèces de mini vêtements.
Je l'imite sans rien dire ne voulant pas avouer que je ne sais pas comment me vêtir seule.
Puis sans me regarder, elle me donne des chaussures à talon.
Se tournant vers moi, elle s'esclaffe :
– Ma parole, il faut vraiment que je pense que tu n'es pas habituée à ces changements d'époque et de style vestimentaire.
Et elle rit de plus belle.
Je la regarde sans comprendre. Un peu vexée, je l'avoue. Cet attirail n'est pas pratique du tout.
Ne voulant pas nous retarder, j'ai enfilé la chemise et une espèce de chose qu'elle appelle soutien-gorge dessus. Puis la jupe et les protections de chaussures sur celle-ci.
– Vraiment, c'est inconfortable. Je comprends à présent pourquoi les femmes de ce monde ont opté pour le jeans. Mais arrête de rire à la fin !
– Oh pardon ! Excuse-moi. Mais...
Elle est pliée de rire, les larmes coulent sur son visage. J'ai encore fait une bourde, j'en suis sûre.
– Allez, dis-moi pourquoi tu ris comme ça. J'ai mal fait quelque chose, mais quoi ?

Elle s'approche de moi en riant :
– Oh par les mondes ! Ne change pas. Tu m'amuses trop.
– C'est de l'ironie, hein ? Oui ! Je vois bien que tu ris à mes dépens. Oh ! la barbe tient. Aide-moi, au lieu de rire comme une bécasse !
– Allons, ne t'énerve pas. Tu es trop mignonne comme ça. Peut-être vas-tu donner un style ?
Voyant mon air renfrogné, elle me prend dans ses bras.
– OK, je vais t'aider. C'est dommage, je suis sûre que tu aurais une carrière dans le comique. Me dit-elle avec un clin d'œil.
Elle m'explique alors l'usage des sous-vêtements. Bien qu'elle m'avait déjà enseigné différentes choses comme les culottes, je reste perplexe à l'idée du « soutien-gorge » et des « chaussettes ».
– C'est bizarre quand même. Pourquoi ne pas se couvrir toute la jambe ?
– Tu sais dans ce monde ? Ils ont des idées farfelues, bientôt les femmes les brûleront.
Me dit-elle, en me montrant les dessous en question.
– Oui, étranges ! Est-ce que je dois savoir autre chose ?
– Évite de parler, laisse-moi faire et...
Tout un coup, elle est interrompue par un bruit strident qui la fait pâlir.
– Qu'est-ce que c'est ?
– Bordel. Par les mondes, j'espère que je me trompe sinon nous n'aurions pas pu tomber sur une pire époque que celle-ci. Quoiqu'il se passe, tu ne dis rien, tu m'entends. Absolument rien !
– Tu me fais peur.
– Tu as raison d'avoir peur. Je ne pourrais pas ouvrir un autre portail de suite, il faut que je comprenne pourquoi nous sommes arrivées à ce moment précis.
Je ne sais pas par quel miracle nous arrivons à nous entendre. Le bruit est assourdissant, nos affaires mises en lieu sûr je la suis.
Je sens sa peur, elle est presque palpable. Et la connaissant maintenant pour qu'elle soit ainsi terrifiée le danger doit être horrible.
Nous marchons en silence puis elle se déplace en regardant de droite à gauche.
Subitement, le silence est coupé par un grondement atroce. Elle court de plus belle et je l'imite. Je suis effrayée, quel est ce bruit ?

C'est comme si le tonnerre déchirait la terre, celle-ci se met à trembler.
L'odeur est suffocante, ça pique les yeux, la fumée commence à envahir les lieux.
Au loin, je vois un village. Nous prenons la direction de celui-ci quand elle me pousse brusquement :
– ATTENTION !
Je fais une roulade sur moi-même. Là où je me trouvais il y a quelques secondes maintenant c'est un trou. Plutôt une crevasse.
– CIARA ! CIARA !
Je l'appelle sans la voir, à ma peur s'ajoutent à présent des larmes.
Je me redresse en entendant sangloter à proximité. Je réalise que je n'ai même pas pensé à l'enfant que je porte depuis notre arrivée.
Si je pouvais, je prendrais mes jambes dans mes bras et je me bercerais. Mais impossible, je dois retrouver ma sœur.
Est-ce que c'est elle qui pleure ? Non ! On dirait une enfant ?
Je rampe jusqu'au trou et là se trouve une fillette d'environ 10 ans qui pleure en serrant contre elle un pot gris.
J'hésite, que dois-je faire. Je ne vois ma sœur nulle part.
Je regarde la petite qui ne m'a pas vu. Que faire ? Je pense à ma fille qui grandit en moi. Un sentiment bizarre s'empare de moi.
Faisant fi de ma peur, je glisse dans le trou à ses côtés la faisant sursauter, ses yeux sont agrandis par la peur.
– Coucou ! Moi, c'est Moïra. Hé ! il pleut des choses bizarres dans votre coin ?
Elle me regarde méfiante. Alors qu'un autre bruit nous fait sursauter.
– Tu as peur toi aussi ? Me demande-t-elle.
– Oui ! avouais-je dans un souffle.
Sans que je l'aie remarqué, elle s'est approchée de moi. Glissant sa petite main dans la mienne en me faisant un petit sourire en disant :
– On peut avoir peur ensemble ? Maman dit qu'à plusieurs, on est toujours plus fort.
– Ta maman a bien raison, la mienne me disait pareil.
Je lui rends son sourire et nous nous blottissons l'une contre l'autre.
Au bout de quelques secondes, elle rajoute :
– Maman ne sait pas que je suis partie. Elle va s'inquiéter. J'ai désobéi à Thérèse, elle aide maman et mes tantes à s'occuper de moi et de la

maison, car papa est à la guerre. Je voulais les aider alors j'ai chipé le pot pour aller chercher le lait à la ferme. Je ne pensais pas que les avions allaient nous bombarder. C'est joli, ton prénom. Mais tu as un drôle d'accent, tu viens d'Angleterre ? J'ai entendu les grands en parler, ils sont libres là-bas, je crois ?

Je souris devant son flot de paroles. Je suis pareil quand je stresse, je dis tout ce qui me passe par la tête.

Je suis sûre qu'en temps normal, elle ne m'aurait même pas adressé un mot. Pourtant la peur lui délie la langue.

Elle est vraiment jolie avec ses boucles châtains qui encadrent son petit visage rond, ses yeux couleur d'ambre me dévisagent.

Tout à ma réflexion, je n'ai pas entendu ce qu'elle me disait :

– Pardon. J'étais dans mes pensées, tu m'as dit ?

– C'est toi qui as crié tout à l'heure ?

– Oui ! Je cherchais ma sœur, nous avons été séparés.

Elle me regarde gravement. Combien d'horreur cette fillette a-t-elle pu voir pour me fixer ainsi ?

– Elle est peut-être évanouie ?

– Oui, cela doit être ça ou elle s'est cogné la tête.

Me regardant attentivement, elle ajoute :

– J'ai raison, hein. Tu n'es pas d'ici ?

Me rappelant ce que ma sœur a dit, j'hésite

– Ne t'inquiète pas ! Je ne dirais rien, de toute façon on ne me croit jamais. M'avoue-t-elle en riant.

Quel courage ! Je suis adulte et je meurs de peur. Alors qu'avec une simple phrase elle me rassure. Pourtant c'est moi l'adulte.

Je ne sais pas combien de temps nous sommes restées main dans la main à sursauter à chaque « bombe ».

Alors que la sirène retentit encore une fois je la regarde terrifier à l'idée que quelque chose de pire arrive. Quoi que l'on fasse difficilement pire qu'un bombardement, c'est le terme qu'elle a employé, il me semble.

La fumée est partout. Ma gorge et mes yeux me piquent, pourtant je suis l'enfant hors de notre cachette.

Tout n'est que désolation, des trous semblables au nôtre se retrouvent un peu partout.

Au loin, le village est en feu. Je cherche Ciara des yeux à travers les

nuages de poussières et de fumées.
Une petite main se glisse dans la mienne à nouveau
– Je vais devoir y allez. Ma maman va me chercher. Merci, madame, merci d'être restée avec moi.
– De rien, ma chérie. Mais, je m'appelle Moïra, pas madame.
Je lui adresse un clin d'œil et elle me répond en souriant son visage noir de suie et pourtant toujours aussi joli :
– Moi, c'est Andrée. Merci, Moïra.
Et elle part en courant me laissant seule.
Soudain, j'entends quelque chose. Un fol espoir m'étreint et je cours en direction du bruit.
– Ciara ? C'est toi ? Par les mondes, pourvu que ce soit elle.
– Arrête avec cette expression à tout bout de champ, ça va finir par sembler curieux !
Je me jette dans ses bras, sans vérifier si je risque de la blesser trop heureuse de la savoir en vie. M'apercevant qu'elle avait pris une place énorme dans mon existence.
Les larmes coulent sans que j'en aie conscience ou que je les repousse. J'ai eu si peur d'être seule dans ce monde, de me retrouver anonyme au milieu d'inconnus.
– Houla, je n'ai rien. Ne te fais pas de souci comme ça ! Je ressens ton stress depuis tout à l'heure, mais j'avais peur d'effrayer l'enfant qui t'accompagnait. Où est-elle d'ailleurs ?
– Elle est retournée auprès de sa mère. Tu aurais pu me faire un signe ou me parler comme tu le faisais avec Fergus ?
– J'y ai pensé, mais je n'avais pas envie de t'entendre hurler de peur en m'entendant dans ta tête.
– Non, je n'aurais pas hurlé, tu..
Je ne finis pas ma phrase, elle me regarde un sourire en coin. Elle n'a pas tort, j'aurais peut-être même défailli sous l'émotion.
– Tu n'en as pas marre d'avoir toujours raison ?
Elle fait semblant de réfléchir et dans un éclat de rire me répond :
– Non ! J'avoue, c'est très plaisant. Partons, nous sommes des proies faciles ici. Je te résume sur ce monde, il y a eu plusieurs guerres, dont deux, à cause du même homme.
Celui-ci voulait créer une race supérieure. Tous ceux ou celles qui ne

correspondaient pas à ces critères étaient exécutés sans aucune pitié.
Nous allons devoir nous cacher et nous faire plus petites que ce que je pensais. Les femmes d'ici sont peu écoutées, voire totalement ignorées. Et à la langue de la fillette, je dirais que nous sommes en France.
Je l'avais écoutée sans rien dire, tout en frémissant à ce que j'imaginais de cette civilisation.
Pourquoi tant de haine et de douleur ?
Je ne dis pas que le mien soit meilleur, mais j'avais espéré être en sécurité. Déçue, je suis ma sœur en silence.
Elle si forte et courageuse. Est-ce que ma fille lui ressemblera ? Ma main caresse mon ventre spontanément.
« Il vaut mieux qu'elle te ressemble. Si elle ressemble à son père ou à moi, la pauvre enfant finira célibataire et aigrie ».
J'ai sursauté en l'entendant dans ma tête, quoique fière de moi de ne pas avoir hurlé.
« C'est bien ! Il va falloir que tu apprennes à te faire confiance. Respire calmement et pense à moi, à ce que tu voudrais me dire. »
Cet exercice me permet de ne pas regarder autour de moi. Je suis certaine qu'elle a fait
exprès, l'odeur du sang est partout. Et il y en a beaucoup.
Qu'est-ce que ce bruit, un râle ?
Nous courons vers deux corps, un homme et une femme dans la trentaine. Ils se tiennent par la main perdant beaucoup de sang.
– Vite, vite. Me dit-elle. Sers-toi de ton don. Nous allons voir si ici, ils fonctionnent toujours.
– Mais tu as dit que l'on devait être discrète ?
– Tu serais capable de les laisser mourir ici sans rien tenter pour les sauver ?
– Non. Tu crois qu'ils vont vraiment ?
À peine sorti de ma bouche, je me rends compte de la stupidité du propos ne finissant pas ma phrase.
La femme a le ventre ouvert et l'homme souffre à plusieurs endroits. Je m'assois à leurs côtés pendant que Ciara leur parle doucement, on dirait presque qu'elle les hypnotise.
Je passe mes mains sur le corps de la femme en répétant trois fois :

Par la terre et par l'eau,
Par l'air et par le feu,
Entendez mon vœu,
Source de vie et de lumière,
Source du jour et de la terre,
Moi Moïra, je vous invoque ici
Guérissez son corps et son esprit !

Comme la dernière fois, une douce lumière jaillit de mes mains. Je passe ensuite à l'homme en refaisant la même chose.
Je reste plus longtemps pour lui. Je visualise les différentes blessures. Je n'y connais rien en anatomie pourtant dans mon esprit, je vois chaque muscle, chaque organe, chaque os se réparer.
– Voilà, ils sont sauvés. À peine ai-je prononcé ses mots qu'un malaise me gagne et je m'évanouis, la main posée sur mon ventre.
– Je veille sur toi maman !
Enfin ! j'ai entendu ma fille. Les ténèbres tombent sur moi avant d'avoir pu m'en réjouir.

Ciara

Je l'ai écouté parler à l'enfant tout en revenant à moi. Elle fera sans conteste une mère merveilleuse et attentive.
Je pourrais utiliser la télépathie pour lui dire que je vais bien. Le souci, c'est qu'alors elle sera détendue et la fillette trouverait cela étrange. Il faut vraiment que l'on parte de cette époque.
Si elle est comme Dagda, elle va vouloir sauver tout le monde. Et nous ne devons pas intervenir.
Je suis sûr que les nombreux sauvetages du dieu qui nous sert de père vont troubler les générations futures. Pas besoin d'en rajouter.
Mebahel trouvait ça drôle lui. Dans le futur où nous nous sommes rendus, nous avons vu plusieurs dessins. Bandes dessinées qu'ils appellent ça et souvent les deux hommes sont dessinés sous les traits de super héros.
« Angel » ou « Faucon » avait beaucoup de points communs avec l'ange. Et Dagda était la copie conforme de leurs bandes dessinées :

« Thor ».

Si les terriens savaient que leurs super héros étaient probablement des hommes ou des femmes venant des mondes cachés, ils seraient moins confiants. Quoique avec eux l'on peut s'attendre à tout.

En attendant, je reste sans bouger à passer mentalement toutes mes blessures en revue. Ça va, cela aurait pu être pire.

Bombe : Zéro Ciara : Un. Me dis-je en riant.

La deuxième sirène signifie la fin du bombardement.

Comment veulent-ils que les gens soient rassurés avec un tel vacarme ?

Je me lève et cherche ma sœur, m'enveloppant d'un charme pour me rendre invisible.

Pas besoin que quelqu'un me colle une étiquette de super héroïne en me voyant sortir ainsi d'un trou d'obus à peine décoiffé.

Prise d'un vertige, je m'assois par terre. Ma tête me fait mal, je ne suis pas si résistante que ça finalement.

Brusquement, Moïra se jette sur moi en pleurant, je comprends que c'est son stress qui me donne la migraine. Super, comme si je n'avais pas assez que ma propre santé à gérer.

Nous discutons toutes les deux, je ne cesse de plaisanter lorsqu'elle est à mes côtés. Si cela continue, on pourra même dire de moi que je suis sociable.

Je lui dresse un topo vite fait. Pas besoin de lui dire dans le détail toutes les horreurs de cette époque. Nous nous levons pour chercher un abri.

En voyant tous les morts autour de nous, je me dis que je devrais l'entraîner à la télépathie.

De cette façon, elle ne pensera pas à ce qui nous entoure.

Cela fonctionnait plutôt bien, jusqu'à ce que je découvre ce couple.

Avant, je les aurais laissés là sans un regard pour eux.

Seulement, elle m'a profondément changée. Je ne pourrais sûrement plus passer à côté de la mort sans souffrir moi-même.

Elle me renvoie mes conseils au visage. Elle a raison, mais je n'arrive pas à m'y résoudre.

À l'aide d'un charme, je les tranquillise. Je ne sais pas si elle y arrivera, ils sont plus touchés que je ne le pensais.

Pourtant à ma grande surprise, son don agit encore une fois.

Elle ressemble tant à un ange que j'en oublie de maintenir les jeunes

gens en sommeil
– Voilà, ils sont sauvés. Me dit-elle.
Je comprends trop tard qu'elle a donné trop de son énergie quand elle pose la main sur son ventre, j'entends l'enfant dire :
– Je veille sur toi, maman !
Et elle glisse dans l'inconscience, si l'homme ne l'avait pas retenue elle se serait tapé la tête contre la route.
Je suis saisi de stupeur en constatant qu'ils nous regardent comme s'ils voyaient des divinités en personne.
– Et merde !
Il n'y a rien à faire, plus je suis stressée et plus j'utilise le langage des différents mondes où je me trouve.
– Qui êtes-vous ? dit l'homme d'un ton brusque.
La femme lui répond sur le même ton :
– Des anges, imbéciles ! Tu vois bien que ce sont des anges.
Je suis prise d'une crise d'hilarité soudaine et malvenue compte tenu de la situation.
– Un ange qui rit de toi. Tu crois vraiment que cela existe ? Demande l'homme décontenancé devant ma crise de rire.
Ils me regardent tout les deux dubitatifs. En essuyant mes larmes, je leur réponds :
– Je ne sais pas si cela existe. Cependant, je n'en suis pas un, ma sœur non plus. Maintenant que vous allez mieux, nous allons reprendre notre route.
– Merci du fond du cœur, sans vous deux nous serions morts. Donc ange ou pas, nous vous sommes redevables. Demandez-nous tout ce qui vous plaira.
Je regarde l'homme qui m'avait mis son cœur à nu :
– Je vous prends au mot. Nous venons d'arriver et avons besoin de nous mettre à l'abri. Par ailleurs, si vous pouviez me donner le nom de la plus grande ville proche d'ici. Je vous serais reconnaissante, car nous nous sommes perdues.
Pas besoin de les troubler encore plus en leur disant :
« nous avons passé un portail et nous ne venons pas de ce monde ».
Je sais qu'ici mieux vaut être prise pour un ange que pour des sorcières, je n'ai pas envie d'être brûlé en place publique.

– Nous partons en Amérique, vous compreniez que nous ne voulions pas rester ici en ces temps troublés. La ville à proximité est Cherbourg. Vu les événements, il va sans dire que nous vous laissons notre modeste maison de Tourlaville. Nos voisines sont des gens charmants, une femme avec son enfant qui tient une petite épicerie, les sœurs d'Yvonne lui donnent un coup de main. Son mari ayant été fait prisonnier. Suivez-nous, nous allons vous montrer le chemin.
Il prend d'autorité ma sœur dans ses bras. Avisant les malles sur le bord de la route, j'aide la femme qui me dit surprise :
– Vous êtes d'une force incroyable. Jacques la remplit au point que j'ai bien cru que le poids de celle-ci le ferait chuter.
Un peu embêté par ma bévue, je me rattrape :
– Cela doit être l'adrénaline, j'ai eu tellement peur pour ma sœur.
– Dites-moi. Tout à l'heure, vous n'avez pas entendu quelqu'un d'autre ?
– Hum, non. Pourquoi ?
– Pour rien. Il m'a semblé avoir entendu : « je veille sur toi maman ». J'ai dû rêver. Comme quand j'ai cru que j'allais mourir, le ventre ouvert en deux sur la route. Ajoute-t-elle avec un clin d'œil.
C'est bien ma veine, je tombe sur une perspicace. Plus gênant encore si elle a entendu la petite alors c'est qu'ici aussi ses pouvoirs s'éveillent. Bazar de bazar ! Je ne vais pas avoir un seul instant de répit.
Moïra reprend connaissance dans les bras du jeune homme. Paniquant, elle m'appelle. Je me presse à ses côtés pour qu'elle ne fasse pas d'erreur :
– Alors, la belle au bois dormant. Je t'avais dit de te restaurer sous peine de t'évanouir, tu n'en fais qu'à ta tête. Dieu merci, ce jeune couple va nous venir en aide.
Comprenant la situation, elle hoche la tête me signifiant qu'elle m'a compris.
– Ce couple nous a pris pour des anges, c'est rigolo n'est-ce pas ?
– Oui, très. Nous n'avons pas d'ailes pourtant.
Voyant qu'elle jouait le jeu, je me tourne en souriant vers l'homme :
– Jacques, si vous me permettez que j'utilise votre prénom ? Vous pouvez poser ma sœur, vous savez comment sont les jeunes filles avec leurs « régimes ». Dis-je en mimant les accents.

– Oui, si vous le dites.
Il la repose soigneusement. Il n'osera pas me dire que je mens, mais il n'en pense pas moins. Sa femme nous dévisage toutes les deux.
– Vous trouverez des tenues dans nos armoires, nous dirons que vos malles ont été perdues et que vous descendez de Paris pour garder notre maison en notre absence.
Subtils. De cette façon, nous sommes légitimés à rester dans leur demeure. De plus étant de la capitale personne ne s'étonnera de nos « bizarreries ».
– Merci.
Jacques nous regarde attentivement et prenant nos mains, il rajoute :
– C'est à nous de vous dire merci, vous pouvez le nier, mais nous savons que nous étions mourants. Faites attention à vous, c'est un petit village, mais la guerre rend les gens bêtes et méchants.
– Pas besoin de la guerre, malheureusement. Rajoute sa femme d'un air triste.
Je comprends qu'on a dû leur faire du mal.
Quelle est la raison de leur fuite ? Leur religion ? Ou autre chose ?
Comme il la dit, il ne fait pas bon vivre en France en ce moment. Il faut vraiment que nous restions le moins longtemps possible.
Nous arrivons à leur adresse qui n'a pas été touchée par le bombardement.
Une enfant joue au cerceau devant le commerce auprès de la maison, elle nous regarde d'abord méfiante. Puis, elle court vers ma sœur pour se jeter dans ses bras qui les referme sur la fillette :
– Hé ! bien, Andrée, nous nous retrouvons. Je suis rassurée de te voir souriante, ta maman ne t'a pas trop disputée ?
– Non, elle était trop heureuse que je sois saine et sauve. Mais mes tantes, elles m'ont disputé. Elles ne voulaient pas me croire, qu'une dame m'avait aidée.
Son petit visage buté me fait sourire.
Évidemment, pas facile de croire qu'une inconnue peut entrer délibérément dans un trou d'obus pour rester avec une fillette.
– Que veux-tu ? Même moi j'ai du mal à le croire, mais ma sœur est un peu folle !
Elle se tourne vers moi, me regardant pour la première fois. Je suis

surprise de sentir un lien entre nous. Quoi que ce soit, cela devra attendre.
Un attroupement se forme autour de nous et je n'aime pas ça :
– Nous devrions rentrer. Andrée, nous serons voisins. Vous pourrez vous parler tant que vous souhaitez, mais le voyage nous a épuisées. Tu veux bien nous excuser ?
Elle me répond par l'affirmative d'un signe de tête.
Après nous avoir montré le fonctionnement de la maison, nos hôtes nous disent adieu :
– Je me répète, mais encore merci. J'espère juste que notre voyage se passera sans encombre.
Moïra malicieuse me regarde en disant :
– Mon petit doigt me dit que votre ange gardien veillera sur vous.
Ils nous regardent en souriant, les embrassant une dernière fois. Je les protège à l'aide d'une incantation de mon cru.
Une fois parti, je me tourne vers elle :
– Sois tranquille, ils auront une belle et longue vie. Ils reviendront souvent dans la région. Leurs enfants aideront énormément de personnes. Cela dit, je ne suis pas sûre que j'apprécie ce que tu fais de moi ?
En fronçant les sourcils, elle me réplique :
– Et pourquoi ? Qu'est-ce que j'ai fait de mal ?
– Rien. Seulement, je change à ton contact.
– En bien ou en mal ?
– Tout n'est pas toujours blanc ou noir dans la vie, tu sais.
Elle réfléchit un instant et s'esclaffe :
– Moi, je préfère le rose !
– Tu me désespères ? Tu le sais ?
Nous rions et partons explorer notre nouveau foyer temporaire.

Les jours passent. Comme je l'ai prédit, Moïra nous met en danger en voulant sauver tout le monde.
Elle arrive avec un homme immense tenant dans les bras, une blonde qui saigne abondamment :
– Bon sang ! Moïra. Tu ne peux pas ramener tous les gens blessés que tu croises !

– Mais ils aident la résistance. Ils faisaient passer des enfants par un portail !

Soudainement, intéressée, je scrute le visage de l'homme qui me rappelle vaguement quelqu'un.

Un sourire en coin, il me dit par télépathie :

« Bonjour, Ciara. Tu nous as donné du fil à retordre, tu sais ? Tout le monde est à votre recherche ! »

De vive voix, ne voulant pas isoler Moïra qui a encore du mal avec ce moyen de communication, je réplique :

– Ami ou ennemis ?

Il me répond, énigmatique :

– Ça change quelque chose ?

Bazar de bazar ! C'est bien notre veine. Quand je sens l'influence de Morrigann sur la blessée.

D'un geste, je dégaine mon épée pointant sa gorge avec celle-ci :

– Non ! Puisque dans un instant, vous serez morts tous les deux !

Je rêve où il me regarde en rigolant

– Dans tes rêves ! Poulette. Dans tes rêves !

Et pouf, il s'évapore. Laissant la jeune femme étendue à nos pieds, inconsciente.

CHAPITRE 17

Moïra

Il faudrait lui dire, « gnangnan ». Elle n'a que ce mot à la bouche. Et si moi je n'ai pas envie de lui dire ?
Est-ce que cela changera quoi que ce soit ?
Est-ce qu'il se trouvera la fibre paternelle, telle une illumination ?
Je regarde Luce, une petite brune que j'ai rencontrée à l'épicerie d'Yvonne, la mère d'Andrée. Qui joue avec la fillette pendant que je ressasse mes idées noires.
Nous sommes nerveuses, comment ai-je fait pour intégrer une telle organisation ?
Je ne suis pas de toutes leurs actions sauf quand celles-ci concernent des enfants.
Luce s'est échappée d'un lieu où l'on oblige les femmes à laisser leurs bébés pour qu'il soit envoyé en Allemagne. Certaines sont consentantes, mais la majorité comme la jeune femme ne l'est pas. Alors, ils les violent tout simplement. Celles qui l'ont choisi ont le droit aux soins, ainsi qu'aux nouveaux vêtements et autres avantages. Les autres sont enfermés, on ne s'occupe que du bébé.

Aucun confort au contraire l'on veille à ce qu'elles souffrent le plus possible. Luce a perdu son enfant, l'organisation l'a délivrée avant qu'elle se refasse violée encore une fois.
Moi qui ai toujours été choyée, cajolée, je découvre un monde écœurant. Ici, les femmes comme les enfants ne sont que du bétail, bon à assouvir les penchants pervers d'hommes ou de femme.
J'ai souvent rendu le contenu de mon estomac et pas parce que je suis enceinte.
Nous travaillons de nuit, nous récupérons les plus faibles et les aidons à rejoindre l'Angleterre. Comment vont-ils pouvoir se remettre de tant de violence et d'horreur ? Peut-on même le faire ?
Heureusement, tous les Allemands ne sont pas ainsi. Certains nous

aident ou bien ferment les yeux, sur une disparition qui devient subitement une désertion.

    J'ai appris par l'organisation que beaucoup avaient été enrôlés de force. L'on torture leurs familles afin de les rendre les plus malléables possible.

J'aurais voulu garder mon innocence, je sais grâce à Archibald que les hommes peuvent se montrer cruels. Je sais maintenant qu'ils ne reculent devant rien pour assouvir leurs désirs.

Je sens la nausée monter, je voudrais penser à autre chose. Mais l'image de ses malheureux ne quitte plus ma mémoire.

Ciara et moi nous nous disputons souvent. Elle ne veut pas que l'on se fasse remarquer, que l'on fasse profil bas comme elle dit.

Jamais ! Je ne pourrais pas rester ainsi sachant que je peux les aider. Mais par faiblesse ou par peur, je m'abstiens.

L'organisation ne sait pas que ce sont souvent mes pouvoirs qui les aident. À ouvrir une porte ou éteindre une alarme, je me refuse à tuer. Bien que si l'on reste dans ce monde, je pourrai revoir mes priorités !

Je ne comprends pas comment un même peuple peut être aussi doux et bienveillant. Et d'un autre côté la pire engeance que les mondes ont portée.

Hier soir en est un parfait exemple, nous avions eu des informations comme quoi des personnes étaient retenues dans une ville plus loin.

Ma sœur était contre. Mais, j'ai bien appris ma leçon. Elle me croyait endormi à l'étage.

Ils ont besoin de mes talents de traductrice. Est-ce le don de mon enfant ou l'un des miens qui s'éveillent ? Peut-être un peu des deux.

Toujours est-il que je comprends toutes les langues que j'entends. Donc, je les épaule au maximum.

Je revois en boucle la scène de la veille. Arrivées sur place, nous constatons avec horreur qu'un hôtel couvre les pires pulsions de certains hommes, gradés ou pas.

On y trouve de tout, pourvu que l'on y mette le prix. Il ne nous a pas fallu longtemps pour estimer qu'il fallait fermer cet endroit.

C'est avec saisissement que nous trouvons des femmes et des enfants de tout sexe. Enfermés, parfois attachés comme Salomé. Nous étions dans la chambre à convaincre l'enfant que nous ne lui ferions pas de mal,

quand un homme est entré. J'étais tétanisée.
Moi et la petite nous nous sommes blotties l'une contre l'autre, effrayées.
Je n'oublierai jamais les mots qu'il a prononcés ni son regard pervers, à la limite de la folie :
– Oh [14]*danke*, deux femmes et une enfant, rien que pour moi. Je suis gâté ce soir. Vous allez voir comme je vais vous faire crier, il se frotte les mains en me regardant et ajoute, je n'ai jamais pris une femme enceinte. Je devrais penser à remercier la patronne !
Luce s'approche de lui pour détourner son regard de nous, en relevant sa jupe elle me dit :
– Tournez-vous !
Il n'a pas eu le temps de la voir sortir son couteau, du fourreau sur sa cuisse. Qu'elle lui plante déjà dans le bas ventre. Il a voulu crier, mais elle l'a égorgé d'un geste sans toutefois le tuer complètement.
J'ai juste tourné l'enfant. Je ne sais pas pour quelle raison morbide, je suis restée à la regarder le lézarder de coups de couteau.
Comme si avec ce geste, elle tuait tous les hommes qui l'avaient salie ou blessée en la violant. Chaque coup le rapproche de la mort. Tout en lui laissant le loisir de comprendre la douleur et la folie qu'il avait provoquées avec ces actes ignobles.

    Des yeux, il me demande grâce. J'ai vu en ces trois mois tellement d'horreur, tellement de souffrance. Pourquoi lui accorder ce que lui n'avait jamais fait ?
Ce que je suis devenue me fait peur. Au moment où la dernière étincelle de vie cesse d'exister dans son corps, je me décide à aider la jeune femme.
Doucement, comme je l'aurais fait avec un animal blessé. Je m'approche d'elle en lui murmurant :
– Stop Luce. C'est bon, il ne fera plus de mal à personne, c'est fini. Donne-moi ton arme, tu vas finir par faire peur à la petite.
Son regard était vide tout en étant rempli de larmes. Je n'ai pas besoin de savoir tous les détails de ce qu'elle avait subi là-bas, pour en arriver là. Je l'ai vu prendre du plaisir à le faire souffrir et c'est déjà plus que

---

[14] Merci en Allemand.

suffisant.

Sa respiration est laborieuse. Le sang de l'homme macule son visage et ses mains, tous ses vêtements d'ailleurs. Comme si elle s'était baignée dedans.

Je prends le drap sur le lit et lui passe sur le visage tout en lui caressant ses cheveux collés par le sang et d'autre chose, dont je me refuse d'analyser.

Les larmes se sont mises à couler doucement. Puis elle m'a serré contre elle comme si j'étais le dernier rempart sur ce monde.

Là, elle a commencé à trembler tout en gémissant, je suis perdue. Que dois-je faire ?

« Maman, je peux l'aider moi ! »

Souvent, mon enfant et moi, nous nous parlions par télépathie. Ma sœur m'ayant enseigné ce mode de communication.

Puisque si l'on ne lui répond pas, elle se fait entendre de toutes les personnes autour. Ce qui peut être dangereux, vu l'endroit où nous nous trouvons.

J'ai lu tous les livres qui parlaient de sorcières et autres créatures de légendes. Sur ce monde, ils ne veulent pas croire à ce qu'ils ne comprennent pas.

Pire, ils en ont tellement peur. Qu'ils n'hésitent pas à exterminer ce qui leur est étrange ou curieux. Des fois même sans vérifier l'exactitude des faits reprochés.

« Je ne sais pas mon ange, elle a beaucoup souffert ! »

« Oui. Je vois dans sa tête, pourquoi ont-ils fait ça . »

« Sors tout de suite de la ! Tu m'entends, tout de suite ! Je te l'ai déjà dit, tu n'as pas le droit de t'immiscer dans l'esprit des gens. C'est interdit ! »

Je suis, aussi paniquée par ce qu'elle peut voir du passé de la jeune femme. Que de l'impact que de telles images peuvent avoir sur un être si jeune.

Je suis enceinte de six mois, pourtant les particularités de mon bébé ne font que s'accroître. Je dois me rendre à l'évidence, Ciara a raison. Je vais devoir en informer Archibald que je le veuille ou non !

« Désolé, je voulais juste aider comme toi, je ne le referais plus. »

« Je sais ma chérie, nous en avons déjà parlé, l'esprit des gens est une chose intime et précieuse. Mais compte tenu de l'état de Luce, je te l'autorise juste pour cette fois, car elle m'inquiète. En revanche, tu ne devras plus jamais le refaire. C'est bien compris ? »

Elle ne me répond pas, mais je sens la jeune fille se détendre dans mes bras.

Quand des cris m'alertent sur ce qui se passe dehors. Décidément, je ne vais pas avoir une minute pour souffler. Je descends avec l'enfant et la jeune femme, sur les talons.

C'est une scène surréaliste qui se joue devant moi.

Une jeune femme blonde est étendue par terre se tenant le flanc, le sang s'en échappe à un rythme effrayant.

Quoique c'est plutôt l'énorme tigre blanc devant elle qui me perturbe. Des hommes, que je devine être de la Gestapo les entoure ainsi que des soldats qui ne cessent de crier :

– [15]Hexerei

Sorcellerie en allemand. J'en déduis donc que le tigre soit n'en est pas un, soit ils ont vu quelque chose d'effrayant.

Quoi qu'il en soit, s'ils sont découverts. Je ne donne pas cher de notre peau à moi et ma sœur.

Le tigre donne des coups de patte à ceux qui s'approchent trop près d'eux, ils ont déjà quelques corps à leurs pieds. La situation risque de dégénérer d'un moment à l'autre. Je pousse l'enfant et mon amie de côté en criant :

– Attention, une bombe !

Cela détourne l'attention de tout le monde, il suffit d'un petit sort pour que les hommes se retrouvent à terre. Quand ils reviendront à eux, ils penseront être sonnés par la déflagration. En attendant, nous serons loin.

Je m'approche de la jeune femme. Je ne peux pas la soigner ici, je lui dis :

– Venez, je vous amène chez moi. Là-bas, je pourrais vous soigner correctement. Ici, nous sommes en danger. Je récupère les enfants et nous partons.

Elle me tend la main. Croyant qu'elle me demande de l'aide, je lui tends

---

[15] Hexerei : Sorcellerie en allemand

la mienne. Quand nos paumes se touchent, je ressens un choc. Et je vois des images de sa vie défilée devant mes yeux, je retire ma main précipitamment :
– Vous venez d'Avalon, mais pourquoi êtes-vous ici ?
– Comme toi, Moïra, j'aide les gens de ce monde. Mais tu as raison, partons le plus vite possible. Avant, nous allons faire passer les enfants par un portail, cela sera moins curieux.
Au même moment, le tigre se transforme en homme. Cela se fait naturellement, pas d'étincelle ou d'incantation magique. À un moment, c'est un tigre et l'autre un homme.
Il me dévisage s'attendant probablement à ce que je crie. Toutefois, je suis trop occupée à vérifier que tous les enfants passent par le portail, qui s'est ouvert en même temps que sa transformation.
À peine le dernier passé, je fais signe à Luce, je m'inquiète. J'espère qu'elle va bien, elle n'a rien dit. Pas une seule protestation que ce soit pour le tigre ou même le portail, je surprends un mouvement :
– Vite, vite, ils se réveillent !
L'organisation se disperse. Je comprends qu'ils connaissent les deux personnes qui m'accompagnent, car aucun n'a eu l'air surpris.
Finalement, je me demande, est ce que les personnes que l'on a sauvées sont bel et bien en Angleterre ?
L'homme attrape la blessée et nous courons dans les ruelles jusqu'à notre voiture. Je m'installe devant pour lui indiquer la route.
Il ne cesse de regarder dans le rétroviseur. Pas pour vérifier si nous sommes poursuivis, mais je le devine pour surveiller si la femme va bien :
– Tu n'aurais pas dû être blessée. Ce n'est pas normal !
Il le répète comme un mantra en tapant sur le volant. Elle ne répond pas, je la regarde de temps en temps, le sang a commencé à tacher les sièges.
J'abandonne le véhicule comme convenu et décide d'y mettre le feu. Après tout, un véhicule brûlé sera moins suspect que taché de sang. Nous finissons le reste en courant.
Je dois me rendre à l'évidence, Ciara a raison. Je devrais cesser tout ceci. Il n'y a pas que ma vie en danger, j'ai aussi un enfant à me soucier à présent !

Nous laissons Luce devant la maison qu'elle occupe. Demain, nous devrons lui trouver un autre abri, ainsi qu'une personne pour veiller sur elle.
En arrivant à la maison, je n'ai pas compris tout ce qu'il s'est passé. Ciara le connait visiblement, je ne sais plus si j'ai bien fait de les amener chez nous.

     Surtout après que ma sœur est sortie son arme. Pourtant aucune bagarre, car il a disparu après avoir prononcé une phrase pour le moins énigmatique. Nous laissant la jeune femme, qui s'était évanouie à nos pieds.
Nous l'avons installé dans une chambre loin de la nôtre. Je l'ai soignée contre l'avis de Ciara.
– le meilleur ennemi est celui qui est mort !
– Arrête un peu, tu veux bien ! Ce n'est pas une ennemie !
Comme d'habitude, nous avons fini par nous disputer. À l'inverse des autres fois, nous nous sommes couchés ainsi.
Cette nuit avait été trop épouvantable pour pardonner quoi que ce soit, elle pouvait bien dire ce qu'elle voulait. De toute façon, j'ai compris qu'elle avait raison.
Pour notre sécurité, nous devrons rentrer sur Féerélia ou tout autre monde que cette époque. Notre place n'est pas ici.
Seulement, je suis trop cabocharde pour lui dire la vérité. Je reviens au présent quand Andrée s'approche de moi :
– Je vais rentrer sinon Thérèse va dire à maman que j'étais chez vous et je me ferais gronder.
– Oui, ma puce file et passe le bonjour à ta mère et tes tantes, s'il te plaît. Nous avons une invitée, je passerais faire quelques achats. Il me reste encore quelques tickets.
– Maman a eu des clopoings. Elle m'en a fait mettre deux de côté pour vous. Je peux aller les chercher ?
– Non, tu es gentille. Je viendrais. Je dois remercier ta mère de toutes les gentillesses qu'elle a envers nous.
– Tu sais, elle aide comme elle peut. Me répond-elle en haussant les épaules.
– Je sais. Je vois tout ce qu'elles font pour les autres. Ce sont de bonnes personnes, tu as énormément de chance de les avoir.

Elle repart chez elle, fière comme un paon.

Effectivement, elle peut être fière de son entourage. Combien de fois n'ai-je pas vu Yvonne donner plus de lait ou de beurre à une famille dans le besoin.

Ses tantes ne sont pas en reste. Elles ne disent rien, aucune plainte ou vantardise dans leurs bouches.

Et pourtant, si les gens savaient qu'ils côtoient probablement des anges.

Ces femmes sont seules à une époque où peut leur prêt courage ou bravoure. Sans cesse, elles se mettent en danger. Pour aider leurs prochains et sans même en faire étalage.

Personne ne saura qu'elles ont risqué leurs vies au nez et à la barbe des Allemands et de la Gestapo.

Oui, ma petite Andrée, tu peux n'être que fière de ta famille. À ta place, je le serais.

Je vais devoir dire à Ciara que ce soir encore, nous allons manger du crabe.

Le rationnement, voilà une des choses qui doit la pousser à partir. Tout ici peut être amené à manquer.

Elle est aussi terrifiée à l'idée que quelque chose se passe mal. J'ai cru comprendre que la médecine de cette époque est pour le moins archaïque.

Mes pensées vont vers toutes ces familles, que cette guerre a ou va détruire. Tant d'enfants sans leurs parents, tant de mort et de souffrance pour la folie d'un seul homme.

Ciara m'avait expliqué comment la guerre allait finir, le débarquement, etc.

Tous ces morts, tout ce que les gens allaient découvrir au fil des années. Que ce soit les camps ou les lieux immondes, comme celui qui retenait la jeune Luce.

J'en fais toujours des cauchemars. Je m'en veux de ne pouvoir rien faire, de ne pas sauver toutes les Salomés ou les Luce de ce monde.

Je n'arrive pas à concevoir que même après la guerre au lieu de s'entraider. Chacun y allait de sa petite rancœur personnelle, profitant de l'agitation générale. Pour faire tondre des rivales ou des femmes ayant refusé leurs faveurs.

Sans vérification, elles étaient marquées à vie. Combien de famille ces guerres allaient-elles détruire ?

Les larmes coulent sans que j'essaie de les essuyer. J'en ai assez de toutes ces atrocités, j'ai tellement hâte de partir d'ici.

Mon monde n'est pas un modèle, mais j'aime à croire que nous ne sommes pas ces bêtes sanguinaires.

Peut-être qu'un jour, les habitants de cette planète seront capables de vivre en harmonie. Mais au vu de leur passé, j'ai du mal à y croire.

Je rentre dans la maison le cœur lourd.

Brigh et Ciara sont en train de parler de moi, je le vois à leur mine de conspiratrice.

Si vous saviez que j'ai déjà pris ma décision, vous seriez ravies. Je décide que cela peut attendre et vais m'allonger.

CHAPITRE 18

Cinq jours ont passé. Pourtant je ne leur ai toujours rien dit, je ne me savais pas si têtue.

Je les regarde se chamailler. Ma sœur le niera sûrement, mais elle apprécie la jeune femme.

Bien que ce n'était pas gagné. Je me rappelle ce qui s'est passé peu après son réveil.

Des cris venant de la maison d'à côté nous avaient alertés. Courant voir ce qu'il se passait, nous avions retrouvé la petite Andrée au bas de son escalier.

Près d'elle, la nounou nommée Thérèse. La jambe tordue dans un angle improbable.

Il ne nous avait pas fallu longtemps pour saisir que l'enfant avait encore joué un de ses tours pendables. Sans prévoir la catastrophe.
Elle n'était pas méchante loin de là, mais elle avait du mal avec l'autorité.

J'espère qu'un jour, elle se calmera. Mais j'ai un doute en la regardant. Elle est partagée entre rire de sa blague et la tristesse d'avoir blessé quelqu'un.

La jeune blonde nous avait suivis. D'autorité, elle nous poussa et posa une main sur la jambe et l'autre sur la tempe de la nourrice.

Une douce lumière émana de tout son être. Thérèse s'endormit, la jambe soignée.

En fronçant les sourcils, elle nous dit :

– En revanche, je ne peux pas effacer les souvenirs de l'enfant. Son esprit est trop hermétique.

Ce que nous savions depuis longtemps. Ma sœur essayait régulièrement d'effacer notre passage de sa mémoire, sans succès.

Ciara entraîna Brigh toutes affaires cessantes dans la maison. Vu son énervement, Brigh allait affronter les colères dantesques de ma sœur. Par les mondes ! Heureusement que je m'étais un peu entraînée à la magie. Car j'ai dû poser un sort de sourdine sur la maison, tant elles hurlaient toutes les deux.

Andrée me regarda en souriant et me dit :
– Elles ont de la voix, elles devraient être cantatrices !
– Dès qu'elles auront fini de s'époumoner, je leur ferais part de ton conseil.
En riant, nous sommes rentrées toutes les deux chez nous.
Pas besoin d'expliquer à l'enfant sa bêtise. Elle avait eu suffisamment peur après coup pour qu'elle ne recommence pas de sitôt.

Brigh nous avait raconté toute son histoire.
Le courage dont elle avait fait preuve pour échapper à Morrigann. Ainsi les stratagèmes qu'elle avait employés pour endormir la méfiance des femmes du couvent.
Et pour finir, sa fuite et son implication dans le sauvetage des mondes avaient suscité de l'admiration chez Ciara, comme pour moi d'ailleurs
De plus, elle était modeste, répétant sans cesse :
– Je suis sûre que vous auriez fait pareil, si cela avait été le cas.
– Je ne crois pas, il faut être ingénieuse et culottée pour assister aux scènes dont tu as été témoin. Et ça sans hurler de peur ou d'écœurement.
Lui répondait inlassablement ma sœur.
Naturellement, la rencontre avec son compagnon m'avait laissée songeuse. Finalement, il y a peut-être un espoir pour les hommes.
Si lui avait été capable de mettre ses aprioris de côté et de l'aimer malgré son passé.
Alors peut-être que. Non, je m'invente des contes de fées. Elle a eu de la chance comme mes parents.
Je pense de plus en plus souvent à eux. Est-ce qu'ils vont bien ? Sont-ils heureux et pensent-ils parfois à moi ?

Des bruits ont alerté les filles. Elles cessent toutes les deux leur activité. Tendu, Ciara ordonne à Brigh de me cacher dans une pièce du fond.
Si elle savait à quoi j'ai échappé. Il n'y a même pas une semaine, son cœur d'immortelle en ferait une attaque. Me dis-je en souriant.
Brigh, qui a la faculté de lire dans les pensées me sourit en acquiesçant

d'un signe de tête.

Nous entendons une discussion dans l'entrée, pas de bagarre ni de cris. Ce qui doit être bon signe ?

Je suis tellement nerveuse qu'un vertige me saisit, je m'assois de peur de m'évanouir.

Des bruits de pas viennent vers nous, ma sœur ne revient donc pas seule.

J'espère que ce n'est pas encore l'organisation. Elle essaie depuis des jours de nous convaincre de partir, ce que Brigh refuse catégoriquement.

    Commençant à la connaître, je suis sûre qu'elle a déjà un plan.

Je suis étonnée de voir à la suite de ma sœur, Zoltan qui court à la rencontre de sa femme.

Après un baiser à faire pâlir d'envie n'importe qui. Ils posent leurs fronts l'un contre l'autre. Pas besoin d'être médium, pour comprendre qu'ils se disent combien ils s'aiment et qu'ils se sont manqués.

Je surprends la conversation de Ciara et de Fergus. Je suis heureuse de le voir, plus que je ne le pensais même.

Alors qu'il essaie de défendre son frère adoptif, je ne peux que me mettre en colère.

Ils me regardent tous comme si j'étais une petite chose capricieuse, ce qui me rend plus furieuse encore.

J'ai beau savoir qu'ils ont raison et que ma décision est déjà prise. Je reste là à les regarder comme une bête traquée.

Après leur avoir dit tout ce que j'ai sur le cœur. Je finis par m'enfuir en courant pour me réfugier dans ma chambre.

Quelques heures après, je redescends leur faisant croire que je me suis rangée à leur opinion.

Il n'y a que Brigh qui connaisse la vérité et c'est très bien ainsi. Je suis certaine qu'elle ne trahira jamais mon secret. Une certaine connivence s'est installée entre nous deux.

    Je n'ai qu'une seule exigence. Pouvoir dire au revoir à ma petite protégée.

Ce qui m'amène à repenser à Luce.

    Nous l'avions fait passer dans un portail qu'avait ouvert la jeune femme.

Elle nous avait expliqué que grâce au médaillon volé à la déesse, elle pouvait ouvrir une brèche qu'elle soit sur les mondes ou même dans l'espace-temps.
Luce était en Atlantide. C'est là qu'était envoyée chaque personne que sauvait le couple.
Quand ils sont guéris. Que leurs blessures soient psychiques ou physiques, ils ont le choix de regagner leur monde ou de rester là-bas. Malheureusement, la psyché de ma compagne d'infortune avait été trop abîmée pour pouvoir être sauvée.
Nous l'avions retrouvée derrière sa porte. Habillée avec les mêmes vêtements de la veille, sans aucune réaction. Est-ce que cela venait de mon enfant ? Où avait-elle choisi de s'enfermer dans son esprit ?
Le fait est qu'elle était toujours en soin intensif. Et moi, je reste avec mes questions. Je souhaite ardemment que ma fille ne soit pas responsable. Mais d'un autre côté, cela voudrait dire que Luce avait été plus maltraitée que je n'osais l'imaginer.
Je fais mes adieux à la petite, j'ai tellement envie de pleurer lorsqu'elle s'accroche à ma robe.

    Pas de besoin de mot pour exprimer ma reconnaissance à Yvonne. Nous nous comprenons du regard. Je salue le courage énorme de cette femme et ses sœurs.

    Sans sa petite mine déconfite au moment de notre petite phrase préférée, j'aurais craqué. Sans le savoir ni le vouloir, elle me permit de leur dire au revoir sans verser de larmes.
Si je reviens, je promets de vérifier que leurs vies ont été remplies de joies et d'amour. Après un dernier regard à la demeure qui nous a abritées ces derniers mois. Je prends la main de ma sœur puis nous suivons le couple qui nous ouvre le passage pour Féerélia.
Et pour bien faire, vu ma très grande chance. Nous arrivons visiblement en pleines festivités. Le château est paré de banderoles pour le mariage princier.
Ciara ferme les yeux brièvement et lâche son mot favori :
– Et merde !

Devant nous se tient Archibald avec à son bras une jeune fille, qui semble éprise de lui.

Il a tellement changé qu'il me faut un moment avant de réaliser. Que devant moi se trouve le père de ma fille avec sa future épouse, à moins qu'ils ne soient déjà mariés ?

Il s'est laissé pousser la barbe et ses cheveux semblent plus longs. Plus de sourire canaille sur son visage ni dans ses yeux. Il semble avoir pris plusieurs années.

Pourtant, ma sœur m'a affirmé que le temps passé moins vite ici qu'ailleurs. Se pourrait-il qu'il regrette son attitude ?

Ou plus certainement, il se soucie de ses « précieux mondes ».

Je voudrais fuir. Seulement mes pieds ne m'obéissent pas. Une colère qui ne m'appartient pas se répand en moi, je saisis avec effarement qu'elle vient de notre enfant.

Il fixe mon ventre comme si j'étais une créature difforme. Avec un mélange de dégoût et autre chose que je n'arrive pas à déterminer.

Un sourire mauvais sur le visage, je m'approche de lui. J'ai envie de lui faire autant de mal qu'il m'en a fait :

– Oui, je suis grosse de tes œuvres ! Néanmoins, moi et ma fille n'avons aucunement besoin de toi dans nos vies !

Tant pis pour mes bonnes résolutions d'enterrer la hache de guerre.

Il me fixe, avec fierté ?

Non, je dois me tromper. Quel homme sain de corps et d'esprit serait ravi de se faire houspiller sur la place publique ! Et devant sa nouvelle fiancée en prime.

La colère me donne sûrement des hallucinations, je détaille la femme à son bras.

Elle ressemble un peu au portrait de son illustre mère, la reine Néerélia. Mêmes couleurs de cheveux et même couleurs de peau. Si elle ne paraissait pas si jeune, on pourrait se méprendre sur les deux femmes. Je n'ai jamais rencontré la reine Atlante. Mais il est de notoriété, qu'elle possède de grand pouvoir.

Toute fois, la femme devant moi ne m'a pas l'air d'en avoir. Ou alors si infimes qu'ils passent inaperçus.

Elle n'esquisse pas le moindre geste envers moi. Je suis totalement indifférente à ses yeux.

À sa place si je voyais une ex-compagne de mon futur mari arriver visiblement enceinte. Je crois que j'exploserais de rage.

Comment peut-il se marier avec une telle créature, elle est insipide ? Pas que je me considère mieux loin de la.

Mais j'aurai imaginé qu'avec le caractère d'Archibald, il choisisse une femme avec un peu de volonté.

Ce qui prouve encore une fois que je me suis lourdement trompé sur son compte.

Fergus arrive à cet instant. Les deux jeunes gens se défient du regard. Bon sang, est-ce moi qui suis à l'origine de cette rivalité entre eux ?

Il y a tant de haine entre eux. Comment tout cela a-t-il pu ainsi déraper ?

Après la colère, une profonde tristesse me saisit. J'ai quitté un monde en ruine.

 Je ne veux que le bonheur de mon enfant, de mon entourage. Seraient-ce trop demander que d'être simplement heureux comme tout le monde ?
Je n'ai pas le temps d'avoir une réponse à ma question.
Je suis saisi d'une terrible lassitude. Je titube avant que l'obscurité se répande en moi comme une douce couverture.

Je ne vois pas la mine inquiète d'Archibald. Ni celle de Fergus qui a compris en le voyant me rattraper, que tout ceci n'est qu'une mascarade.
Ciara a déployé ses ailes en sentant un danger. Et c'est placé devant moi pour me protéger.

Zoltan a pris la forme d'un tigre.

Brigh a ses côtés, les mains en avant prêtes à lancer un sort.
Tout le monde est sur le qui-vive, ils ont tous senti le danger sans savoir d'où il allait arriver.
Et moi ? Je suis allongée là par terre, la main posait sur mon ventre arrondi.
Totalement inconsciente de ce qui se trame autour de moi.

Au même moment, Dagda se lève d'un bond dans son lit en criant :
– Attention, Moïra ! Attention !

À suivre...

REMERCIEMENT

Je tiens à remercier mon compagnon. Sans lui et son aide, je ne me serais pas lancé dans cette grande aventure. Merci, mon amour, tu fais de chaque jour de ma vie un bonheur sans égal. Je t'aime plus que les mots ne pourront jamais le décrire.

Rien n'aurait pu être écrit sans le soutien sans faille de mes enfants, particulièrement Catalina et Laura. Merci à vous d'avoir géré la maison. Ainsi que les longues tirades et doutes de votre cinglée de mère.

Puis à ma mère Anita et à ma grand-mère Andrée que vous avez retrouvée dans ce livre. Beaucoup de passages sont des choses, qu'elle et mon arrière-grand-mère Lucienne m'ont racontées lorsque j'étais enfant. Tout au long de cette saga, j'espère pouvoir rendre justice aux femmes de ma famille. Elles ont toutes été des modèles pour moi.

Un énorme merci à Angeline et ses conseils sur l'orthographe. Et surtout, tout ce que tu as pu faire pour moi.

Un merci particulier à deux femmes que j'adore. Audrey, ma petite sœur de cœur, qui m'a toujours soutenue et aidée.

Et à notre ange gardien, Delphine, notre amie de toujours. Deux femmes merveilleuses qui m'ont toujours soutenue envers et contre tous.

Vous êtes nombreux à m'avoir soutenue et je ne vous oublie pas. Que ce soit ma famille ou celle de Nicolas et nos amis.

Les filles et les garçons de mon groupe de bêta lecteur : Stephanie, Françoise, Romain, Guillaume, Veronique, Jessica, Anaïs, Jocelyne, Stephie, Kelly, Lydie, Celine, Christelle (qui sont des amies de longue date), etc., etc., etc.

Une petite pensée pour deux personnes que j'ai connues il y a peu Solène et Laura. Ainsi que les membres de leurs groupes : SO KIDS et By mode and co. Merci de votre soutien à toutes et de ses lives remplies de bonne humeur.

Pour finir un énorme merci aux auteurs qui m'ont encouragée et aidée. Que cela soit Bettina Nordet ou Méropée Malo et bien d'autres.

Non seulement j'adore vos univers, mais j'ai aussi apprécié vos bons conseils.

Merci aussi à Agnes, j'espère bien pouvoir te confier le deuxième tome

Et un petit clin d'œil à l'association Berzerkati pour avoir répondu a mes questions.

Pour finir, merci à vous de m'avoir lu. Car sans lecteur, il n'y aurait pas d'écrivain.

Et désolé pour la longueur de ces remerciements promis les prochains seront moins longs.

Printed in Great Britain
by Amazon

Sold
AUCTIONED TO THE BILLIONAIRE
NATALIA BANKS

© **Natalia Banks. All rights reserved.**

No portion of this book may be reproduced in any form without permission from the publisher, except as permitted by U.S. copyright law.

Fb.me/AuthorNataliaBanks

TABLE OF CONTENTS

TABLE OF CONTENTS

CHAPTER ONE

CHAPTER TWO

CHAPTER THREE

CHAPTER FOUR

CHAPTER FIVE

CHAPTER SIX

CHAPTER SEVEN

CHAPTER SEVEN

CHAPTER EIGHT

CHAPTER NINE

CHAPTER TEN

CHAPTER ELEVEN

CHAPTER TWELVE

WANT MORE MOUTH WATERING ROMANCE?

CHAPTER ONE

It's happening again. Mark pushes his beloved Porsche 911 convertible up winding Mulholland Boulevard, tires screeching under a nervous moon.

Kerri screams, "Mark, stop it, you're going to kill us both!"

But he only shrugs, and that's when Kerri realizes that they're both wearing pajamas, bathrobes, slippers. "What do we have to live for anyway?"

Kerri's heart is pounding behind her chest, blood icy in her veins as the steep drop on the side of that infamous road revealed a deadly fall, nothing but blackness as far as the eye couldn't see.

"Mark, please … "

"Mark, please," he whined, mocking her. "Please, Mark, please! That's not what you were saying when divorce came up. You don't love me, you never loved me!"

"That's not true, Mark." Kerri's voice cracks, hands pressing against the dashboard. "But you're out of control! With the booze and the pills, you're not the man I married."

"No," Mark says, suddenly calm, letting his hands fall away from the steering wheel. "I'm the man you murdered."

"Mark, no!" Kerri reached for the steering wheel, but it's too late. The tires are still touching the street, but Kerri has no leverage and can't control the car as it careens through the safety rail with a loud, metallic crunch.

The Porsche goes into free-fall, nose tipping downward, rear end catching up fast. Kerri is trapped, her world is turned upside down, and she is about to die.

Her phone rings.

Kerri Abernathy sprang up from a fitful sleep, blonde hair plastered against her head with cold night sweat. Her heart was pounding, mouth dry as she looked around her bedroom, her smartphone ringing with a musical jingle. Her breasts rose and fell with her panting, the sheets damp before she dropped her head back onto the pillow.

Just a dream, Kerri told herself, *I wasn't there with Mark that night.*

I didn't die.

Kerri recognized the name on the screen and swiped it on the third ring.

"Yvonne."

"Ker, are you just waking up?"

Kerri looked around the room, eyes squinting, thoughts hazy as the morning sun. "Yeah, what time is it?"

"Nine o'clock, sleepy head. Time for our spa day. I'll pick you up in twenty."

Another spa day, Kerri repeated. *Why the hell not? What else have I got to do? It's not like I've got a life or anything.*

Those twenty minutes passed quickly; a fast shower to cleanse her pale skin, lightly freckled, hot water cascading over her shapely legs, fat-free torso, breasts round and firm. Still in her mid-twenties, Kerri felt as if she was still in her prime, and not some old widow waiting for death; at least she felt that way most of the time.

But once at *New Sensations*, the newest and most popular day spa in Beverly Hills, Kerri was finally able to relax. Yvonne Suggs, a curvy brunette, lay on a massage table next to Kerri while the two enjoyed a deep tissue massage. A handsome, dark-skinned young man's fingers were strong and firm and they dug into her back and shoulder muscles, working away the kinks with every powerful pinch and kneed. The salty smell of seaweed was heavy in the air.

Once Kerri's body was well worked and relaxed, hot stones were placed at key points along their spines, sending soothing waves of warmth through her muscles, her chest, all the way up and down her entire being. She was too relaxed even to speak.

But once Kerri and Yvonne were chin deep in a heavy mud bath, cucumber slices on their eyes, Yvonne finally said, "Feel better?"

Kerri smiled, despite herself. "What makes you think I wasn't perfectly fine this morning?" Yvonne just chuckled, and Kerri had to as well. "Never could fool you."

"What are best friends for other than to see through each other's bullshit?" They chuckled again, but it didn't last.

Kerri said, "I had that dream again."

"Oh, Ker, when are you gonna get some professional help for that?"

"Yvonne, I'm not crazy, just … it's only been a year. It haunts me, what can I say?"

"So go to a dream whisperer or something. But it has been a year, and you really do have to move on, at least get a good night's rest. It's called self-care, Kerri, and you need it."

"I'm here, aren't I?"

"Yeah, and this is great for stress. God, I don't remember how I ever survived back in Detroit, before I met Harvey. And it's time for you to stop thinking about the past too."

"I know, I'm … I'm dealing with it, in my own way."

After a long, sad pause, Yvonne said, "It wasn't your fault, y'know. You did everything you could to save him, we did that intervention. By the end, he wasn't even the same person. The man you married died years before that car crash."

"Yeah, I know that, Yvonne, I really do, but … how much of that was my fault?"

"None of it. He lost control, and that's something we each have to deal with for ourselves. What you need is a man who's still in control of his life, a real man, not some out-of-control man-child in a bender."

"C'mon, Yvonne, that's a little unfair. Mark was dealing with a lot of shit when he died — "

"Okay, Ker, I say this with all the love and respect in the world, and I've waited a year to say it: Mark was a rising star, on his way to being one of the greatest actors of his generation. He was rich and famous and had a gorgeous, loving wife. So, where was all that shit you're talking about?"

"His father, Mark felt he could never please him. I think that was something we had in common. You know me and my mom, all that mess we were constantly going through."

"And how long has it been since you've called home?"

"Home? I live in my own home, alone. I call them on the holidays."

"When you have to."

"That's right. Mark used to say, 'Family are just the first people you meet.'"

"Pretty dark stuff, Ker."

"But true. Hey, it brought us together."

"Mutual misery nothing to build a marriage on, Ker. Even so, he did marry you, and then shot movie after movie, cheating on you with his female leads."

"Those were just rumors, Yvonne, nobody ever came forward."

"How many rumors could you tolerate before you realize that something must be happening? Ker, you just didn't want to know, you didn't want to accept it or believe it."

"I should have been with him on those movie sets."

"What about your own career?"

Kerri rolled her head in that soothing mud. "Oh please; a few slasher movies and a pilot they couldn't sell. That's not a career, it's a death march."

Yvonne asked, "Why don't you call up your old agent, see if he's got anything good? Y'never know."

"Actually, this time, I do know; Lew Stallmaster died last year. I hear his son Benjamin's in charge now."

"So?"

"So, I think he's younger than I am! No way am I gonna get any cheesecake work from him, much less anything substantial. Let's face it, Yvonne, as far as Hollywood's concerned, I'm yesterday's news; just another strumpet who made it past twenty-two, otherwise known as *retirement age*."

They chuckled, shaking their heads.

"It's a shame though, Ker. You were really good."

Kerri shrugged. "I'd have taken even the smallest roles on any of Mark's movies if they could have swung it."

"And they could have," Yvonne said. "If they didn't, it's because Mark didn't want you there. You have to start thinking about why that is."

"All right, Yvonne, okay, let's say he was cheating on me. He's dead now, there's no reason to go on hating him for his mistakes."

After a thick pause, Yvonne asked, "Then why go on hating yourself?"

After the mud bath they bathed and swathed in thick white robes, enjoyed a fruit smoothie. Kerri's familiar smartphone music played and she reached into her purse to glance at the screen.

Yvonne asked, "Who is it?"

"Paul."

"Oh," Yvonne said with a sexy grin, "the lawyer."

"It's not going to be personal."

Yvonne's grin faded to a disgusted sneer. "Oh, the lawyer."

Kerri raised the phone to her cheek. "Paul, hi."

"Kerri," he said, his voice low and professional, "glad I found you. What's your schedule like this afternoon?"

"Um, today?"

"Yes, Kerri, today; as soon as possible."

Kerri looked nervously at Yvonne. "I'll be in your office by two."

Paul Hume escorted Kerri to the chair in front of his desk, exchanging pleasantries as he took a seat in his big leather chair.

"Glad you're doing well," he said with a smile. "Any movie roles coming up?"

Kerri smiled, more polite than it was enthusiastic. "Paul, we both know you didn't call me over here ASAP to ask about my career."

Paul smiled, looking younger than his sixty-some years, hair died black but eyebrows still graying. "Well, not entirely. It's not just small talk though, Kerri."

"Paul, what is going on here?"

Paul twitched to free his neck from his collar as he handed her a piece of paper. She recognized the letterhead immediately as being from the Internal Revenue Service. She glanced at the letter, then looked up at Paul for an explanation.

"Two years income taxes, plus fines and interest."

Kerri shook her head as it to try to wrap her head around the news. "Well, I knew Mark couldn't handle those things, that's why we got Morrison Talbot, what about him?"

"Gone."

"Gone?"

Paul nodded and sighed as he leaned back, clicking a few keys on his keyboard and glancing at his monitor. "Believed to be in Mexico, the Caribbean side, maybe Barbados."

"Maybe Barbados," Kerri repeated, shocked. "As of when?"

"Months, maybe, s'hard to say. But between him and your late husband, you've got a big bill and no money to pay it."

"No … what do you mean, no money?"

"Don't you ever check your balances?"

Kerri shrugged. "Sure, of my personal account. But the big accounts, I, um — "

"You left it to Morrison Talbot to take care of."

Kerri's stomach turned, goosebumps rising on the backs of her arms. "What about you? Where were you in all this?"

"I'm just your lawyer, Kerri, I'm not your business manager or your accountant or your agent or your babysitter."

"Okay, okay, there's no need to be snide." Kerri paused before bitterly adding, "You know I don't have an agent." Paul smiled, taking it as a joke to lighten the mood. After a long, tense silence, Kerri asked, "Well, what do we do?"

"Not much you *can* do," Paul said. "The bill's about a million three. You can probably sell the house — "

"In this market? I'll get crucified! It's everything I have … according to you."

"And I'm not wrong, Ker. Listen to me; it's more house than you need. You and Mark never did, um, fill it up, so to speak." Kerri sat in the sorrowful guilt of not having given Mark a child. And Paul seemed to read that, clearing his throat to add, "You could get a job, one of those horror movies."

"They don't pay anything near that," Kerri said.

"Even for you? Mark McCall's ex, maybe something a bit more … revealing than your other movies."

Kerri rolled her eyes. "What do you men, a sex tape? A *Skinimax* soft-core? C'mon, Paul, no."

Paul sighed and shrugged. "So, I'll call your realtor then?"

Kerri looked up from her lap, tears threatening to push through and run down her cheek. "I … I don't have one."

Yvonne poured them each a glass of chardonnay, cold and crisp and refreshing, tangy and tart on the back of Kerri's tongue. "I dunno," Yvonne said, setting the bottle down and taking a sip of her own. "It's be a shame to sell your home. Can't you get some kind of relief, make a deal and pay less? I hear about that happening all the time."

"Yvonne, I've barely got a penny, just a few grand in a private account. No matter what they reduce it to, even if they spread the payments out over time, I've still got bigger problems. If I want to keep the house, I won't have money to pay for it! I'm about two months away from defaulting, then foreclosure, then I'm homeless. No, Yvonne, I've lived out of a car before, I do not want to go through that again, I can't and I won't."

"I don't blame you, sweetie, not one bit." They thought it out, the wine passing slowly. "Isn't there anything you can do … with your celebrity? I mean, a reality show, anything? You could get another agent."

Kerri had to shake her head, trying to relax in Yvonne's couch, her orange tabby Maniac jumping up on her lap with a loud purr. "I doubt I even could, and to go through all that shit, auditions, everyone snarling at the twenty-five-year-old has-been. And that's something else; unless it's a role with any real depth, I'm just too old! I'd have to play the teacher who gets killed in the second act or may the stepmother who dies in act three. Those won't pay enough to cover my bus pass to and from the lot."

The old friends chuckled, but silence soon returned. Yvonne cleared her throat and sat up higher on the couch next to Kerri. "Okay, Ker, I have an idea. Well, it's not my idea exactly, just something I know about. And if you'll have an open mind, I think it might be just what you're looking for."

Kerri leaned forward in cautious anticipation, raising her hands and her eyebrows, wordlessly begging Yvonne to go on. So she did: "Kerri, have you ever heard of *The Million Dollar Bash*?"

CHAPTER TWO

Kerri shook her head and took an extra big sip of wine, knowing somehow that she'd need it.

Yvonne explained, "Okay, it's one of those underground things, it's real *Eyes Wide Shut* kind of stuff."

"So it's an orgy."

"No, not an orgy, no sex happens at all. But it is a party; a very, very exclusive party."

Kerri gave it some thought, but she just didn't have enough information to deduce her friend's riddle. "And it costs a million dollars to go to this party?"

"Oh no, hell no. I went, and I didn't pay any million bucks. But I did go with Hamilton Johns, who's a member or something."

"Hamilton Johns," Kerri repeated, "wow. And you let him get away?"

"Loved his boyfriend more. Anyway, this … this party, it's kind of like an auction."

"An … auction?"

"Yeah, and people, men and women, auction themselves off to these very rich men … and women … "

"They sell themselves?"

"No, sweetie, no, they just sort of, um, rent themselves, for a weekend."

"Rent themselves … as sex slaves."

"No, honey, no … well, yes, kind of. Not slaves, really, more like … serfs. But it's nothing dangerous, nobody's ever been seriously hurt."

"Seriously?" Yvonne raised a sexy brow, but Kerri was quick to wave her off. "No, Yvonne, no. You're worse than Paul and his *Skinimax* idea."

"It could pay up to a million dollars."

"A … no, is that why they call it that?" Yvonne offered no answer. "No, that can't be true," Kerri went on, thinking out loud. "This is Los Angeles, Yvonne,

Hollywood, the most beautiful girls in the world are crawling around every corner, and they'll all do anything they're told for five grand and the promise of a sitcom walk-on. Why would anybody pay a million dollars?"

"Ker, they don't all pay that much. But you're a scream queen, you got hacked to death by Freddie Kruger!"

"No, Michael Meyers ... I'm pretty sure. Or was it that other guy, with the hockey mask?"

Yvonne rolled her eyes. "And there's, y'know, the whole thing about your ex ... "

"What? What do you mean, that some twisted weirdo would want to fuck me because I'm Mike McCall's widow? Kerri, that is really gross."

"It is, Kerri, you're right, it's really gross. But this is Hollywood! And you know what else is really gross? Eating each other's shit, and some people do that. This is a lot less disgusting."

"I suppose that would depend on what my new master would desire, wouldn't it?"

"No, there are contracts, insurance, it's all pretty tightly run. And everyone's of age, Kerri, or they'd be paying a lot more than half-a-million."

"What happened to the full mil?"

Yvonne shrugged. "Being realistic, I'd say three hundred thousand easy. But if you negotiate that tax bill, you can cover it, get back on your feet. And who knows, you might enjoy it."

"Or I might get chopped up and turned into cat food."

"Who would pay so much money just to kill a person when they could find some whore for fifty bucks? Like you said, Kerri, this is Hollywood."

"You said that."

"So did you! And you're right, we both are. They pay for class here, Ker, they pay for discretion, they pay for the very best."

Kerri sighed as she considered. Reading her slowly turning skepticism, Yvonne said, "If you really want to piss your mother off; I mean, you know how she'd feel about such a thing."

Kerri chuckled. "She didn't even want me to grow tits. When I had my first period, I thought we were going to have her committed."

"No wonder you turned into such a voyeur."

"Yvonne, I am not a voyeur!"

"Really? Your profession, your career, was to be treated like a sex object, then chased around and murdered, usually just before, during, or after having sex. And a big part of that was having people watch, perhaps millions of people. Now tell me that idea didn't turn you on. Tell me the shame that brought your mother didn't make you feel just a little bit more powerful than her?"

Kerri thought about it and sighed. She couldn't deny the truth of what her incisive best friend was saying. She knew she couldn't bullshit Yvonne. But even her powerfully conflicting feelings about her mother weren't enough to get her to agree to that wild scheme.

Kerri silently resolved, *There has to be some other way.*

Kerri went for a long walk around her hilly neighborhood called Los Feliz Village, at the foot of massive Griffith Park. She strolled past mansions of varying styles, lined up like Beverly Hills North.

Maybe I never should have come here, Kerri couldn't help but reflect, even as she saw it all dissolve right in front of her eyes. *Maybe this is a place I was never meant to be, a place I shouldn't remain. Maybe I should just cut loose of it all, start fresh somewhere else.*

But Kerri reviewed the numbers, and they were grim. After paying fees on the sales of the mansion, plus the mortgage, which Mark had nearly doubled in the last year of his life, there'd be virtually nothing left of the proceeds even if the taxes were covered in the bargain. In all likelihood, she'd still be out of pocked and out of luck.

But there was just no way of earning that kind of money, not even prostituting herself either privately or publicly, something she was loathe to do.

Well, she silently rationalized, *it isn't really prostitution, any more than anybody else does every time they step in front of a camera. But at least that's better than auctioning myself off to some rich weirdo for a weekend. Yvonne!*

Maybe I can stall all this tax business and get some crappy role, cover a down payment and then figure something else out next year. As Kerri approached her own huge and increasingly empty home, she saw clearer ways of staying where she was, maybe even yet moving up in the world.

I just need a little more time.

With a turn of her key she stepped into the foyer. The house was quiet, grandfather clock ticking in the corner of the living room. But the calmness was burst by a hard hand clamping around her throat and shoving her back against the wall. Before Kerri knew what was happening, a big, black gun was shoved into her mouth, the metal cold and oiled. Her heart nearly burst, her body suddenly trembling, her brain and body desperate for escape.

But her focus was quickly drawn to that gun, pointing into her open mouth, pushing her tongue back, scraping against her pallet, blood already trickling down her throat.

A man she didn't recognize stood just inches in front of her, snarling, his olive skin clean shaven. "Not a word, sweetheart, not a word." Kerri was slow to calm, her focus on that gun and on what would surely be the last moments of her life. She was blinded by confusion, dazed with fear. "Atta girl," he said as her breathing slowed, "very good, very good. You gonna be a good girl, be nice, behave yourself?"

Kerri could only nod, noticing for the first time a second man standing only a few feet away, wearing a black duster to match his friend's. The first man said, very slowly and quietly, "You listen to me now; I'm gonna take this gun out chor' mouth. One peep and I'm gonna knock your teeth out. Right?" Kerri nodded, but the man repeated even louder, "Right?"

Kerri nodded, mouth open and around that terrible tool. The man nodded too and slowly removed the gun from her mouth. Kerri's muscles were cramping, the sides of her face hurting as her heart threatened to explode behind her ribs.

The man stepped back and the other stepped forward. "Missus Mark McCall, aka Kerri Abernathy? Former B-movie actress."

"That's right," Kerri managed to say, but just barely.

The first man said, "My name is … well, that's not really what's important, but you can just call me Mr. Death." The name sent a wave of cold fear through Kerri's body. He spoke with a very deliberate professionalism that only revealed his ignorance. The strong Jersey accent didn't help. "That's my associate, Mr. Kill."

Kerri looked at the man and tried to smile, failing miserably.

Mister Death said, "I know you's is wondering why it is we've come here … unpronounced, as it were." He smiled, apparently having no idea of how far off his language was. "Missus McCall, when your late husband was still among us, he accrued quite a gambling debt which, as you may imagine, has increased over time, what with the interest and penalty payments and whatnot."

Kerri repeated, "Gambling? On what?"

"Football, mostly. I tried to collect from his business manager, one Morrison Talbot, but he no longer seems to be available."

"Yeah, they say he ran out of the country. Try Barbados."

Mister Kill smiled. Mister Death didn't. "Perhaps one day," Mr. Death said as Mr. Kill paced around the big entryway. "But for now, I would like to collect on your late husband's debt, so that I may close the books on this whole situation."

Kerri sighed, shaking her head. "How much?"

"The entirety of the debt is currently at two-hundred thousand dollars American," Mr. Death said, overly articulate. "We would prefer a wire transfer, for reasons which I am sure that you may construe."

Kerri shook her head. "Well look, I just don't have that. I'm sorry, but … I don't have it. Talbot stole all my money — "

"That is not our problem, Mrs. McCall. And it won't remain your problem for very long, if you catch my drift."

Kerri's blood ran cold, mouth going dry. But she mustered her strength, driven by an anger and an impatience she didn't know she had. Her late husband had been haunting her long enough.

"What do you mean, breaking into my house and threatening my life?"

"That, Mrs. McCall, is a question which answers itself. Today is Thursday. Next Friday you'll owe another ten thousand, for a total of two-hundred-ten. I suggest you do what you can to ensure a friendly business transaction, and that includes keeping this strictly private, especially where the cops is concerned." Mister Death looked her over before leading Mr. Kill to the front door. On the way out, he said to Kerri, "The alternative will not be pleasant, I insure you."

They left, closing the door behind them, and Kerri's knees gave out from under her. She dropped to the cold marble floor, barely able to keep from passing out as she regained her senses and began to mull over her alternatives.

She only had one.

CHAPTER THREE

Yvonne went with Kerri, and she required little convincing. Kerri could never have gotten in without somebody who'd already been there, and Yvonne was one of the very few. They pulled up to a huge mansion and stepped out, both wearing their best black dresses, Kerri's blonde hair pulled up in a bun, ringlets around her pretty face.

The men wore tuxedoes, the women fine evening wear and dazzling jewelry. Kerri didn't recognize any of the faces, even though she'd partied with just about every A-, B-, and C-lister in Hollywood over the previous five years, pretty much in that order.

Yvonne glanced around, even nodding to one or two people and catching Kerri's eye. "See some old friends?"

Yvonne chuckled. "Maybe some potential new ones."

"Yvonne, be serious! You're here to help me with all this, not get swept up and disappear for some weekend of slap and tickle."

"All right, Kerri, don't be so nervous."

"Nervous? I'm not nervous, I'm … I'm scared to death, actually."

Yvonne chuckled. "Relax, you'll be fine." A young man walked by with a tray of champaign flutes, and Yvonne took two, handing one to Kerri. It was chilled and delicious, bubbles tickling her nose. "You may need a few of those."

"I think I'll need my wits tonight. Still, I'm sure one won't hurt."

"No," Yvonne said with a knowing half-smile, one brow raised, "of course it won't."

Kerri looked around, searching for answers that only inspired more questions. "So how does this work, exactly?"

"I'm not really sure, I've never been auctioned. But Hamilton said the money was held in escrow over the weekend, delivered on Monday morning without fail. The Swedes handle it, apparently, they're great at that sort of thing. Hey, that's not racist, is it?"

"I think it might be."

"No, it can't be racist; they're white. Anyway, let's take a look at the auction room, shall we?"

Kerri was more interested in avoiding that very thing, but she knew she had little choice. It was why she came, why they spent hours getting ready. She knew what she had to do, what was waiting for her in a week's time if she didn't do it; so she followed Yvonne across one of the big main floor rooms to a pair of double doors guarded by a big man in a black suit. She nodded at him and he back at her, then he stepped aside to open the door and let them pass.

Dead silence filled the big room as Yvonne led carry toward a large crowd of men and women standing around an elevated stage. The stage was built into the walnut bookcases and pillars, everything highly polished.

But that wasn't what caught Kerri's eye.

On that stage stood a beautiful young woman, a brunette with a gorgeous face straight out of a 1930s movie, cherubic and sweet. Her body was perfect, slinky in a clingy satin dress. A man in a tuxedo spun her slowly around. Another man stood on the stage nearby, also in a tux. He wordlessly interacted with the audience by pointing at one person, then raising his hands, various fingers extended; one on his left, three on his right.

Yvonne leaned over to Kerri and whispered, "One hundred forty thousand, I'm pretty sure."

Kerri's head started to swim. The man clapped again, raising his fingers, scanning the crowd as some nodded. The man would choose one, clap and point, then raise his fingers to indicate an even higher number. "I think that's three hundred thousand," Yvonne whispered.

The smell of brandy and cologne and perfume combined to sweep up Kerri's nostrils, nearly making her faint. Men turned to glance at her and Yvonne, some with suave smiled that barely disguised their viscous intent.

The man on the stage clapped again and raised his hands, five on each, flashing his fingers five times. "There's half a million."

My God, Kerri couldn't help but think, *What are they going to do to that girl for their half-million dollars? What devious, demented practices does she have in store?*

Yvonne glanced at Kerri, setting a comforting hand on her shoulder. "Relax, Ker, she looks like she can handle herself."

"She can't be more than twenty-one."

"Nah," Yvonne said, waving Kerri off and sizing up the brunette as she was escorted off the stage. "She can't be a day over nineteen."

A nervous curl turned in Kerri's stomach. "No, this ... this is just too weird, Yvonne. I wanna go, we should go."

"Kerri, calm down. It wasn't easy to get in here."

But Kerri looked around, her heart beating faster. "I don't care, we should go ... right now."

Yvonne put both her hands on Kerri's arms and looked right into her eyes. "Kerri, take a minute to collect yourself, okay? It's going to be fine, trust me."

But Kerri was getting dizzy and nauseous, and she knew if she stayed their much longer something embarrassing was going to happen; precisely how embarrassing would depend on which part of her body gave out first.

Kerri turned and rushed for the double doors, Yvonne on her heels. But Kerri stopped short to see a man stepping into the room toward her. His eyes locked on hers, his green to her blue, his black hair short and well-styled, just a touch of grey creeping over his sideburns.

Kerri opened her mouth to speak, but she had no idea what to say and no reason to say anything at all. Everything was happening too fast, and her overriding instincts to get out of there pushed her toward the double doors with Yvonne following close behind.

Kerri knew she was drawing stares, but that only made her legs pedal her faster, cold sweat collecting on the back of her neck. Once through the big living room, Kerri felt like the doors of the foyer to the outside were getting further and further away the harder she tried to reach them.

"Kerri," Yvonne rasped, but it was too late. Kerri was quick to push her way out of the foyer and into the front of the mansion. Once outside, the cool air braced her, but Kerri could barely stop walking until Yvonne finally grabbed her arm and spun her around. "Kerri, take it easy, will you? I thought you said you didn't have a choice!"

Kerri stopped, looking up at the big mansion and stammering to find the right words. She hadn't told Yvonne about the visit from the loanshark, the money she owed him, what was waiting for her if she didn't, how little time she had. But she knew it to be true, and once again being on the outside of that mansion meant that she might just have thrown her only bid for survival right out the window.

"Okay, you're right," Kerri said, "you're right, I'm sorry, I ... I just freaked out a little bit there."

"A little bit? I don't think I'll be able to get us back inside!"

"Oh no, Yvonne, you gotta get us back in, I have to do this, I ... I need to do it."

Yvonne took a closer look at her old friend. "What is it that you're not telling me, Ker?"

"I owe money, Mark owed money, I told you that. But ... some of it needs to collect sooner than the rest of it."

"Some? To who?"

"Some guys from New Jersey, gambling debts."

"Oh Christ, Jersey? The mob? You know I'd loan you the money, but we're pretty tapped out too; Harvey hasn't worked in ages, Joanne's private school is killing us — "

"It's okay, Yvonne, it's not your responsibility."

"Still and all." Yvonne turned and glared at the mansion, taking Kerri by the hand. "Let's get you back inside and sell you off before we both get wacked."

Yvonne managed to get them back into the mansion, but returning to the auction room was another matter. The doorman was grim-faced, arms crossed in front of his chest as he shook his head. Yvonne flirted and rationalized and even pleaded, eventually inspiring the doorman to ask, "Bidding?"

A nervous wave passed through Kerri's legs, making them tremble when Yvonne said, "On the block, actually, my friend here."

The doorman looked Kerri over, his eyes slowly crawling up her creamy, taught legs and compact, gymnast's physique. His eyes lingered over her face, lips pouty and red, eyes catlike and blue. Finally he shrugged and stepped back, opening one of the two big door and allowing them to enter.

Kerri walked in and looked around, instantly drawing the glare of a few of her fellow revelers. She walked at an even pace, slow but resolved, approaching the stage. Kerri scanned the room, not seeing the handsome gentleman with the piercing green eyes and chiseled features. She passed from face to face, everybody around her wreaking of wealth and power, the best and the brightest, and the darkest, of the Los Angeles elite.

She arrived at the foot of the stage and one of the two men noticed her immediately. He extended his hand to her and Kerri stood there, nervously looking around. Yvonne jutted her head, gesturing for Kerri to take the man's hand and get up onto the stage. But Kerri was shod with nerves, unable to move.

Do it, Kerri urged herself, *you have to do it! Take control for once in your life!*

Kerri extended her hand and the man in the black suit took it, pulling her gently but firmly onto the stage. He led her wordlessly to centerstage and spun her slowly around. Kerri could feel the eyes of the people in the crowd, undressing her with their imaginations, already conceiving strange and seductive practices for her. She paused to face them so they could take in her face, her breasts, her complete facade.

These people don't care about me, she knew, *it's completely about what's on the surface.*

The silent auctioneer pointed at the nodding men and women in the crowd, clapping and raising various combinations of fingers. Kerri couldn't follow the numerical process, and with nobody saying a single word, she couldn't even guess how much they were bidding for her. But with the frequent claps and different combinations of fingers, she knew that they were bidding a lot, and that the price was going up fast.

Her heart skip a beat to be on that stage, the object of fascination for people she didn't know, people who didn't know her. It brought back the old days, her time as a bubbly scream queen, a masturbatory fantasy for young boys and old men alike.

But *Killer Kamp 4* had never brought in a crowd like this.

Clap! Fingers and nodding and pointing; *clap!*

But one man stepped through the crowd, his piercing green eyes fixed on Kerri. He was even more handsome than she recalled from that first fleeting glimpse, with broad shoulders and an athletic build under his perfectly tailored tuxedo. He stepped toward the stage and her eyes locked on his, the two staring at each other as if there weren't anybody else in the room at all.

Amid the clapping and the nodding, this man raised his hand and snapped his fingers, a loud *clack!* that filled the hall and captured the auctioneer's attention. All eyes fell on the green-eyed man at the foot of the stage. With the hand he'd used to snap, still upraised, he extended his index finger, a wordless one.

There was a hush even in that silent crowd, people looking at each other as if they'd just seen a ghost; one that had just paid one million dollars for the weekend.

The auctioneer looked around, nobody else nodding. He clapped his fingers and raised his own hand, index finger pointing upward to match the man in the crowd. The auctioneer's partner took Kerri by the hand and led her down the front of the stage and to the green-eyed man before returning to the stage.

Kerri and the man looked into each other's eyes. Saying nothing, he extended his forearm. Kerri slid her lithe limb under his black sleeve and let her arm rest on his as he led her through the room and toward those double doors.

Beyond them lay a weekend she could not imagine but would never forget.

CHAPTER FOUR

A valet pulled a gorgeous black Mercedes Benz AMG GT S sports car, his red-jacketed partner holding the door open for Kerri while she climbed in. Her companion climbed in behind the wheel and the valet closed the door.

"Wait a minute," Kerri said, "we haven't even been introduced."

"What makes you think I want to know your name, or that I would ever tell you mine?" A tense silence filled the plush car. "You can call me Harden."

"Harden?"

"Harden Steele. You?"

Kerri hadn't even thought about using a fake name, but now it seemed more than reasonable. "Chastity," she said. "Just Chastity."

He smiled, gunning the engine. He raised his hand and she placed her own in his. "Nice to meet you, Chastity," he said, gently kissing the back of her hand.

A lump rose in Kerri's throat. "And you, Mr. Steele."

"Please, *Harden*."

Harden gunned the accelerator and the car jumped forward, a low hum leaking out of the hood.

Harden drove quickly, but he was alert and quick, never missing a stop sign, never hesitating. Kerri couldn't help but flash on her late husband Mark, his land moments sailing off that mountain road, how terrified he must have been despite the drugs and the booze.

She looked at Harden and saw a completely different man, a man for whom control was obviously a way of life. His hair was perfectly groomed, his clothes without a single wrinkle, gold cufflinks shining, amazing car spotless and gleaming. He threw the car into gear and the engine purred at his touch, the car hugging the road and jumping on the freeway and tearing east toward the beach.

Kerri was intrigued, and nervous enough to be driven to smalltalk. But she sensed that Harden would resist, that he wasn't interested in sharing any of the details of his life. *Maybe that's best,* Kerri told herself, *and even better that I don't share any details of my own.*

He took the 10 west to the Pacific Coast Highway heading north of the Santa Monica Pier and toward the famous art colony Malibu. Harden finally pulled the car up just as a big wooden gate opened inward and Harden coasted the Benz through it. The gate closed automatically behind them.

Harden's beachside mansion was an incredible Spanish villa, tastefully lit with a simple large fountain in the center of a brick roundabout.

A man rushed out of the massive front doors and hurried to open Kerri's door just as the car rolled to a stop. Harden opened his own door and walked around to escort Kerry from the car into the house, the young man getting into the Benz and driving it to the nearby garage.

The house was huge, a giant foyer and staircase framing the open center room, living room adjoining to the left, what seemed like a massive music room to the right, dominated by a white grand piano.

They stepped through the house, oil paintings hanging in gorgeous frames, familiar names painted in the corners; *Picasso, Rembrandt, Monet.*

Black-jacketed servants and girls in French maid costumes scurried in the crevices of the house, barely noticeable. Harden noticed Kerri's peering at them, hovering silently in the other rooms.

Harden said, "They're paid to go without notice," he said. "Quick, quiet, and clean."

"I see." But the idea that she was surrounded by men and women loyal to this man, servants she could hardly see and could never count, only made Kerri more nervous. The thought that loyalty to their master, not to mention private and personal hungers, might inspire them to participate in some terrible gang assault. Kerri imagined herself besieged by half a dozen of Harden's fancy henchmen, holding her down while Harden himself closed in, peeling off his shirt, his goons holding her legs spread despite her fitful struggle and useless protests.

Harden said, "Are you hungry?" Kerri knew better than to eat on a date, especially if sex was on the playbill. But she really was famished, and something told her she'd be needing her strength. So she nodded and smiled politely. "Excellent,"

Harden said, "dinner should be served almost immediately. It's a beautiful summer night, shall we dine *al fresco*?"

"Let's," was all Kerri felt that she needed to say; even that felt like it was spoiling the mood.

The salty ocean breeze was refreshing against Kerri's bare shoulders, the lobster was buttery and flavorful, a perfect accent to the juicy, peppery steak. Kerri took a sip of chardonnay to wash it down, crisp and refreshing.

So silly to have been worried, Kerri chastised herself. *He wouldn't do anything to me here, would he? One disloyal henchman, one untrustworthy witness and his life of luxury is over. Surely not even this man could be that arrogant!*

Kerri looked around, hoping a fake smile would help her relax.

What a night, she reminded herself, *what an experience! Why can't I just relax and enjoy it? A handsome and mysterious man, a magnificent beachfront palace, the most delicious food I've ever had. What could possibly go wrong?*

Everything.

But it was too late to second guess herself, Kerri knew. Whatever was going to happen, she needed to stay there and see it through. Nothing short of death was waiting for her on the other side of those double doors. *If I die in here,* she reasoned, *it won't be much worse than dying out there.*

"Kerri, are you all right?"

Kerri snapped out of her reverie. "Yes, I'm sorry, it's just … the food, it's delicious."

"So are you," Harden said with a smile.

Kerri smiled awkwardly and a tense silence returned, waves crashing in the near distance. "May I ask … what it is that you're going to do to me?"

Harden raised his eyebrows, still chewing on his asparagus. "What would you have me do?"

"Well, I … " Kerri had to clear her throat. "I just mean, you seem to have spent a lot of money, I'm sure you have something … special in mind?"

"How do you know I spent anything at all?"

Kerri hadn't given it too much thought; it seemed perfectly obvious to her. "The index finger, you and the auctioneer both did it. That didn't mean one dollar, I don't suppose."

"I could have meant a lot of things," Harden said. "It's nothing for you to be troubled about."

"Well actually, it is; doesn't most of that money go to me? I have a right to know how much I'm worth. And if I have to endure some kind of weird humiliation or something, I want to know now how much I'm getting for it. That's only fair."

"You want to know, so you can change your mind and leave?"

Kerri sensed the increasing tension, but she'd stepped past the point of any return. "Maybe."

Harden smiled. "I have rights, Chastity, all weekend. I paid very handsomely for them."

"Well all right then," Kerri said. "That's really all I needed to know."

"What you needed," Harden repeated, "interesting turn of phrase. What is it that you need, Chastity? Besides money, I mean."

"I beg your pardon?"

"You were obviously on that block for a reason." He looked her over with a smile. "I know it's not because you can't find a man by more conventional means."

Kerri tried not to show her offense. "My husband died last year."

"I know."

"Excuse me?"

"I know who you are, Kerri Abernathy, I know all about you."

"But how did you — ?"

"It doesn't matter." And Kerri knew he was right; with the internet and the Internet Movie Database, or IMDb, anybody can learn anything about anyone in just a few minutes. Harden went on, "Mark McCall was a good actor, but one thing he couldn't do was act like a man."

Kerri wanted to be offended, and even if she truly wasn't, she felt she had to say, "Excuse me?"

"What you need, getting back to it, is a man, a man who can take control; control of himself, control of you, of your body, of your will."

"Is that so?"

"It is."

"And you think you're that man."

"I do ... because I *am* that man." A long, trembling tension passed between them before Harden went on, "I am sorry for your loss, but surely a year of mourning is long enough."

"More than enough," Kerri said. "And why where you there in that auction room? Surely a man of your resources and ... attractiveness doesn't need to pay for any woman's company, no matter what your intentions are."

Harden said, "Who says I need to pay?"

"You *want* to pay? Is that some part of your control fetish?"

"I want the best," Harden said. "And that always costs."

"And just what is it that you expect for your money?"

Harden looked at her, long and cold and silent. He took a sip of wine, set down his utensils. He stood up and silently walked around the kitchen, his fingers curling around Kerri's naked upper arm. He gently pulled her up out of her chair.

"Hey," she said, nervousness in her voice, "what are you doing?"

"I'm answering your question."

CHAPTER FIVE

He pulled her to her feet, Kerri offering only the slightest resistance to his quickened pace into the house and up the big staircase. She asked him, "What are you gonna do? Where are we going?"

He pulled her up the stairs, her feet scrambling to keep her upright while he made his determined way toward the second floor. The higher up they went, the faster her heart started beating, creeping into the backs of her ears, veins throbbing on the sides of her neck. "We're going to my bedroom," he said.

"Why? What are you gonna do to me, damnit? Why won't you answer me?"

"Because words are cheap, Kerri."

They reached the top of the stairs, Kerri's heart beating faster, louder in her ears. "I ... I don't understand."

"You will."

"No, I won't!" With a hard yank, Kerri tried to pull her arm free of his grip but failed. "I won't go anywhere or do anything with you until you tell me!"

"You need to learn a few things about control, Kerri. I'm going to teach them to you." He pulled her down a long, huge hall to a pair of double doors.

"What do you mean?" Kerri let her increasing frustration and anger disguise the fear in her voice. "Are you going to tie me up, is that it? Don't whip me, I don't want to be whipped!"

Harden just glanced at her, a half-smile growing on his roguish face. Then with another hard tug he pulled her along to the double doors. He opened the door, only darkness waiting for her on the other end. "Wait," she said with a quick snap of her voice, "what's the safe word? What are the rules? I don't like this, Harden, I ... I'm afraid."

Harden turned those piercing green eyes on her, a strand of his black hair falling in front of his furrowed brow. He said, "Good," before gently pushing her into the room and closing the door behind them.

Kerri's heart was pounding, her mouth dry. She looked around the big room, dark but for a shaft of moonlight streaming in through the big windows, a balcony beyond it. Kerri stood nervously, expecting Harden's hand to clamp down over her mouth, for him to throw her onto the bed and ravage her. And she wasn't entirely against it, though at that moment she wished she could have just stayed home.

But the moments remained quiet, no explosive delivery of rape lust, no hand wrenching her own behind her back. Instead, Harden loomed behind her, closer to her trembling body as he led her to the bed. Her eyes were quickly acclimating to the moonlight, and she could see the huge footboard of the bed, thick rods of heavily polished walnut. Harden positioned her to face the footboard, his hands finding her wrists from behind and setting them onto the walnut footboard, her hands too small to wrap around it. His hands remained around her wrists, his head leaning in to whisper into her ear, hot breath collecting.

He growled, "Tie you up? Is that what you want, is that what you expect?" Kerri opened her mouth to answer, but no words found their way out. Harden seemed to expect it and went on his his low and sexy voice, "There's control there, sure, and I will control you, Kerri, in every way. But that's physical control, Kerri. First you have to learn about mental control"

Kerri's mind began to swim, her legs trembling a bit as Harden pushed her hands close together, one of his big, strong hands clamping around her wrists to hold them together. His body was pressed against hers from behind, and she could feel his massive member hard in his slacks, pressing hungrily against her sensitive, muscular ass.

Harden's free hand began to roam, tracing up Kerri's left arm toward her breasts, nipples already hard and awaiting his touch. He whispered, "You leave those hands on that footboard, Kerri. You hear me? Don't you move those hands."

Kerri sighed and nodded, eyes dipping shut.

But Harden said, "Answer me, Kerri."

"Yes," she said, barely a whisper.

"No, Kerri, tell me what you're going to do!"

"I will ... I'll keep my hands on the footboard."

"That's right, you will." Harden's fingers finally found her left breast, hands strong but gentle as they curved the underside, barely touching that either nipple. Despite herself, Kerri found herself lurching forward, easing her breast into his hand. But he gave her breast a little slap, a surprised jolt shooting through her chest. "I'll decide what and where," he growled, "I'll decide how much and for how long. You understand me?"

"Yes," Kerri gasped, "I understand."

"That's right," he said, his fingers returning to her breast for a passionate squeeze, fingers splayed over her firm tit. He nuzzled the nape of her neck, gentle kisses contrasting the firmness of his grip. Kerri let her head fall back.

But while his left hand lingered over her breasts, his right hand left he wrists and quickly found the curve of her flawless hip, flat palm sliding over her upper thigh and inward, her smooth and dewy crotch ready to receive him. She parted her legs, arching the small of her back, pushing up as his finger barely traced her twitching labia. Her clit was already creeping out to meet him, but his touch was only a tease, distant, only a suggestion of what was to come.

Kerri moaned and thrust her hips forward in impatient passion, but Harden pulled his hand away again, leaving her loins aching for satisfaction.

"Don't you move those hands," Harden warned as if reading her mind or her twitching arms, fingers wriggling on her hands as if already fingering herself with crazed vigor. He was right; she was fighting every impulse to reach down, to jam his hand into her, to bring a frenzy to her frustration.

"Don't do it," he warned, his fingers still just barely touching her twitching twat.

"Please," Kerri said, a gasped plea, "oh please, Harden."

"Please Harden, what?"

"Please ... fuck me, fuck me now."

But Harden answered with a hard and cruel slap, flat on her right ass cheek. The surprise of it, the snap of pleasurable pain that raced through her guts and lungs and throat, was almost enough to knock her off her feet.

"Don't you let go," Harden said before delivering another hard slap, this time to her left cheek. The sound filled the room, underscored by her own loud scream. Harden kneaded her other cheek, a gently prodding massage, before executing another hard blow, this one ringing in her ears and in her brain, breath pushed out of her lungs. "Don't you dare let go."

Kerri stood there trembling, eyes extracting more and more light from the dark room. But Harden stood behind her, the buckle of his belt filling the quiet room as his clothes fell with a muffled thump.

Kerri separated her legs even further, fingers trying to hold onto that thick wooden rod as he positioned his condom-covered cock at the entry of her hot, wet pussy. It rested perfectly, and without seeing it Kerri could tell it was massive, the head only suggesting the length and width that was to come. With a gentle push, Harden pushed that big head into her and stopped there, allowed just that round introduction to linger between her twitching labia. Her clit wrapped around his head like the meeting of two old friends from another lifetime, and she eased back to encourage him to delve deeper. But he backed up, always the one to be in control. She stopped and waited, knowing he would not keep her in suspense very long.

Harden slid his cock just a bit deeper, and Kerri tight pink tissues thrilled to that passionate pressure. He stopped, pausing, before bringing it back just a bit and then beginning an even series of shallow jabs, each one heightening Kerri's senses, every nerve rising to the surface, juices heating up to a boil.

Harden pressed his hand against the small of Kerri's back, a new and exciting point of contact that only added more glee to their grind.

Then Harden plunged deeper, going almost up to mid shaft. His width and girth pushed Kerri's tissues back further, her legs separating to take him in. He began racking that massive rod against her, back and forth in a mid-tempo cycle that seemed to get gently faster. Kerri herself began to push back and forth with the effects of Harden's commanding movements.

Harden added a circular movement, hard and clockwise to interrupt his forward and backward motion. This touched off nerves in her clit Kerri barely knew were there, her wet pinch clench holding onto that savory stick, squeezing with all her might. One of her hands slipped away from the footboard, but she was quick to replace it, palms slick with her sweat.

Harden's hands found each of Kerri's hips, big and strong and guiding them to match or contrast his own movements, at his whim and to their mutual delight. Kerri felt like a puppet on a massive meat stick, and she was ready to do as commanded, to dance to whatever tune her master was ready to call.

Kerri's pale legs quivered, muscles stretching along her thighs and calves to steady her, small of her back arching even further. Harden took every advantage of the increased access to her private, perfect self. He pulled her closer and drove in further, Kerri's heart nearly stopping as her loins were compressed. She twisted her body and felt the sting all the way through her, every fibre of her being connected to massive meld beneath and within. Harden read her desire, her willingness, her ability, and drove her even harder.

In and out, 'round and 'round in faster swirls before deeper plungers, slow and certain, pushed Kerri's blood to pound through her veins. It was all she could do to hold onto that floorboard despite her sweat-drenched fingers, gripping it with all the rest of her strength as Harden kept pummeling her from behind, filling every crevice with his aggressive cock.

"Oh God yes," Kerri heard herself say, not even aware that she was speaking. "So good, so fucking good."

"You like that? You want me to cum for you?"

"Yes ... "

"You want me to cum *in* you?"

"Oh God yes," Kerri blurted out, eyes clamping shut, hissing though her clenched jaws as Harden kept throttling her.

"No," Harden rasped, "and you wont either, not yet! Don't you dare cum! Not until I tell you to, you hear me?"

"I hear you," she said, words tumbling out of her tightened lips, "I won't, I won't cum ... until you tell me to."

"That's right," he said, and she could hear that he was smiling, "that's goddamned right." He snapped into action, his hands flashing away from her hips.

His left hand found her sweat-soaked blonde hair, fingers wrapping around it to pull her head back. Tension strained the muscles of her chest, her back, her arms as they strained to hold onto that footboard.

"Now you listen to me, you beautiful little thing, you're gonna cum when I tell you to and only when I tell you to."

"Yes — "

"And you're going to keep cumming, for as long as I want you to keep cumming, all fucking night if that's what I want." Kerri could hardly imagine what he was talking about, but she was in no position and in no mood to object.

Kerri was there to learn, after all, and Harden was in control.

Harden's other free hand found Kerri's pussy, fingers pressing against the muscular mound at the top of her clit. He found a spot just to her left of the center, and jolts of electric pleasure crackled in her loins.

Her G spot.

Kerri felt like she was already on the cusp of exploding, her juices long in percolating, hot and frothing and desperate for release. And Harden seemed to know it, to feel it. to sense it.

"There it is," he said in a low, sexy, gravelly voice, "don't you cum yet, Kerri, not yet." She nodded, her head falling forward as she tried to hold back her orgasm, not to mention stay on her feet and remain conscious.

Harden's grinds were very slow and deliberate, his huge cock almost completely inside her while his hand rubbed her mound with a steady, circular motion that made Kerri's thighs twitch, calf muscles contracting, toes clenching.

"You can feel it," Harden said, "you want to cum so much, so hard. But feel it getting bigger, harder, stirring … " Kerri moaned, body shaking. "It's gonna tear you apart, Kerri, with my cock in that sweet, tight pussy … " Kerri's arms shoot, fingers nearly tearing out of the knuckles as she struggled to hold on. Harden moved slowly, deliberately, his cock pushing and pressing into her while his finger created an unseen blur against her crotch.

Tears pushed out of Kerri's eyes, rolling down her cheeks to her pouting lips as she released another desperate gasp. "Please … please … "

"Please what?" She bit her lip, eyes clamped shut. But he repeated louder, more forcefully, "Say it!"

"Please let me cum," she gasped with a whimper, the tears coming faster, hotter. "Please ... "

"You think you're ready? You can't wait?"

"I'm gonna cum, I'm ... I'm ... "

But he slapped her ass hard, another shocking jolt shooting through her. "Don't you dare! Don't you do it!"

"I can't help it!"

He pulled back harder on her hair, muscles tightening. He leaned forward with a mean grimace. "Yes you can! You can, Kerri!"

Harden started to pump harder, shaking his hips from side to side, Kerri reacting like a rag doll in front of him. He pumped her so hard her feet rose up off the bedroom floor and landed sliding, legs no longer able to support her dazzled and exhausted weight.

That orgasm was beyond ready, grown to a size too large for her shattering hips to accommodate. It was ready, but it was waiting.

Waiting for him.

"Okay," Harden said, his own teeth gritted, "now, Kerri, cum for me now!"

And she did, unable to breathe or to see or to hear, body shaking with a dull roar like a wave crashing over her. She leaned forward, arms wrapped around that walnut chord now, clinging as if for dear life as that cum rolled over her again and again.

"Yeah, keep it coming," Harden said, "feel it rising again and again. The more you cum, the more you wanna cum, the more you're able to cum! Don't stop, Kerri, don't you dare stop cumming for me!"

And Kerri felt like she never would stop, unable to answer him, to ask why his own massive orgasm remained unreleased even as hers grew with the minutes, passing slowly, deliriously, into the second hour.

He finally came too, a shattering explosion of energy that shook his body and inspired a great, beastly roar. He wrapped his arms around her and squeezed tight, almost strong enough to crush the very life out of her. But his strength receded and he relaxed his grip before the two reclined into the bed. They relaxed with warm towels to dab Kerri's sweat, a brandy to soothe her exhausted body before she fell asleep on his chest, a tired smile plastered to her face.

CHAPTER SIX

It's happening again. Tires squeal, the lights of the Los Angeles basin twinkling in the darkness. Kerri is helpless in the passenger seat as the luxury car hugged those curves, motor grinding too loud, the car's momentum throwing it to the side just a few inches too close to the edge.

Kerri's mouth is dry and her throat sore, tongue unable to form any words. She's begged him before, hundreds of times, and it had never done any good. The end is always the same.

The car zooms over that winding concrete strip, vast black death waiting over the side like a patient predator, knowing its prey would soon leap willingly into its gaping jaws.

Kerri looks at Mark, ready to beg him to be careful, to let her out before he pulls her into his premature grave with him. She knows it won't help, but she's willing to try.

But a flush of warm relief pulses through Kerri to see that it wasn't the late Mark McCall behind the wheel, but Harden Steele, a man of a whole other sort. He's no whimpering, simpering mess, lost in his own bitterness and disappointment. Harden is upright, in control, that car reacting to his slightest touch.

And she does too, the hum of the motor creating a hum of another sort in the engine of her own personal vehicle. Just the sight of that handsome face makes Kerri want him, and it's all she could do to stay in that seat and not jump all over him, unwittingly delivering them both to the very deaths she dreamed nightly.

Instead, Kerri sits in silent satisfaction as Harden guns the engine, the two of them heading off down a twisting road into the unknowable darkness. But at least she's moving forward, and Kerri can't help but feel that she is traveling in the very best company.

A nervous curl in the pit of her stomach tells her that she'll be needing it to preserve her future, her life.

Kerri woke up refreshed for the first time in months, and in a way she'd never felt in her whole life. Her limbs were slow to move, her body aching and yet somehow perfectly relaxed. Her skin tingled, her muscles still flush with the enticing chemicals of sexual ecstasy.

During a hot and soothing shower, Kerri drew soapy suds across her own naked body and Harden's, covering every inch in cleansing slickness, Harden's manhood once more rising to the occasion.

There were clothes waiting in the closet, several summer frocks. Kerri picked a light blue-and-white floral print with spaghetti straps and a hemline just above the knee.

The mimosas were delicious, the sweet tang of freshly squeezed orange juice swirling with the heady bubbles of the finest Champagne. The scrambled eggs were light and fluffy, the caviar salty and bursting with flavor on a bed of cream cheese spread over a round wheat cracker.

Kerri looked out over the churching Pacific Ocean, literally on Harden's back door. But that only drew her attention back to Harden. "If I may, you must have done quite well in whatever your chosen profession."

Harden nodded with a modest smile before taking another sip of his mimosa.

Kerri cleared her throat. "It was just a little disconcerting that you knew, that you *know* my name, all about my history. But here, I don't know anything about you."

Harden said, "That's right," before spreading some caviar on a cracker. He let a moment of nervous tension pass before eating the cracker and washing it down with that delicious mimosa. But his attention was on Kerri, how she was squirming with her increasing, and increasingly frustrated, curiosity. Finally he smiled. "I was an executive producer on *Killer Kamp 4*, among other little projects. I recognized you immediately."

"Oh, I see," Kerri said, reasoning, *Well, that makes sense; accounts for all this money, not to mention him knowing me.*

Harden said, "I was surprised to see your career end so quickly. You're a world-class beauty, and I heard nothing but good things from the set. Not a bad actor either."

"Not a bad actor, that's the most I get?"

Harden shrugged. "It wasn't a character-heavy piece." They broke out in a knowing little chuckle, a warm morning breeze cutting across the beach.

"And what else do you know about me?"

Harden shrugged. "What difference does that make?"

"It's my life," Kerri said.

"How much of our lives are truly our own?" Kerri sat in a confounded silence before Harden went on, "Widowed, the only child of Adrienne and Kenneth Abernathy of Fresno, California. Left home at sixteen, lived out of your car, worked in a coffee shop until you were discovered."

"True enough," Kerri said. "What about you? Any siblings? Are your parents still alive?"

Harden let a tense silence pass before asking, "Why is it so important for you to know these things?"

Kerri gave it a little thought, unsure of her answer. "I guess it's a matter of, I dunno, trying to maintain some control over my surroundings, over what's going on in my life. They say knowledge is power, don't they?"

"Power? Control? My dear Kerri, you know absolutely nothing about power. And you've still got a lot to learn about control." With that, he stood up and grabbed her arm again, pulling her out of her chair. It was a replay of the night before, and Kerri wasn't about to object to that. She couldn't help but wonder, *What's he got waiting for me this time?*

But instead of leading her up the stairs, he led her out of the big front doors where his black Mercedes Benz was already parked and waiting. "Where are we going?" But his only answer was to open the door and allow Kerri to climb in before slamming that door shut. He climbed in without a word, hit the gas, and they were off.

What did I say? Is he driving me home or dropping me off at the local bus station or something?

Harden's attention was fixed on the road ahead as they climbed up into the Malibu Hills, the Pacific sparkling in the rearview mirror. The car swerved, tires squealing as the car raced upward, past the huge cliffside castles and beyond, to the craggy and rugged mountain pass to the northwest.

The road became thin and Harden drove faster, winding and swerving through that tall brown grass. A familiar nervousness rose up in Kerri's gut, fear and regret and terrible memory colliding in her heart, squeezing it like some invisible fist in her chest, ringing the air out of her lungs.

Were those just dreams about what had or hadn't already happened, she had to wonder, *or premonitions of what was to come, maybe on this very day? I'm I going to die with this maniac behind the wheel? Is this a fate I can't escape, no matter which way I turn?*

But the Benz screamed over a bend and further upward, toward the pinnacle. When he slammed on the breaks, Kerri's heart started beating again, faster than usual. But she was alive, at least for the time being. Looking around to see nobody around, no houses, nothing but that lone, winding street, Kerri couldn't help but wonder why he dragged her all the way out there.

She had at least one idea and it almost sent her screaming into the hills.

Of course, it occurred to her, too late. *That's why he paid so much money; not just to fuck me, but to kill me. And he wouldn't do that in his house, leaving traces. But out here, who's to say what happened?*

Harden grabbed her upper arm again and pulled her away from the street and down into the gully. There was a clutch of trees at the bottom, cluttered with bushes. Kerri knew in an instant, *Good place to leave a body.*

Kerri tried to pull her arm free, but Harden held tight. She looked around, knowing that she'd now have to run uphill to escape, and she'd never make it. *Scream out for help,* Kerri urged herself, *call out now before it's too late!*

But something stayed her tongue, and Kerri's legs sent her clumsily down that gully toward those trees, to her fate, to her destiny.

"Please," Kerri said, barely able to get any more out before they reached that little oasis at the bottom of the gulch. "Please ... don't hurt me."

Harden pushed Kerri up against one of the trees, hands between her thighs to spread her legs. Kerri's heart was already pounding, and it wasn't long before her crotch began to follow suit.

"You talk about control," Harden said in a low growl. "Now you're gonna know what it is to have no control at all." He shoved her dress up as he dropped his pants, his big cock hard and long and ready for action. "I'm gonna have you right here, right now!"

Kerri nodded and leaned back, legs spread, juices flowing. In truth, she'd been thinking about nothing else since the night before, and she wanted it fast and hard, no preamble. But her eyes were pulled up to the street above, a car driving slowly by the parked Mercedes Benz before driving away.

"We'll be caught," Kerri said, her voice a quivering whisper.

"Could be." Harden pushed his big head between Kerri's wet lips and eased it in, incredible thickness pressing her ready tissues to the side as he quickly moved into a steady rhythm, half his amazing shaft enough to satisfy her. He stroked that magnificent member in and out, shifts up pressure up and down to delight her nerves. "We might get caught, maybe the cops drive by and we get arrested. You don't know, you can never know. There are some things you just can't control, Kerri." He started grinding faster, the bark of the tree scraping against Kerri's back. "And those are the things that make life worth living, Kerri!"

Kerri looked around, past Harden's shoulder, as another car drove by, slowed down, then kept driving. *Can they see us? Are they looking at us? Are they taking video, or calling the police to investigate the abandoned car and the shady figures at the bottom of the gulch? I thought he was dragging me down to kill me, what's a passing stranger going to think?*

And something about the memory of that fear was now fermenting into unbridled lust. She kissed him hard, the taste of orange juice still on his unshaven lips, scratching her face. The rush of driving in that car came back to her loins, her own motor humming. And the fear from her dreams, the dread of death, once again sent a dark and twisted kink into Kerri's sexual psyche. She liked it and she knew she liked it, even if she couldn't quite understand why she liked it. But there in that gulch, fucking against that tree in broad daylight, Kerri knew it wasn't the time to understand. It was time to like … a lot.

Harden drilled her harder, scooping one hand under each knee to lift her off the gully floor. She was supported by the tree behind her and Harden in front and below. He was all strength and control, and Kerri wrapped her legs and arms around him, kissing him hard and clinging to him as if for dear life. Whatever was going to happen, whoever would find them and whatever they would make of it, Kerri knew everything would be all right as long as Harden was in control.

And as far as she was concerned, he always would be.

Having made his point in a devastating fashion, Harden decided to release his load. He'd already proven himself a master of stamina, able to sail past the one-hour mark and release at his own discretion. Kerri could feel it coming, already familiar enough with his body to be able to read the signs.

"Yeah, do it," she said, "cum in me, baby, please oh please God cum inside me!" Harden kept grinding into her, Kerri's head starting to swim. But he wasn't releasing yet, Kerri swatting her little fists onto his muscled chest. "Please, baby, please do it!" She swatted him harder until he grabbed her wrists and wrenched them behind her back in one swift, certain move. She released a little whimper as their eyes locked, chests pressed together, her shoulders rising up a feeble struggle.

He asked, "You want it?"

"Yes, baby, please!"

"Scream for it."

"What? Out here? No!"

"I said scream, baby, like you did in the movies! Scream for me and I'll cum so hard inside you."

Kerri felt the scream coming, and her own cum screaming. She knew it would bring unwanted attention, probably the police. It was social suicide for them both. But with that cock ramming her and that authoritative voice commanding her, exposed and half-naked and being fucked out in the open, Kerri let the fear from the dreams and the driving and the drug dealer and everything else rise up in her in another colossal orgasm.

But she'd have to scream her lungs out for it.

"You know I could kill you right now, Kerri, kill you down here and leave your body for the coyotes. You poor dumb thing, coming down here with me, now I'm fucking you so hard, you don't know what's going to happen next … "

Kerri started to whimper, lips twisted as tears rolled down her face. "Maybe I'll just reach up and break that pretty neck right now, with my cock right up inside you, so deep and so hard inside your tight pussy — "

Kerri's head started shaking, voice rising from a panicked whine to a thrilled and terrified wail.

"I love your fear, baby, it's so good, so exciting, makes me wanna cum so hard, cum so hard it kills you!" Kerri let out a sob, shaking her head. "Your mother warned you about this, because she was only one who cared enough about you to try to protect you. And what did you do? Run off to be a trashy actress, attracting deadly attention, my fine little fuck doll! Now you're going to see how right she was, how vulnerable you really are!"

Kerri's head rolled on her shoulders, smacking it back against the tree trunk.

"Maybe you can get away," Harden rasped, "or scream out and somebody comes to your rescue, save you from me … before it's too late, Kerri! Do it, do it now! Scream, Kerri, scream!"

And she did. It was a blood-curdling cry, throat tearing, terror filling the empty canyon and echoing again and again. And with that scream, Kerri's orgasm also burst forth, louder and longer as her cry lingered on.

And Harden's own cock could not refuse her explosion of passion and horror, his massive sack sending a mammoth load down his shaft. Even beyond her own mind-shattering orgasm, she could feel his, that meat stalk twitching.

Kerri's scream died away and she collapsed forward into Harden's chest. Her legs unlocked from around his waste and she fell into his embrace, completely spent. Sobbing, panting through her ruptured throat, she could barely wrap her arms around his shoulders. But he was still strong, holding her close to him and enjoying the echoing quiet of the wake of their lust.

Ten motionless minutes later, they began to make their way back up to the car.

CHAPTER SEVEN

Though Kerri was already exhausted, Harden took her directly to the Malibu Sports Pier, where his twenty-five foot sailboat *Silverstar* awaited them. Red and white and highly polished, the small crew nodded respectfully to Harden and stepped aside as he led Kerri onto the boat, water lapping casually against the hull.

"It's beautiful," Kerri said.

"It's nothing compared to you."

They retired to the sun deck while the crew kept out of sight, rigging the sails and setting them out onto the choppy blue Pacific. Sunlight bounced off the water in silver slivers, shards of glare cutting through the endless marine blue ocean. The wind was stronger further out on the ocean, and that gleaming red boat was soon racing across the surface, sails filled and round, hull bouncing against the water.

Kerri felt each strike of the water against her loins, the entire experience like some great public fuck; the hull pounding against the wet waves, over and over in a quick cycle, faster and harder and further than she'd ever gone before.

Then something off the starboard bow caught Kerri's eye, a flash of black and white leaping up out of the water. It seemed to hover slightly before falling back with a splash of white foam. Kerri's heart jumped and she pointed it out, Harden following her line of sight. "That was a killer whale, I think!"

Harden said, "Really? Maybe we should have brought the yacht."

"Maybe the yacht? Well, that's a question we all have to ask ourselves eventually, right?"

Another orca broke the surface, this one much closer to the boat. It was huge, a thick round torso shining with a watery film, white patches over perfect, unblemished black. It fell back to the surface with a great, almost vengeful splash, water hitting Kerri in the face.

"It almost seems like it's mad as us, like it wants us to get away."

Harden chuckled. "They swam up to us!"

"Even so."

Another big orca breached just a few yards from the boat, opening its mouth to reveal those rows of deadly teeth before landing with another hard splash. Kerri's heart jumped, looking around with greater terror to realize that the water around the boat was bristling with black fins and blasts of blowhole steam.

"They're all around us!"

"It's okay, Kerri, don't worry!" Kerri was holding on to her seat, but even with that boat bouncing around and careening forward, surrounded by the deadliest creatures of the ocean, Harden stood up. He walked with amazing steadiness despite the boat's chaotic bounce, all the way to the bow, or front, of the boat. He grabbed a cable stretching from the bow to the mast and stood facing outward. Another orca jumped up out of nowhere, just a few yards off the port bow. Despite its size and swiftness, the boat rocked in the wake of the whale's landing. Kerri felt sick, but Harden just laughed.

"Yes, yes," he called out, laughing even harder as another black and white whale leapt up out of the chop and then dropped down hard, showering him with white spray and inspiring his laughter to even greater heights. Harden leaned back, bellowing his laughter as another orca jumped, massive against the boat before dropping down again.

Harden kept laughing, the boat sailed on, and the orca escorted them for another two hours.

Kerri had never known such a man, nor had she ever even imagined such a man could exist. And in that wondrous moment, she realized that she would soon be saying goodbye to him, perhaps forever.

They went from the Malibu Pier to its partner in Santa Monica, where instead of a nearly barren pier there was a line of restaurants, little shops, midway games, and carnival rides. Kerri walked along with Harden, feeling as if she'd stepped back in time, to the 1920s, when simpler pleasures were easier to find.

They rode the metal rollercoaster, bringing them up and down, 'round and 'round, but sparing them anything too reckless; no loops, no vertical plunges. Kerri enjoyed the rush of the relative safety of the risk. But she enjoyed even more seeing Harden smile and laugh, throwing his hands up as he might have done as a young boy, smiling radiantly. He'd been so serious, so seductive, so authoritative; it was refreshing to see a more guileless, innocent, almost childlike side to his many-faceted persona.

Shortly thereafter, Harden stood proud and tall at the b.b.gun shooting booth, raising the rifle to his eyes. The pimple-faced teenager was cocky in his orange-and-white striped shirt. Behind and above the white paper targets were rows of plush toys, Teddy bears of various colors. Harden pulled the trigger on his target, a small white square of paper with a red star in the middle. The b.b.s tore through the paper near the metal clip at the top, the paper flexing and jittering before finally falling away from the clip, leaving only a small white stub.

The teenager picked up the paper and handed it to Harden. "Sorry, sir, you didn't hit the star at all."

"No," Harden said with authority, "the paper I was shooting at is that little stub still connected to the metal clip. And as you can see, I completely obliterated the red star from that piece."

The teenager looked at him with pubescent uncertainty, but Harden wasn't about to be refused. The teenager slumped. "Which one would you like?"

Kerri looked them over. "The white one."

She felt giddy as a schoolgirl, happy just to revel in the company of a man she was fast growing to love. But this only brought back the twinge of sadness, that it was soon to come to an end.

Well, Kerri wondered, *why does it have to? Things may have started off this way, but it doesn't mean they can't take on a life of their own, develop into something entirely different; but still kind of the same, in a lot of ways exactly the same.*

It only occurred to her then that there was still so much about Harden that Kerri didn't know, that she needed to know those things before the end of the weekend.

And Kerri found her moment on the big Ferris wheel, slowly rising in a big loop that brought them hundreds of feet above the pier. The sun was just setting, the sky was burning with shades of red, orange, and blue, streaks of purple cutting through that celestial fire.

Clutching her big, fluffy bear, Kerri said to Harden, "I, um, I wanted to thank you for a wonderful day, Harden, and a wonderful weekend."

He smiled. "Neither one are quite over yet."

Kerri smiled too, but it didn't last. "No, but it's gonna be over soon, isn't it?" Harden's smile also faded. "I don't suppose I'm the only girl in your life; and that's okay, I don't have any right to ask that." Harden went on saying nothing, allowing Kerri to prattle on, despite her better instincts. "I notice there's no ring, but … I guess I'm not I'd want to go on being one of your, um, your regulars, y'-know? That's just not my style."

"Are you really willing to say, definitively, what your true style is? I'd have thought you'd be ready to reconsider all that by now."

"Oh, well, I've … I've reconsidered a lot, believe me, and I'm ready for whatever's coming."

"You may think you are."

"Why don't you try me and find out?"

They stared into each other's eyes, hot lust unspoken between them, the temptation to throw themselves into each other's arms and legs and tongues almost irresistible. But the wheel was just passing low, at the level of the pier, and a familiar face send a blot of cold terror through her body.

Mister Death, the New Jersey loan shark, was standing with his partner, Mr. Kill. They wore their black dusters and were staring directly at Kerri when she noticed them. She gasped and looked at them, Harden turning to follow her line of sight. "What is it, Kerri?"

"I … that man, those two men in the black jackets."

Harden fixed his glare at them even as the wheel brought them back up again. "What about them?"

"I owe them money; well, they say I do. My late husband's gambling debts."

"Really? How much?"

"Two hundred grand. There hooked up, I think."

"Mafia."

"From Jersey, if I'm guessing the accent right, maybe Phili. It's why I'm here, among other … financial difficulties."

Harden gave it a little thought, keeping his eyes on Mr. Kill and Mr. Death, still in the crowd. "You'll have more than enough to cover that, but even so; what proof do they have that you owe them anything at all? And how do you know that, once you pay them, they won't come back for more later?"

Kerri cleared her throat. "I guess I don't."

Harden shook his head. "No, that's unacceptable." Harden pulled a smartphone from his breast pocket and swiped the screen. "You got names on these puds?"

"Um, Mr. Kill and Mr. Death, but I don't think those are their real names."

"What was your first clue?" He turned his attention back to the phone just as the wheel brought them down again, Mr. Kill and Mr. Death holding their position, glaring at Kerri and Harden. Harden clicked a photo of them on his phone as the wheel passed, Mr. Death and Mr. Kill breaking their menacing stillness to exchange worried glances.

Kerri asked, "What did you do? What's going on?"

Once on the way back up, Harden swiped the screen a few times, pressed it a few times more, then raised it to his ear. After a pause, he said into the phone, "Yeah, it's me … put him on." He waited, Kerri looking on in silent awe. Harden said, "Paulie, it's the Iceman." After a quiet moment, Harden chuckled. "Yer still a riot, Don Paul, funniest man in the Garden State. But lemme ask you a question, Paulie, you got two jamokes down here, collecting on a some croaked actor, Mark McCall? I just sent their picture." Harden listened, nodding and glancing at Kerri as the wheel paused with them at the top. They looked down, Kerri still able to spot their twin black leather dusters in the lighted crowd below.

Harden went on, "Tell you what, Paulie; call 'em off, I'll cover the debt. And any … further responsibilities, so the widow's completely well." He listened, giving Kerri a wink. "No, I wouldn't say they offended me personally, I just want the matter taken care of to everybody's satisfaction, and I want that done right now ... Sure, five minutes'll be fine, no rush." Harden smiled. "In fact, that should be perfect." During another long pause, Harden looked Kerri's body up and down, his eyes resting on her pretty face and grateful smile. "Yeah, she sure is." Harden chuckled into the phone. "I'll have someone take it out of petty cash and hand-deliver it to your office tomorrow. Still in *the Boom Boom Room*, I take it?" Harden chuckled again, the Ferris wheel resuming its cycle to inch Harden and Kerri back toward the pier level. But the wheel kept stopping to let out the riders, and Kerri knew they'd soon be out on the pier with Mr. Kill and Mr. Death, and nobody could say what would happen.

"Thanks, Paulie. I owe you one." Harden swiped the screen and slipped the phone into his breast pocket and turned to Kerri. "Done."

"I ... I don't understand. Did you just pay that debt for me?"

Harden nodded. "And made sure they won't pester again."

"Well, Harden, thank you, but ... that's too generous. I am getting money out of all this, that's what it's for."

"Pay it forward if you like, it's all right. The main thing is those foot soldiers are out of your face, and that you're off the mob's books. You never know when that'll bite you on the ass." He offered up a seductive little smile. "Or when *I* might." He clacked his teeth closed and Kerri chuckled, setting a hand on his chest.

But Kerri's nervousness returned when the Ferris wheel brought their carriage to the pier and the operator opened the door. Harden led her out with a gentle, "It's all right." Kerri took a deep breath and stepped out of the carriage, slipping her arm into Harden's and stepping away from the Ferris wheel.

Misters Kill and Death were standing there, intimidating, legs splayed and posture loose, staring Kerri and Harden down. Harden walked Kerri directly toward them, despite Kerri's gentle pull in the other direction.

Mister Death was about to speak, but Harden simply said, "Aren't you going to answer your phone?"

This took Mr. Death by surprise, twitching and turning his head. "Wha? What the hell're you talking about?"

"Your phone," Harden repeated, "I asked you if you were going to answer your phone. Or are you deaf as well as stupid?"

"Stupid? Man, I'm gonna rip your head off and piss down your neck." He glared at Kerri. "And that's nothing compared to what I'm gonna do this little — "

But Mr. Death's smartphone rang, surprising him again. He looked at his partner, then at Harden and Kerri as his phone rang again, a chorus of *Speak Softly, Love*, the theme to *The Godfather*.

"Your phone, dumb ass," Harden said, "I suggest you answer it ... now!"

Mister Death hesitated, sharing curious glances with Mr. Kill. With that familiar melody playing muffled in his jacket pocket, Mr. Death pulled his phone out, swiped it, and raised it to his face. "Yeah?" Harden and Kerri stood, silent but stalwart, as Mr. Kill looked on in confusion. Mister Death said into the phone, "Yer kiddin' me!" Another pause later, Mr. Death nodded exaggeratedly. "No, of course not, Don Paulie, whatever you say, but ... Yes, sir, a wife ... and a son, barely out of diapers, sir."

Kerri glanced at Harden, who was focused on Mr. Death and his phone call, not a single word missing Harden's attention.

Mister Death finally said, "Okay, yes sir, whatever you say, of course, absolutely." Mister Death pocketed the phone and glared at his partner. Then the two men turned to Kerri and Harden, Mr. Death putting his hands up, palms flat and head low, as he and Mr. Kill backed away, fading into the crowd, sheepish, defeated.

Kerri turned to Harden, who offered only a wry smile in return. Kerri was breathless, and since they had only one more night together, Kerri didn't want to waste another minute of it on talk.

CHAPTER SEVEN

"This is what you wanted," Harden hissed from just behind Kerri's head. The cleave gag pressed her cheeks back and her tongue down, intrusive he tied it tight behind her head, letting her blonde hair fall over the knot. Mocking her simpering voice, he said, "'Are you going to tie me up?' You should have heard yourself, Kerri, so transparent. You were dying for this!"

Harden sat her down on the bed and turned her to face him, holding her wrists together while he lashed a long stretch of thick nylon rope, folded over, around to bind them. "But why not? You've been trained since childhood to want this, and to be ashamed of your desire. But on every TV show, in every movie, the pretty girl gets kidnapped, tied up, frightened but never hurt, marauded but not raped, always rescued by her loving hero, adored and adoring."

After a few passes around Kerri's wrists, he looped the rope between them, securing the tight grip and tying it off. He left a length of one end of the rope, then lay Kerri on her back, hands over her head, to tie them tightly to the thick, walnut beam along the bottom of the headboard.

"The special pretty thing that every man wants, women too." He pulled the rope tight and lashed it around her wrists, securing them to the headboard, her breasts rising and falling faster with her increased heart rate. "You're every man's fantasy, good man and bad. You're what everybody wants, and they'll do anything, risk anything to have you!"

He stepped off the bed and retrieved another long stretch of nylon rope, folding it in the middle to create another double-cord. "And you love that. You loved being in the movies, pursued and desired, a helpless damsel for men to jerk off to, to dream about, to fantasize about capturing you and rescuing you, your villain and your hero."

Harden grabbed Kerri's bare ankle and pulled her leg tight, muscles instinctively flexing to pull away. Even though Kerri wanted what Harden was about to do, she wanted to struggle against it too.

"And that's what you want from me," Harden went on, "you want me to be all things, your rescuer and your kidnapper; you want me to take you and have you, with all my predatory aggression, and then rescue you and be rewarded by your virtuous affection."

He tied the knot around her ankle, leaving the other leg free.

"You love it, but you need to be able to deny it, to put it all on me; the bad man who took your virtue, the one to blame. But you want to give me your virtue, only to me! You want me to take it, only me!"

He approached her on that side of the bed and she kicked at him, landing a good blow against his ribs before he wrapped his arm around her calf, pinning it. "Good, Kerri, very good."

Harden grabbed Kerri's panties, the only garment she still wore, and tore it to the side, ripping apart against her flanks. He held her free leg, which she jutted with feeble attempts to throw him.

"Well, Kerri," he asked with a grainy smile, "how does it feel? Haven't you ever been tied up before, arms pinned down no matter how hard you try? You never had your ankles tied, pussy exposed and open and vulnerable to anything, helpless, and there's nothing you can do? Have you ever felt this completely out of control, Kerri?"

Kerri started to whimper a bit, a moan leaking up from the back of her throat.

"Maybe you can get free, Kerri, regain that control, any slight bit of power, any way at all to defend yourself. Pull your hand free, Kerri, just so you can hold me off. C'mon, you can do it, Kerri!"

Kerri pulled her arm at that tight bond, then the other.

"Go on, Kerri, try to break free, see if I can't give you what you want, what you need."

Kerri pulled at the ropes again and with a bit more vigor, but those ropes were more than secure enough to hold her. Harden leaned in yelled, "I said *struggle*, damn you!" The sheer surprise and volume and aggression of his command stunned and frightened her, sending Kerri's body into a state of tense spasm, hips rising, body twisting, arms craning, feet rolling on her calves. Her free leg had a little give in Harden's grip, but her other limbs were locked down tight, that gag starting to hurt her cheeks just a bit.

"Atta girl," he said with a vicious smile, "now you're warming up, now you understand." He ran his hand up and down her bound thigh, her pussy emanating heat and glistening with readiness. "You think you've lost control? You think I've taken it away from you? But all eyes are on you, pretty Kerri. When you walk into a room, when you run through the woods screaming with some masked killer on your trail, when you're lying here on my bed all tied up and gagged, it's all about you, Kerri. Every twitch is gorgeous, every pull and wriggle is ecstasy. We live for it, we live for you! That's control, Kerri. It's natural for us to want to dominate, but it's natural for you to be able to manipulate. Use that helplessness as a deadly weapon. You've learned to control yourself, and to give up control. Now you'll learn how much control you really have!"

Kerri knew Harden was right, that while she had given herself up to him, she had also taken her place in a long and honorable tradition that included some of the strongest females and female figures in history.

So Kerri let herself squirm and strain, mewing a bit into her gag as Harden kissed her neck, breath growling and hot. He kissed his way down to her breasts, Kerri arching her back to raise them up to his lips, but he withdrew just a bit. Her hard nipples yearned for his wet kiss, to meet that wandering tongue, but he denied her in a way they both loved.

He jutted his face forward a bit, lips over his teeth, as he took one surprised nipple into his mouth, just enough pressure to send little electric crackles of pleasure through her chest. He gave that breast a squeeze before making his way over to kiss the other, nipple erect and ready. Kerri coed as he kissed her nipple and the underside of her breast, blowing a cool stream of air against her sensitive skin.

But he lingered just far enough away from her breast to be a tease, and Kerri whimpered her frustration and pulled at her bonds. But her wrists were secure, and the harder she pulled at them, the more that thick nylon dug into her wrists, the harder she wanted to pull them, the more she wanted it to hurt. The harder she struggled, the more she wanted to struggle and the less she wanted to escape.

Harden's kisses descended, following a glistening trail of sweat down the center of her flawless torso, her stomach quivering and spasming as he lightly kissed his way down. Kerri shifted her hips in a vain attempt to avoid what she knew was coming, what she could hardly wait for. She was almost ready to cum just thinking about it, and as Harden pressed one hand against each thigh, more pressure against her unbound leg, he seemed to know it.

She flinched as his tongue first found her pulsing labia, heat radiating to mix with his own hot breath. Despite her feigned unwillingness, her clit was glistening and already slithering out to greet Harden's powerful, skillful tongue. The two fleshy tissues met in a glorious swirling of tastes and sensations, Kerri's legs jutting as her muscles contracting with little juts of joy.

But Harden only held those strong legs down with greater strength as his tongue began to cover every bit of her exposed, pink perfection. It slowly crawled up and down, but with a quick side-to-side motion that delighted all the different clusters of nerves gathered around and within that amazing and mysterious organ. At that moment, it was controlling her entire body, legs and arms pulling and twisting with every masterful motion; it was controlling her, and he was controlling it.

A faster flicking and flutter gave birth to another musty orgasm, stirring in her loins. Her hips writhed as if to resist, to wriggle free, and her orgasm delighted in her struggle. She pulled harder, and that orgasm began to swell even more.

But Harden pulled his head up just a bit, tongue barely within reach of her flexing, burning labia. Kerri's body was torn with desire, craving more attention, harder and deeper. But to have nothing at all, just the trace of his breath, the suggestion of his tongue, so close and still unreachable, was something Kerri just couldn't bare. She screamed into her gag and tried to pull her hands free so she could jam that handsome face deep into her hot cunt. But her arms were bound tight, and her legs immobile under Harden's handsome authority. Her pussy burned for attention, her scream becoming a sob, her orgasm taking full advantage of her helplessness.

Kerri's body quivered as she came, groups of muscles fluttering inside her, juices stirring and splashing, heaving and frothing, rising with every break. Kerri had to have Harden inside of her, to wrap herself around that massive meat and hold on tight and never let go.

And she was about to have it.

Harden slid his hand under Kerri's free leg and pushed it up, her knee approaching her breast. Harden's head found its familiar position between her hot, firm labia, clit already reaching out to embrace it, to pull it in, to devour it. But Harden waited, arms straight at his sides, her one leg slung up and over, his muscular torso seeming to hover over her. His cock slid in just a bit, sending Kerri's already percolating orgasm to rupture yet again, swelling with every eruption. Kerri tried to wriggle into position to push herself up and around his rigid wand, but Harden evaded her with barely a move. He even smiled as he glowered down at her, mocking her gagged whimper with feigned sympathy. "Oh, poor thing. You want it all, don't you? You want me to fuck you so hard. You wanna break free so you can pull me in? Go ahead and try, baby, wriggle free and have me the way you want, the way you need!"

And Kerri did, the muscles of her arms and legs straining nearly to the breaking point, tendons threatening to snap. But Harden's cock could not be consumed and Kerri finally had to collapse her hips onto the mattress while he continued his slow and steady glide inward, movement barely noticeable.

Kerri's orgasm kept rolling as Harden's rod slid slowly in, deeper, more pressure on her clit as it wrapped around him, lips squeezing him for all they were worth. She shook her hips to milk more pleasure from that measured contact, that slow protrusion, tantalizing and teasing. Deeper, even slower, Kerri's body shook as her orgasm howled within her, a beast desperate for heated battle, for conquest one way or the other.

Kerri cried out into her gag and pulled at those ropes, free leg flexing and pushing but pinned to her ribcage, knee pressing into her breast. "*Pleeeeeaaasssssse* ... " she moaned into that gag, not soaked with her saliva. Her brows arched, eyes clamped shut.

"Say it," he warned in a sexy growl.

"Harder," she said into the gag, "faster baby, please ... *pleeeeeassssse!*"

"All right, baby, all right." Harden started a mid-tempo pace, regular thrusts at mid-shaft keeping Kerri's orgasm raging, fingers splayed on her hands, turning red from a lack of circulation. She pulled with her legs too, wanting to kick and buck and thrash while Harden sawed that thick stalk against her sizzling clit, around and around, shaking side to side in a burst of control and chaos, each making the other all the more sweet and all the more savory.

But it was bittersweet too; because Kerri knew this would be their last night together, and she wouldn't be able to hold him, to pull him close, to hold him tight. *Just one more time,* she thought to herself, pulling even harder at her bonds, *just wanna hold you last time.*

Kerri's tears lost their sexual satisfaction to her lingering sadness, biting into her gag to stifle her growing sob. She'd never enjoy such an experience again, never know another man like Harden Steele, never have a cock like that, a master like him. So Kerri clamped down with the rest of her strength, arms aching at the sides of her head, legs cramping up as she threw the last of her strength into seducing another fat wad out of Harden's hardened steel.

She bucked and thrashed and whimpered and whined, brows arched in primitive helplessness, sobbing into her gag as she writhed beneath him. She could sense her performance touching off his own beastly urges, natural instincts reacting to his total mastery. But she knew she was manipulating him, that the control was truly her own.

And she was about to use it, even if for the very last time.

Kerri cried out, screaming and crying into that gag, knowing her voice was spilling over and into Harden's heart, his soul, his cock. The more she struggled, the more his massive cock twitched inside her. So she clamped and pumped and wrenched and writhed beneath him, mining his imagination, fucking his mind as much as his body.

With a pitiful moan and a shake of her hips, both erupted at once.

Kerri's orgasm greeted Harden's, the two splashing against each other as the condom tore open. The hot warmth around Harden's cock was more than he could resist, and instead of withdrawing he blasted that hot load deep into Kerri's body, filling her every crevice, shooting straight up into her brain.

Their bodies flexed and quivered, tension increasing until his spine was ready to crack, her hips ready to pop. But the pressure eased as they both relaxed, a heated halo rising around them. Kerri whimpered and pulled at her ropes, looking at Harden with a pleading brow.

He released her wrists from the headboard, her arms aching as she pulled her bound wrists over her breasts. She pulled the gag out of her mouth and they kissed, slow and long and deep and tender.

But he did not untie her.

CHAPTER EIGHT

After another peaceful night's sleep, Kerri woke up to see that Harden had already woken up and showered and was getting dressed even as she lifted her weary head off the pillow.

"Morning," he said with a little smile. "Thought I'd let you sleep in."

Kerri peered at the clock, still fuzzy in her unfocused sight. "It's not even nine o'clock."

Harden shrugged. "It's Sunday. I've got breakfast downstairs, take your time." With that, he left her alone in his bedroom. Kerri couldn't ignore a rumbling disappointment, not only that she was almost certainly on her way out, but that she didn't have one last go 'round in a morning shower. She was hungry to reciprocate Harden's oral attention from the night before, but now Kerri had to figure she'd never have a chance.

So she showered alone, melancholy making her limbs move slowly, aching muscles only contributing to her sloth.

The blue dress she'd been wearing the previous Friday night had been cleaned and was draped in a plastic sheet, crisp and ready to be worn again.

She wore the dress to breakfast, and Harden smiled. "You didn't have to wear that, Kerri. You can wear home whatever you like, keep it with my regards."

"Your … regards?"

Harden seemed confused, but Kerri could hardly believe that he was. He said, "My … *warmest* regards?"

Kerri offered a curt smile. "Thanks, but no thanks." They ate in silence, poached eggs over salmon with a crisp garden salad and freshly baked blueberry and banana muffins. "But speaking of thanks, I really have to thank you for taking care of those two goons last night, at the pier. It really was above and beyond the call." Harden nodded. Kerri cleared her throat to add, "I had no idea you were so well … connected."

Harden shrugged. "There are a lot of unions in the movie business, Teamsters …"

"I see. But you're not personally involved?" Harden chuckled and took a sip of coffee, but said nothing. "Um, I don't mean to be rude, Harden, of course, but ... you did, um, contribute a certain amount of money, quite a large amount I suppose, and, well, the weekend does extend all the way through Sunday."

Harden nodded and smiled, but said nothing as he sipped from a piping hot cup of coffee.

Getting no answer, Kerri went on, "I feel like there's still quite a bit I could learn about ... y'know, control and, um, maybe other things."

"What other things?"

"I don't know," Kerri said. "What else have you got?"

Harden sipped from his cup again before setting it down. "Life is long, Kerri. We've both got our whole lives to explore the pleasures of life."

"Oh, I see. Well, okay, but sometimes, when you find just the right thing, you discover all the pleasures of life go along with him, or her, or whomever, y'know what I mean?"

Harden nodded slowly. "I believe I do."

Kerri smiled, relieved. "Okay then, great. Um, so, what's next?"

Harden said, "We'll have a nice breakfast, relax a bit, and then I'll take you home."

"Oh, my place? Well, okay, sure, put a different spin on things. Might be fun, having the home court advantage."

"Kerri," Harden said, "I have business to see to today, and for the next few days. I'm sorry, but, I just won't be available."

A cold nausea turned in Kerri's stomach, blood crawling in her veins. "Oh ... I see."

Harden checked his watch. "In fact, I'd better get you home now. I'm sorry to cut things off early — "

"No no, it's ... it's fine," Kerri said nervously, her voice cracking with suppressed disappointment. "Y'know, maybe I'll just Uber home, that's probably best."

"No, not one of those low-lives. I'll take you."

"Really, it's fine — " But Kerri pulled out her smartphone to see it had entirely lost its charge. Uber would not be an option.

But the ride across Los Angeles was stilted and quiet, Harden's attention focused mostly on the road. His car hugged the concrete, a man in complete control of his surroundings, and of his company.

She gave him directions back to her house, but that was the only conversation to pass between them. Once in front of the house she'd just saved, the house she once shared with her husband, she looked into the face of the man she knew she loved, more than she had any other or would any other.

And she was about to say goodbye to him forever.

She took a deep breath. "Well, um, this was … this was just amazing, Harden, thank you so much."

"What a pleasure it was to meet you, Kerri. Good luck with your acting career."

"Right, yes, and good luck with your producing. Hey, if you ever need a scream queen, I'm always available." They shared a chuckle.

"I think you're destined for better things," he said, glancing her cheek with the backs of his fingers. She couldn't help it, embracing his hand and pressing it to her cheek, giving it a little cuddle and a sweet, tearful kiss before sniffing back her sorrow.

"Okay, um, I better go. Goodbye, Harden." Kerri mustered all her strength to open the door and step out of the black Mercedes Benz, closing the door and walking unsteadily to her own front door. That German engine idled until she opened the front door, then the car drove off and she closed the door behind her.

The next morning Kerri went straight to Paul Hume's office, and had him meet her downstairs at the Mercantile Exchange in the lobby, where she'd oversee her own deposit and disbursement of funds.

"We should be able to negotiate them down to about twenty percent," Paul said. "And with your other problems resolved, you'll actually come out of this with a nice little nest egg. And you can keep the house."

Kerri should have been thrilled, but she couldn't even fake a smile.

This only intrigued Paul more, a confused smile on his graying jowls. "Should I ask how you got this money? I mean, a million dollars — "

It was too much to explain. "It's an advance on a movie roll, from an executive producer I once worked with."

"Really? A million-dollar advance? That's some movie project." Kerri could tell he didn't believe her, that Paul assumed she'd slept with him and probably done some pretty terrible things for that money. And of course she knew he was right. And that was just how she felt, like a highly paid prostitute, a slut who sold her soul, no matter for how much.

Paul smiled. "Anyway, let me know when they start shooting, I'll make sure to Tweet about it!"

Back at the spa, immersed in mud, Yvonne said, "So, fill me in on every detail, don't skip a thing."

Kerri shrugged. "There wasn't much to it."

"Ker, you know you can't bullshit me! I'm guessing it was … amazing, life-changing, probably turned you inside-out more than once, am I right?"

Yvonne lived one slice of cucumber off her right eye, Kerri the one off her left, and the two friends shared a knowing glance, followed by a little chuckle. But for Kerri it died away quickly, and as always, Yvonne picked up on that. "Ker, you weren't supposed to get attached. It was a one-time thing, no attachments, you knew that going in."

"Yeah, I did, that's true. But it's not the same once you're … involved, not at all the same."

"Fair enough, Ker. But it is what it is, and a man like that just doesn't tie himself down to just one woman." Kerri cracked a smile but decided to keep it a private joke. Yvonne went on, "Anyway, this was a great thing, I'm really proud of you."

"Yeah, I'm a regular Mother Teresa."

Yvonne chuckled. "At least you're not Old Mother Hubbard … not anymore. Now you gotta get out there, really start living. I mean, if you've taken anything away from this experience, right?"

Kerri thought about it, and she couldn't deny her friend's reasoning, or resist her optimism. "Yeah, you're right, Yvonne, you're absolutely right."

"I know it, Ker, I'm always right." The two laughed again, Yvonne finally asking, "So, what's first on the list?"

Famed Hollywood agent Lew Stallmaster's son Benjamin took a good, hard look at Kerri's headshot, a pretty girl smiling back at him. "They're not new," Kerri said, "so I know I'll be taking more head shots. Still, I'm sitting right here if you want to know what I look like."

Benjamin smiled, his face youthful and without wrinkles. "My father adored you as a client, he was crushed when you retired."

"And I was so sad to hear about what happened to him. I saw him just two weeks before he died, he was so … um, reduced."

"Yeah, I'll never let 'em do brain surgery on me, not if they're taking anything out. I haven't got that much to spare!" They shared a chuckle. "Anyway, I'm so glad you popped in. And I think you're right, you're not quite the right age for those screaming bimbo roles." Disappointment settled quickly in Kerri's gut; she'd been expecting it. But Benjamin went on, "There is an edgy new drama being cast right now though, the new Bertram Quinn movie."

"Bertram Quinn, really?"

"You know how he likes to rediscover classic talent. He killed P. J. Soles in his last movie."

"I saw it, blew her up with a flare gun. It was very ... artistic."

"Great," Benjamin said with a smile. "Lemme make a few calls, we'll take a few new head shots. How's Thursday, around midday?"

"Oh, um, I'm sure that'll be fine, Benjamin, great."

"Great. See if you can drop a pound or two, just around the chin, and I'll call with the details." Kerri sighed and stood up, turning for the door. Benjamin added, "Welcome back, Kerri."

She tried again to smile, this time very nearly pulling it off. "Thanks, Benjamin, it's ... it's good to be back."

Kerri wanted to enjoy her new prospects, to relish in her accomplishment. She also wanted to revel in the memory of that crazy weekend, to savor those delicious flashes of recollected lust. But she couldn't, she couldn't enjoy any of it. All she could do was feel like she was sleepwalking through the days, working to achieve some appearance of normalcy, even though everything in her life had changed forever.

Kerri couldn't get Harden out of her mind; his magnetic touch, the body-shaking orgasms she'd had for ten, twenty, thirty minutes or longer. Even the thought of it made her body twitch, muscles flinching in a faint echo of those inundations of cum, tidal waves of escalating, salty pleasure.

Kerri couldn't resist looking him up on line, but she knew he hadn't used his real name. But he did let slip that he'd been an executive producer on *Killer Kamp 4*, so it was an easy matter to look it up on the IMDb. But there were six executive producers, and four of them didn't have pictures associated with their names. Kerri was very tempted to pursue her investigation, but she soon realized that it was pointless and hopeless.

If he wants me, she reasoned, *he knows where to find me. And he knows I want him, there can't be any doubt about that. If he doesn't want me, well, if he doesn't come for me then he doesn't want me, it's plain to see. No reason hunting him down, uncovering his true identity. If he wants anonymity, I should respect that. If he wants to be left alone, I should respect that too.*

But, on the other hand, if I happened to wonder if I'd left my earring at his house, and if I didn't have a phone number where I could reach him, and I don't, then it would be pretty reasonable for me to stop by his place, see if he or any of his invisible staff managed to find it. I know they won't have, since it was never lost, but that would give him one last chance to change his mind, one last shot at our brass ring and our band of gold.

Kerri shook the idea out of her head as she drove across town, the 10 west becoming the PCH heading north. *He'll never change his mind, this is a humiliating waste of time.*

Well, Kerri had to contradict herself, *at least I'll know I did what I could, that I tried my best.*

She pulled up to his private gate, which remained closed. Kerri paused there, unsure what to next. She rolled down the window but there was no intercom, no buttons to push, no phone to chat with anybody inside. She had little choice but to turn around and go back.

Then the gate slid open.

Kerri breathed a sigh of relief. *He sees me on some monitor, he's glad I've come back!*

Kerri pulled up, seeing that familiar black Benz, and a second car, a silver Audi, in the turnabout. Kerri pulled up and parked just as Harden walked out through the front doors, in the company of a gorgeous redhead, curls falling around her pale, pretty face. They stopped and froze, both looking at Kerri.

Kerri said only, "Harden, hi." There was nothing more to say.

The damage had already been done.

CHAPTER NINE

The gorgeous redhead glared at Harden. "And who the hell is this, your new little whore?"

"Hey now," Kerri said, "take it easy. You don't know me."

The redhead looked her up and down. "I know your type, and that's all I need to know."

Kerri turned to Harden. "Harden?"

"Kerri Abernathy, this is Sandra Blake. Sandra, this is Kerri."

Sandra said, "Don't you dare introduce me to this little slut!"

"Look, I know you're upset," Kerri said to Sandra, "but you don't have any right to talk about me that way."

"I've got every right, you bitch!"

Harden said, "Ladies, please."

"What's your story, blondie? Actress on the make, or just a straight-up prostitute?" Sandra looked Kerri over. "You probably bring in a few thousand a night. That's nice work if you can get it."

Kerri was tempted to tell this brassy redhead exactly how much she did make, but she didn't feel that it would do anything to contradict the woman's point. So Kerri merely said, "I was here as Harden's guest, anything else is none of your business."

"Don't you presume to tell me about my business. I'll scratch your fucking eyes out!"

"Bring it on, you ginger witch!"

Harden said, "Ladies, really, stop!"

Sandra glared at Kerri and went on, "You've got a lot of nerve coming here, missy! Didn't you get enough the first few times?" She turned to Harden. "How long has this been going on?"

Harden said, "Sandra, take it easy. You know how I feel about all this, I've tried to explain."

Sandra snarled, "Well there's no need for any further explanations." She looked Kerri up and down, eyes crawling over Kerri's body. "It's all perfectly goddamned clear!"

A lump rose in Kerri's throat, different and conflicting emotions ripping her apart. She was heartbroken, but she couldn't allow herself to be surprised. She was just as mad at herself as at anyone else, for going against her better judgement, for allowing herself to fall for a man like Harden to begin with. And whoever this Sandra Blake was, and whoever she was to Harden, Kerri knew she was right; Kerri had no right to have come, and it would be best for everybody if she just left, and as soon as possible.

So without another word, Kerri turned and climbed back into her car. She heard Harden call her name before slamming the door closed and turning the engine over. The tires screeched as her car lurched backward. She spun it around, switched gears, and tore through the still-open gate and onto PCH. A Mazda Miata came roaring past just as she pulled out and had to swerve into the next lane to avoid a collision. Its horn honked in the distance, fading quickly as the car sped off and left Kerri alone on PCH to make the long, sad drive home alone.

Sniffling back the tears, Kerri soon moved past self-recrimination. *Control, self-control,* she thought, *yeah, like I'd know anything about either one of those! I haven't learned a goddamned thing!*

No, I can't keep hating myself like that. Okay, this didn't work out, but I'm probably better off anyway. I have learned, and I've learned a lot. So now I can go out and use that knowledge, spread it around a bit. There are lots of guys who could benefit, and I could benefit from their benefit.

'Pay it forward,' isn't that what Harden said?

Her tires clung to the concrete as her car pushed east on the 10.

Why would I even want a man like that full-time? Sure, he's generous enough with his money, with the things his money can by, but he doesn't share of himself, of his soul. He's got no generosity of spirit.

But Kerri also knew that she'd only scratched the surface of Harden Steele, that there was a lot he hadn't revealed to her or perhaps to anyone. There was tenderness there, and a sadness he dared not show. There was still a streak of innocence in him, a core of softness beneath all that hardened Steele. And Kerri couldn't shake the certainty that she of all people would have been the one to draw those truths out for the first and only time.

Get it out of your head, Kerri Abernathy; he's gone forever, and that's that.

Kerri pulled off the freeway and took the streets up toward her house.

But in the mean time I've got a clean bill of health and a bright future, plenty of money in the bank and a whole new chapter of my career to look forward to. There's no reason I should look on this weekend as anything other than an unqualified success, one I chose and one I made happen. I've taken control of my life, turned everything around in one fell swoop. And that took courage, that took risk and the risk paid off.

That's control.

Kerri pulled up her driveway and turned off the engine. She looked at the big tudor home she'd come so close to losing. *Home at last,* she thought. *Maybe it's time to do a bit more traveling, spend a little less time here or at the spa.*

Maybe it's time to call Fresno, talk to the folks again, reconnect with Mom. Maybe there are a few things I have to say to her, things she needs to hear, about how young and stupid I was, about how sorry I am, about how much I love her.

Yeah, it's a whole new era and a whole new Kerri Abernathy. Mark McCall's widow is dead and gone. It's time to stop looking behind and start looking ahead. Thank you, Mr. Harden Steele, I'll always appreciate what I've learned, and I'll never forget you.

No matter how hard I try.

Kerri stepped out of the car and walked toward the front door. She slipped the key into the lock, turned it, and pushed the door open in front of her. The house was quiet, grandfather clock ticking in the corner of the living room. Kerri stepped into the house, reaching back to close the front door and step deeper into the foyer.

She made it about five feet before those aggressive hands reached out from behind her. They grabbed her shoulders and spun her around in a flash. Kerri's heart jumped when he shoved her against the wall, hard and flat behind her.

At first she thought, *Harden?*

But when her eyes refocused and that cold, hard gun shoved into her mouth, she knew how wrong she was.

"Good day to yous, Miss Thing." Kerri's eyes were fixed on Mr. Death, standing in front of her in that black leather duster. His partner Mr. Kill stepped in through the still-opened front door. Mister Death went on, "Bet choo's didn't expect to see us, didja? Well, life's full of little surprises, ain't it?"

CHAPTER TEN

Kerri was rigid with terror, not even flinching with that gun in her mouth. She knew one wrong twitch could make the gun go off accidentally, or even deliberately. But Kerri knew the end result would be the same. But she did notice the bruises on Mr. Death's face, Mr. Kill standing with a slight list to one side.

"You and your slick Hollywood boyfriend," Mr. Death sneered, "you thought you could shut me down, go over my head? Don Paulie's men nearly beat us to death, lady! I'm lucky to have a tooth in my head!"

He jammed the gun deeper into Kerri's mouth, the cold metal pressing against the back of her throat.

"Lucky for us, your boyfriend's courier never turned up at Don Paulie's office with the money. 'Course, it wasn't really luck, was it? Now we got an extra two hundred grand, and we're sitting pretty when Don Paulie comes back to us, nice and apologetic. 'You boys was right,' he says, 'y'got big t'ings ahead of you's.'" Mister Death chuckled, mean and shrill, shaking his head. "So he gives us another fifty G's each just to bring him your pretty head ... among other parts." Kerri gasped, spine still rigid, palms pressing flat against the wall behind her. "Yours and Richie Rich's, of course. Don Paulie don't like to be made no fool of. You didn't know that, and the tuxedo didn't know it. But we did. And knowledge is power, right?" He screamed, "Right?"

Kerri could only nod nervously, that deadly weapon still sticking into her opened mouth, jaw muscles starting to cramp on both sides of her face.

"You and that walking mannequin you go out with think yer so great. Think yer some big-shot actress, running around with your tits out? You two don't know shit about life in the real world, sweetheart, but you're about to find out."

Kerri quivered, but he kept her pinned with that oily gun in her mouth, coating her tongue with that sickening metallic taste.

"See, Me and Mr. Kill here, we work for a living, we work hard for that living! We gotta do shit you'd never dream of doing! We go places you'd never make it back from! You think you're so great? You got nothin' on workin' men like us, and yer kind never will. You rich, fancy jerks make me sick! My daddy was a fisherman, drowned when I was six years old! While you grew up with a silver spoon up your ass! You make me sick, all o' you's! You think you can just steal the country, just take whatever you want, do whatever you want whenever you want? Just because you're so rich and pretty, flashing your legs and your tits and that pretty pussy of yours; I don't think so."

Kerri gasped, near to vomiting all over that terrible gun, still jammed into her mouth.

Mister Death looked Kerri over with a greedy grin. "And we's allowed to do whatever we want to, candy pants, it's a no-holds bar!" Mister Death licked his lips. "I've been waiting for a crack at you for some time, baby." He sucked in a stream of air through his pursed lips, spit bubbling in his mouth. "It's gonna be so good, sweet face. I'm gonna do you in ways your pissy pants boyfriend couldn't even dream of. You're gonna know what it's like to be with a real man … for a little while, anyway."

Kerri wanted to spit in his face, to knee him in the groin, but with that gun sticking in her mouth, she knew even the slightest movement could be her last. It took all her self-control just to remain still and silent and not give in to her feelings of rebellion and offense.

It would be a fight she would never win.

Mister Death snickered, glancing around. "Lots of rooms in this fucking hotel. We got nothing but time and the whole place to ourselves."

"Well," a familiar voice said from behind Mr. Death, "not *entirely* to yourselves."

Mister Death spun to see Harden standing behind him, having sneaked in from the back of the house through the same opened door the mob goons had used. But there was no more time to reason it out. Harden moved in a flash. As soon as Mr. Death pulled his gun out of Kerri's mouth, which Harden seemed to know he would do, Harden smashed him in the face with the butt of his own handgun, a silencer already affixed to the barrel.

Kerri ducked out of the way as Mr. Death fell to the floor at Harden's feet. Mister Death was still clutching his own handgun, and Harden stomped on his wrist, cracking the bones and sending the gun sliding out of his grip.

By this time Harden had leveled his own gun at Mr. Kill, just drawing his own from the back of his pants. He managed to get the gun in hand before Harden's silenced gunshots cut muffled through the house. *Thp, thp, thp!* Three holes burst open in Mr. Kill's chest as he topped back through the still-opened front door. He collapsed on the walkway outside the front door.

Kerri looked up, slowly raising herself to her full posture. Harden said to her, "Take his gun, cover him." She did as he asked, picking up the black automatic handgun just out of Mr. Death's reach, his wrist still pinned under Harden's foot.

It was then that Kerri noticed the smartphone in Harden's other hand. Still holding his own gun with the other hand, he used his fingertips to swipe the screen a few times. He turned the screen down so Mr. Death could see it.

A familiar diatribe came leaking out of the phone's little speakers, matching video of Mr. Death menacing Kerri on the screen.

"Lucky for us, your boyfriend's courier never turns up at Don Paulie's office with the money. 'Course, it wasn't really luck, was it? Now we got an extra two hundred grand, and we're sitting pretty when Don Paulie comes back to us, nice and apologetic. 'You boys was right,' he says, 'y'got big things ahead of you's.'" Mister Death chuckled, mean and shrill, shaking his head. "So he gives us another fifty G's each just to bring him your head." Kerri gasped, spine still rigid, palms pressing flat against the wall behind her. "Yours and Richie Rich's, of course. Don Paulie don't like to be made a fool of. You didn't know that, and the tuxedo didn't know it. But we did. And knowledge is power, right? Right?"

Mister Death looked up from the floor. "Please, don't … don't!"

Harden smiled just a bit before swiping the screen again, pushing a few buttons and swiping again. "Just let me go, dude. You won't have to pay me a thing … I'll even get you your two honey back, I swear it!" No answer came back, and Kerri's attention was riveted to their contest. "I'll get you an extra twenty. You gotta get paid for your bag man, right? His family's gotta be taken care of, I get that … me more than most!"

Mister Death begged Harden, "Please, I … I'll do anything, anything you want! You need somebody taken care of, you got it. I'll push a button on anyone you want, man! They're gone! And you know I'll be loyal, 'cause you'll always have that video, right?" Harden pushed a few more buttons, swiping the screen again.

"Hey, we can work together and take out Don Paulie, I can be your man inside. I'll have you runnin' North Jersey in less than a year, man!" But Harden pushed a few more buttons on the screen. Mister Death screeched out, "You can put that away, boss, I'm with you now!"

Harden swiped the screen again, his eyes cold and judgmental, looking down on Mr. Death from on high.

Mister Death turned to Kerri. "You, I'm sorry, okay? I didn't mean it, I wasn't gonna do anything bad to you, I swear. I was just, y'know, acting like a big shot. But I wasn't gonna rape you, I swear it! Tell him to stop, tell him to put the phone away!"

But Kerri said nothing, both hands on the gun that was pointed straight at Mr. Death's heart, in so much as he had one.

Harden swiped his screen again, and Mr. Death's voice took on a tearful desperation. "C'mon, man, I got a wife and kid! Don't do this!" Harden just stared down at him, grim-faced, unmoved. Kerri's hands started to sweat, the gun slick in her palms as her stomach began to turn.

Mister Death was panting with greater desperation. "Okay, okay, you fucking asshole, why don't you just kill me right now, leave Don Paulie out of it?" Harden just glared at him, stepping down a bit harder on his broken wrist, causing Mr. Death to writhe in pain, eyes clamping shut before refocusing on Harden above him. "What's the matter, you pussy? Don't you have the guts to do it yourself? Prove to your little girlfriend that you're a real man and do what a real man has to do! Why don't you take control for once in your life?"

Harden swiped the phone screen again.

Mister Death's head sagged, lolling on the hard floor. He looked at Kerri. "Then you do it."

Harden said, "Don't, Kerri."

"You shut up," Mr. Death hollered at Harden, returning his attention to Kerri. "You cow, you ugly whore! You worthless cum bucket!" Kerri's arms began to twitch, fingers at the ready. But she knew what his ploy was, and that this was a test of her self-control. She was not about to succumb to his trickery. "I'm gonna get out of this," Mr. Death rasped at her, "then I'm going to come back for you!

And I'm gonna take you apart piece by fucking piece, you hear me? And I'll enjoy that!"

Harden pressed down harder on Mr. Death's wrist, the man groaning in pain and looking back up at Harden. "Stop it, Jesus, it fucking hurts!"

And as he looked up at Harden, Harden swiped the phone one last time and then slipped his smartphone back into his pocket.

Mister Death asked him, "What'd you do? What did you do?"

Harden just looked down at Mr. Death, a little half smile on his chiseled features. He asked calmly, "Aren't you gonna answer your phone?"

CHAPTER ELEVEN

Mister Death's head fell back to the floor. "Oh no," was all he could muster, and that even before that digital recording of the familiar *Godfather* theme leaked out of his pocket. It repeated twice.

Harden suggested, "You really should answer it."

"Fuck you," was all Mr. Death could say, his body already slack and defeated. The phone stopped ringing and there was a protracted silence. "Don't forget your wife and kid," Harden said as the phone started ringing again. Mister Death reached into his pocket with his free hand and raised the phone to his ear. "Yeah, boss?"

Harden stepped off of Mr. Death's wrist and stepped back, allowing the young man to stagger to his feet, wincing in pain, the phone to his cheek.

"No, boss, I didn't … that was all Mr. Kill, boss, I swear it. I only found out about it afterward. I killed him soon as I learnt. And den I was gonna come right to you, but … no, I know, he was wrong, a hundred percent, but I tried to … "

Kerri lowered the gun and ran to Harden, wrapping his arm around her shoulders, his free hand holding his gun on Mr. Death, who was armed only with the smartphone, the instrument of his own defeat.

"Boss, I'd never betray you … " His voice was quivering with fear, tears starting to push out of his eyes. "Okay, boss … No, boss, please not that. I'll get you the money back, and I've learned a lot, I got info. And you know how valuable that can … But I … No, boss, please, anything but that … But … No, Don Paulie, not them, please not them, my boy's only three years old!"

Kerri gripped Harden, both arms wrapped around his chest.

"Okay, boss, awright … No, I wasn't gonna hurt 'em anyway, I swear … I won't, Don Paulie, you don't have to mention them again … I won't! … Awright, Don Paulie, awright. But could you just — ? Don Paulie?" After a mean silence, Mr. Death repeated in a holler, "Don Paulie!"

No answer came back.

The three stood in the silent living room, before Mr. Death hung his head and started crying. It began as a low groan but rose quickly to a tearful sob and then to a high-pitched pitiful scream. He lifted that phone and smashed it against the floor, the electronic rectangle shattering into shards of glass and plastic.

He wouldn't be needing it anymore, and all of them knew it. Mister Death looked up slowly at Harden. "I ... I don't have a gun," he managed to say, voice cracking.

Harden took Mr. Death's own handgun, which he'd retrieved from Kerri, and handed it to Mr. Death. Kerri said, "Harden, what are you doing?"

"It's okay, Kerri," Harden said calmly as Mr. Death took the gun. The mob foot soldier wrestled with his lesser instincts, lips pulled tight over his teeth.

Mister Death sneered at Kerri, then at Harden, and turned slowly. "Don Paulie said to do it outside, so I don't get blood all over your floor. And he told me ... to apologize. So ... I'm sorry, okay?" He let out a blood-curdling scream, "I'm sorry, *okaaaaaayyyy?*"

Harden and Kerri just stood in their embrace while Mr. Death turned and shuffled slowly toward the foyer. His sobs only grew the closer he got to the front door, crying and moaning with greater panic and even greater resolve. He stepped through the opened front door and looked down at his dead partner's body, Mr. Kill splayed and lifeless. The shape of things to come for Mr. Death himself, he let out a heartfelt wail that was all the louder for him being outside, and on the cusp of eternity.

The wail got louder still, a gut-wrenching scream that rang through Kerri's body, recalling her own. She knew the terror he felt, she knew the sense of hopelessness, of defeat. His scream only got louder as he poured every last ounce of strength into it.

His miserable cry finally trailed off into a stream of low clicks, throat bubbling up with saliva and mucus. It clung to his throat, acidic and disgusting. In that last moment of silence, he flashed on his beloved Mila and little Pete.

Goodbye, my family, Mr. Death silently spoke. *I hope you'll never know what I had to do to keep you both alive.*

God, I don't wanna die!

Kerri and Harden watched from the foyer as Mr. Death stood, slouched just outside the front door. He turned, one eye glaring at them from over his shoulder. His voice rose again, raspy and torn, one final battle cry. He took a deep breath, fixed his stare on Kerri and Harden, and let out a gravelly, hate-filled, "Fuck … *yyyyoooooouuuuuuuuuu!*" Spittle shot out of his lips until his last words rang to their end.

Mister Death raised the gun to his temple and pulled the trigger in one swift motion. The blast shocked Kerri, her whole body jutting with horror, fingers over her lips. Mister Death's body fell straight to the walkway next to Mr. Kill. This time there was no silencer, and Harden set his handgun down on the floor and led Kerri toward the front doors to greet the police empty-handed.

Kerri clung to him, stepping over the dead bodies as police sirens got louder in the distance. Kerri wasn't sure what would happen next, but she knew that everything would be all right as long as Harden was in control.

And as far as Kerri was concerned, he always would be.

"How terrible."

"He got what he deserved," Harden said. "It's still terrible though, yes. This is what happens when little minds are turned to bent purposes, chasing around a helpless widow."

"Well, I'm not exactly helpless," Kerri said, but he knew that despite her best efforts, she'd been in dire need of rescue. And she was lucky, and blessed, that Harden was there for her at precisely the right moment. Thought that did raise some questions in the back of Kerri's grateful, if slightly skeptical, mind.

"How did you know they'd be here?"

"I didn't."

Kerri considered in silent confusion before asking. "Then why are you here, Harden? And with a gun?"

"I have friends in law enforcement, I've got a permit to carry."

"And you just happened to have a gun, with a silencer, in your car?"

"Of course," he said.

"Why?"

Harden smiled. "I think considering the circumstances, the better question is, why don't you?"

Kerri gave it some thought and she couldn't disagree. So she finally had to ask, "What about Sandra?"

"That's why I'm here. I had to explain it to you the way I was explaining it to her."

"What, your swinging multi-lover lifestyle?"

"Just the opposite, Kerri. I was just breaking up with Sandra when you showed up. I was telling her about you, about the connection between us. I was telling her what I told the others, that nobody could take your place, that you deserved all of my heart, my soul, my life. Then you just turned up, and obviously what you saw didn't tell you the entire story."

Guilt welled up in Kerri's gut like a hot well. "Oh, Harden, I'm so sorry I doubted you. I shouldn't have stormed off like that."

"I don't blame you. But I couldn't let you walk out of my life without explaining, so I followed you here."

"I didn't see you."

"I was about five minutes behind you. I just assumed this was where you were going."

Kerri let a nervous moment pass before asking, "You were breaking up with her … and the others?"

"With all of them."

"All of them," Kerri repeated. "How many of them were there?"

"Not that many, but it doesn't matter. You're the woman I want, you're the only woman I want! I love you, Kerri Abernathy, and I can't imagine my life without you."

"Oh, Harden." They exchanged a deep, tender kiss, an unspoken promise of a love that would last, of a future they would spend together, if destiny would allow it. But whatever their futures, Kerri knew their present would be spent together, and that they would live for those moments for as long as they could. Their lips parted as the police and an ambulance rolled up the driveway. Kerri and Harden parted a pit to show their empty hands as the officers and paramedics spilled out of their vehicles, police with their guns drawn.

"Take it easy, officers," Harden said with a calm, authoritative voice. "We're glad you're here, we're unarmed, this woman is the home owner. Those two men are dead and there's nobody else in the house."

Once officer asked, "You sure about that."

Harden turned to Kerri, their eyes locking. "I've never been more certain of anything in my life."

CHAPTER TWELVE

The week following the shootings were chaotic. News crews arrived, Kerri was interviewed by every major cable channel. Kerri was able to shrug it off as the business of her late husband, and that was all she really knew about it. According to her report, as Harden instructed, she claimed that it was a murder / suicide, a fight between the two men as they were trying to carry out her assassination.

Harden's participation was overlooked, by Kerri and by the police. That was the extent of his reach, his power, not only with the mafia but with the legal community as well. Once the police corroborated her story, the investigation was closed and everything returned to normal.

Almost.

Kerri began rehearsals on the new Bertram Quinn movie, and she was finding dramatic skills she'd only suspected she had. But every day brought new confidence, deeper renderings, more emotion, and her performances were creating a new buzz in Hollywood.

Kerri Abernathy was back.

She kept seeing Harden, going back and forth between her own house and his Malibu mansion. They enjoyed the finest foods at the fanciest restaurants and days off on his sailboat or his yacht, the sun kissing their skin, orca ever-ready to leap out for a friendly greeting. They had cocktail parties with Yvonne and her husband Harvey, hosting Benjamin Stallmaster, Paul Hume, and a growing list of Hollywood elite.

Kerri had never felt better in her life, and everything was lining up for a perfect future. It had only been a few months since surviving that last fateful visit from Don Paulie's mafia foot soldiers. They had been a truly miraculous few months, promising years of security and bliss.

One morning Kerri stepped out to take in the crisp autumn breeze. Leaves had fallen, the summertime smog receded to reveal a crisp blue to the air, clouds fluffy and white. A Lincoln's sparrow fluttered by overhead with a little coo.

Lovely, Kerri thought as she walked out to the mailbox at the gate. She collected the few envelops and turned back toward the house. But something caught her eye and Kerri turned back toward the street. A familiar silver Audi was parked across the street, and it tore off as soon as Kerri took notice of it, and of the brassy red hair of the woman behind the wheel. But the car sped away before Kerri could make a positive identification, and she was left to wonder. Kerri's worst suspicions crept into the back of her mind as she made the obvious assumption.

Sandra Blake? What does she want?

Kerri thought about mentioning it to Harden, but changed her mind. *No, I don't have to run to Harden with every little thing. Did Sandra even drive an Audi, or was it a Tesla? That could just as easily have been some local realtor. Anyway, I'm not just some helpless damsel in distress. If there's something going on, I can handle it on my own.*

I'm in control now.

So Kerri turned and brought her mail back into her house. She'd pay the bills herself, balance her checkbook, then meet Yvonne to run lines. The spa would have to wait; Kerri Abernathy had a life to live.

THE END

WANT MORE MOUTH WATERING ROMANCE?

STEELE BOOK 2 IS SET TO DELIVER !!

Here's an Exclusive sneak peak of what's to come in Book 2 in the Steele Series ...

Kerri Abernathy and Harden Steele have been together for months, and he finally proposes. She accepts, and it begins one of the most exciting and dangerous times of her life. After shooting a new film by an edgy new director, Kerri is producing a film of her own. But the set is plagued by accidents and deaths, some bizarrely sexual. Kerri has her own suspects, including Harden's ex-girlfriend Sandra, and Harden himself. Has Kerri stumbled into a long-term con that will lead to a terrible fate, prison for life or even a bloody and premature death?

Can she trust the man she loves and hopes to marry, or will her long simmering doubts prove to be true? If that happens, will she have time to escape?

The action and suspense and steamy erotica continue in Kerri and Harden's next fantastic adventure, a Hollywood thriller you won't be able to put down...

I can't wait to share Book 2 with you! Coming Soon....

Sign up to my Spicy List for book release updates

Natalia Banks
Romance Author

Personal Note 🤍

I want to take a minute and thank you so much for taking the time to read my book. I'm truly honoured. My goal is to provide you with the most exciting entertainment with the most intoxicating Billionaires.

So who is Natalia Banks?

I'm a free spirit living in the gorgeous Rocky Mountains.

I have a lust for experiencing the beauty of the world and an insatiable appetite for indulging in all the delicacies along the way. Whether I'm writing fireside in a cozy chalet overlooking the Rocky Mountains, or drinking from a coconut on the serene beaches of Southern California- I'm happiest when i'm feverishly penning a steamy novel and am honoured and grateful to share my sexy and tantalizing stories with you!

With Love,
  Natalia

Want to be the first to hear book updates, Giveaways and everything Billionaire?

Sign up to my Spicy List! http://nataliabanks.gr8.com/

Follow me on Facebook: fb.me/AuthorNataliaBanks

Instagram: https://www.instagram.com/natalia__banks/?hl=en

Twitter: https://twitter.com/TheNataliaBanks?lang=en

Printed in Great Britain
by Amazon